KB123460

근대 문인의
시조 인식과 수용 양상

이광수·심훈·정지용·박용철을 중심으로

근대 문인의
시조 인식과 수용 양상

이광수 · 심훈 · 정지용 · 박용철을 중심으로

김준 지음

보고사
BOGOSA

책머리에

이 책은 필자의 박사논문인 「근대 문인의 시조 인식과 수용 양상」(2023)을 정리하는 과정에서 학술대회에서 발표한 내용을 덧붙이고 몇몇 오류를 수정하여 출간한 것이다. 박사논문을 완성하기까지 필자의 단출했던 연구를 돌이켜 생각해보면, 우리나라의 전통시가인 시조가 근대에도 다양한 방식으로 존속할 수 있었던 요인과 의미를 도출하기 위해 나름의 노력을 기울였던 것 같다. 그 결과물로 「용아 박용철 시조의 창작 배경과 시적 지향」(2022), 「시문학파와 시조의 영향 관계 연구」(2022), 「심훈 시조 연구」(2017) 등의 졸고(拙稿)가 있었다.

필자가 이러한 연구 주제에 관심을 갖게 된 배경은 '우리가 흔히 말하는 근대문학의 영역에서 시나 소설로 자신의 역량을 발휘하던 문인이, 시조에 관심을 보이고 다수의 작품을 창작한 이유는 무엇이었을까?'라는 지극히 단순한 물음에서 비롯되었다. 이를 바꾸어 생각해보면 '시조가 근대 문인에게 수용되고 창작될 수 있었던 까닭과 매력은 무엇이었을까?'에 대한 고민이기도 하다.

필자는 이 고민에 대한 해답의 실마리를 풀어나가는 과정에서, 근대 문인은 개인의 핍진한 체험을 시적 소재로 삼았으며, 시조의 정형성에 기반하여 간결하면서도 집약적인 내적 고백을 추구하였음을 알게 되었다. 그리고 근대 문인의 이와 같은 시조 창작 양상은 낯선 풍경이 아니며, 『시경(詩經)』에 반영되어 있는 동양의 전통적인 시가관 및 조선시대 시여(詩餘)의 전통과 맞닿아 있다는 점도 논의하였다.

　필자의 어렴풋한 문제의식과 성긴 논의 과정을 구체화하여 박사논문으로 완성할 수 있었던 배경에는 많은 선생님들의 지도와 도움이 자리하고 있다. 논문 심사에 참여해 주신 지도교수 박애경 선생님, 김영희 선생님, 유성호 선생님, 배은희 선생님, 구인모 선생님 등 모든 분께서 소중한 개인 시간을 할애하여 논문 심사 전후로도 부족한 점과 발전 방향에 대해 아낌없는 조언을 해주셨다.

　선생님들의 조언을 모두 반영했다면 더 좋은 연구 성과로 보답할 수 있었겠지만, 필자의 역량이 미치지 못하여 아쉽고 죄송할 따름이다. 아울러 본격적으로 논문 심사를 받기 전에 시행된 고전문학 분과 예비발표에서 수정 방안과 다양한 의견을 제시해 주신 박무영 선생님과 석·박사과정 동학들에게도 고마움을 표한다.

　고전시가를 공부하기 위해 대학원 석사과정에 입학하고 박사학위를 받기까지 어느덧 12년 정도의 시간이 흘렀다. 이 시간 동안 공부하는 필자를 묵묵히 믿어주고 버팀목이 되어준 가족의 덕택은 말과 글로 다 표현할 수 없을 정도로 크다. 또한 갓 박사학위를 취득한 신진 연구자가 저서를 출간할 수 있도록 선뜻 손을 내밀어주신 보고사 김흥국 사장님과 박현정 편집장님을 비롯한 관계자 선생님들께 진심으로 감사드린다.

　부족한 연구의 아쉬움을 뒤로하고, 더 좋은 연구자로 성장하는 것이야말로 은혜를 입은 모든 분들께 보답하는 길이라 생각하고 마음을 다잡으면서 이 글을 마친다.

2024년 5월
김준

차례

제1장
들어가는 말

1. 근대 문인과 사적 글쓰기로서 시조

이 책의 목적은 근대 문인 이광수(李光洙, 1892~1950), 심훈(沈熏, 1901~1936), 정지용(鄭芝溶, 1902~1950), 박용철(朴龍喆, 1904~1938)의 시조관과 시조를 연구 대상으로 하여, 1920~30년대 시조가 존재했 던 방식 중 사적(私的) 글쓰기로서 시조의 양상과 경향성을 규명하 고 동시대적 의미를 논의하는 데 있다.

이광수, 심훈, 정지용, 박용철은 신문학의 대표적인 양식인 소설, 시나리오, 시, 시론에 주력하였으며 신문학을 통해 계몽사상과 민족 의식을 고취시키거나 근대시를 향한 열망을 보여주었다. 한편으로 는 조선의 전통시가(傳統詩歌)인 시조를 사적 글쓰기의 맥락에서 창 작하는 공통된 경향성을 보여주기도 했다.

사적 글쓰기의 맥락에서 창작된 근대 문인의 시조에는 주로 지극 히 핍진한 체험이 두드러지게 반영되어 있다. 이광수, 심훈, 정지용,

박용철은 신문학을 능숙하게 창작하고 자신의 생각을 정리할 수 있는 역량을 충분히 갖추고 있었다. 그렇지만 개인의 내밀한 정서 고백을 할 때는 시조를 통해서 발화한 경우가 많았다.

이들은 사적 글쓰기로서 시조를 창작했다는 공통된 경향성을 갖고 있다. 하지만 미묘한 내부적인 편차도 포착된다는 점도 주목할 필요가 있다. 이 내부적인 편차는 단순히 작가 고유의 개성을 드러내었다는 것에만 그치지 않는다. 1920~30년대 사적 글쓰기로서 시조가 다채롭고 입체적인 방식으로 존재했음을 확인할 수 있게 해주는 의미를 지닌다.

이를테면 이광수와 심훈의 시조에는 전통의 잔영이 남아 있지만, 정지용과 박용철의 경우 근대시 창작의 연장선에 가까웠다. 이광수는 시조의 종장 말구를 생략하거나, 고시조(古時調)에서 어렵지 않게 찾아볼 수 있는 '~하노라'와 '~이샷다' 같은 관습적인 표현을 자주 사용하였다. 심훈은 중국의 한시, 명승지, 인물 등을 활용하여 자신의 시조에 녹여내곤 했다. 반면 정지용은 시조 시형(詩形)의 동시대적 가능성을 엿보았는데, 시어의 적절한 배치를 통해 리듬을 가시적(可視的)으로 표현하며 시상을 전개하였다. 박용철은 감정의 유로(流露)는 자연스럽게 하되 절제된 시적 표현을 수반되어야 한다는 시관(詩觀)을 견지하고 있었는데, 이러한 시작(詩作) 태도는 그의 시조에도 여실히 반영되어 있다.

이광수, 심훈, 정지용, 박용철이 사적 글쓰기의 맥락에서 시조를 창작했다는 사실은, 1920~30년대 전문 시조 작가 및 연구자가 아닌 근대 문인이 시조를 어떻게 수용하고 있었는지를 보여주는 단서가 된다. 그리고 이러한 시조 창작은 개인적인 차원에만 한정되지 않았

으며 일정한 경향성을 보여주고 있었다. 따라서 근대 문인의 시조를
논의하는 이 글을 통해서, 1920~30년대 시조의 존재 방식과 의미를
입체적이고 다양한 관점에서 조명할 수 있는 계기를 마련할 수 있으
리라 기대한다.

　1920~30년대 시조의 위상 변화와 관련된 선행 연구는 시조의 정
전화(正典化)와 가(歌)에서 시(詩)로의 전환 과정을 고찰하는 데 방점
을 두어왔다.[1] 이는 최남선(崔南善, 1890~1957), 이병기(李秉岐, 1891~
1968), 이은상(李殷相, 1903~1982), 조윤제(趙潤濟, 1904~1976)를 포함
한 시조 전문 작가와 연구자의 자료를 중심으로 살펴보았을 때 도출
된 결과이기도 하다.[2]

1　김창원, 「근현대 고시조 앤솔로지의 편찬과 고시조 정전화 과정-육당, 자산, 가람을
　　대상으로-」, 『우리어문연구』 51, 우리어문학회, 2015; 김춘식, 「조선시, 전통, 시조
　　-조선시 구상과 국민문학, 국문학 개념의 탄생-」, 『국어국문학』 135, 국어국문학
　　회, 2003; 박슬기, 「도남 조윤제의 조선 시가사 기획-형식의 역사화, 역사의 형식
　　화」, 『개념과 소통』 19, 2017; 배은희, 「근대 시조담론 형성과정 연구: 19세기 후반
　　에서 20세기 초반 시조 인식 변모를 중심으로」, 인천대학교 박사학위논문, 2012a;
　　윤설희, 「최남선의 고시조 수용작업과 근대전환기의 문학인식」, 성균관대학교 박
　　사학위논문, 2014; 이명찬, 「근대시사에 있어서의 시조부흥운동의 성격에 관한 연
　　구」, 『한국시학연구』 57, 한국시학회, 2019; 이형대, 「1920-30년대 시조의 재인식
　　과 정전화 과정」, 『古詩歌硏究』 第21輯, 한국시가문화연구, 2008; 조연정, 「1920년
　　대의 시조부흥론 재고(再考)-"조선"문학의 표상과 근대 "문학"의 실천 사이에서-」,
　　『한국문예비평연구』 43, 한국현대문예비평학회, 2014; 차승기, 「근대문학에서의
　　전통 형식 재생의 문제-1920년대 시조부흥론을 중심으로」, 『상허학보』 17, 상허학
　　회, 2006.
2　崔南善, 「朝鮮國民文學으로의 時調」, 『朝鮮文壇』 제16호, 1926. 5; 崔南善, 「時調胎
　　盤으로의 朝鮮民性과 民俗」, 『朝鮮文壇』 제17호, 1926. 6; 崔南善, 「百八煩惱」, 東光
　　社, 1926; 崔南善, 「復興當然, 當然復興」, 『新民』 제23호, 1927. 3; 李秉岐, 「時調란
　　무엇인고」, 『東亞日報』, 1926. 11. 24~12. 13; 李秉岐, 「무엇이든지 精誠스럽게 하
　　자」, 『新民』 제23호, 1927. 3; 李秉岐, 「時調는 革新하자」, 『東亞日報』, 1932. 1.
　　23~2. 4; 李殷相, 「時調復興에 對하여」, 『新民』 제23호, 1927. 3; 李殷相, 「時調問

이러한 성과가 축적되면서 1920~30년대 시조는 국민문학으로
호명되었으며 조선시의 특수성을 담지한 정형시로서 세계 문학의
보편적 기준에 부합할 수 있는 가능성을 내재하고 있음이 발견되었
다. 그리고 시조는 조선의 유일한 정형시라는 가치를 부여받음으로
써, 노래보다는 문학―시의 영역에서 다루어졌다. 이후 시조의 시형
이 정립되면서 시조는 자기완결성을 갖춘 조선의 정형시로 거듭나
게 되었다.

하지만 이 시기 시조가 존재했던 유의미한 양상과 의미는, 앞서
언급한 영역에만 국한될 수 없음을 분명하게 상기할 필요가 있다.
한편에서는 신문학의 대표적인 양식인 소설, 시나리오, 시, 시론에
서 두각을 나타냈던 근대 문인 이광수, 심훈, 정지용, 박용철도 시조
를 창작하고 있었다. 이들이 시조에 담아낸 것은 비근(卑近)한 개인
의 일상적 체험을 시적 소재로 하여 시적 화자와 시인의 간극이
최소화된 상태로 페르소나(Persona)를 탈피해버린 자연인으로서 행
한 내밀한 정서 고백이었다.

근대 문인이 시조를 통해 지극히 사적이고 핍진한 체험을 표현했
다는 사실은, 시조가 개인의 정서와 경험을 표출하기에 적합한 패턴
화된 양식이었음을 의미한다. 덧붙여 근대 문인은 전통과 근대가
공존하는 시기에 활동하였음을 고려한다면, 이들은 신문학에 입문

題」, 『東亞日報』, 1927. 4. 30~5. 4; 李殷相, 「時調短型芻議―時調形式論의 一部」, 『東
亞日報』, 1928. 4. 18~4. 25; 李殷相, 『鷺山時調集』, 漢城圖書株式會社, 1932; 趙潤
濟, 「歷代 歌集 編纂 意識에 對하야」, 『震檀學報』 제3권, 1935; 趙潤濟, 「朝鮮詩歌의
形式的 分類 試論」, 『震檀學報』 제6권, 1936. 3; 趙潤濟, 『朝鮮詩歌史綱』, 東光堂,
1937; 趙潤濟, 「時調의 本領」, 『人文評論』 5집, 1940. 2.

하기 전부터 이미 구송(口誦)의 방식 등을 체화하였기에 익숙한 양
식이기도 했다.[3]

　시조를 통한 근대 문인의 사적 발화는 화자가 자기 자신에 대한
이야기를 진술하는 자기서사의 맥락에서 이해할 수 있다.[4] 자기서사
의 종류에는 일반적으로 자서(自序), 자서전, 서간문, 일기, 고체시(古
體詩), 가사(歌辭) 등이 있다. 특히 일기는 과거와 현재라는 시간적
경계를 넘나들며 사적 자아의 응축되어 있는 정서를 해소하는 통로
이기도 하다.[5]

　이광수, 심훈, 정지용, 박용철은 자기표현을 할 수 있는 이처럼
다양한 양식들이 존재했음에도 시조를 선택하였다. 이들이 창작한
사적 글쓰기로서 시조는, 근대 시조사(時調史)의 흐름에 편승하지 못
한 새로운 현상이나 변종(變種)이 아니다. 근대 문인은 시조를 통해

3　이광수, 심훈, 정지용, 박용철은 유년기부터 시조를 직·간접적으로 자연스럽게 체
　　험했다. 따라서 근대 문인에게 시조는 결코 낯선 것이 아니었다. 오히려 서구와
　　일본 등을 통해 접하게 된 신문학의 대표적인 양식인 소설, 시나리오, 시, 시론보다
　　친숙했을 여지도 충분하다. 비슷한 사례로 일본의 나쓰메 소세키가 소설을 집필하
　　다가 감정이 고갈될 때면 한시 창작을 통해 재충전한 것을 떠올려 볼 수 있다("구메
　　마사오 님, 아쿠타가와 류노스케 님 두 사람의 엽서를 받고 분발해서 이 편지를
　　씁니다. 나는 요즘도 오전 중에는 《명암》을 씁니다. 고통, 쾌락, 기계적 감정, 이
　　세 가지가 뒤섞인 기분입니다. 하지만 그런 글을 백 회 가까이 쓰다 보면 아주
　　세속적인 기분에 빠지기 때문에, 사나흘 전부터는 오후 일과로 한시를 씁니다. 하루
　　에 하나 정도인데, 칠언 율시입니다." 나쓰메 소세키 지음, 김채원 옮김, 『나쓰메
　　소세키 서한집』, 인다, 2020, 415쪽). 이처럼 근대 문인도 자신에게 가장 익숙한
　　시조를 선택하여 내밀한 정서를 고백했을 가능성도 충분한 것이다.
4　박혜숙·최경희·박희병, 「한국여성의 자기서사(1)」, 『여성문학연구』 7, 한국여성문
　　학학회, 2002, 327쪽.
5　김하라, 「俞晚柱의 『欽英』 硏究」, 서울대학교 박사학위논문, 2011, 1~2쪽; 정우봉,
　　『조선 후기의 일기문학』, 소명출판, 2016, 13~15쪽.

심사(心事)를 풀어내었기에 가의 본질에 입각한 『시경(詩經)』의 시가 관과 조선시대 시여(詩餘)의 전통과 밀접하게 맞닿아 있기도 하다.

그러나 근대 문인의 시조 창작은 시가(詩歌)의 전통을 그대로 수용하여 단순히 근대에 재현해 놓은 것에 불과한 것이 아니다. 이광수, 심훈, 정지용, 박용철은 노래[唱]가 아닌 지음[作]의 관점에서 시조에 접근하였다. 이들이 시조를 짓는 행위로 접근했던 이유는 시조가 정형성을 갖추고 있었기 때문이다.

사실 시조의 정형성은 앞서 언급한 시조 전문 작가와 연구자들도 주목한 바이기도 하다. 시조의 정형성은 시조를 시조답게 해주는 유일한 준거가 되었을 뿐만 아니라, 중국의 『시경』과 일본의 『만엽집(萬葉集)』에 비견될 수 있는 조선시의 고유성이기도 했다. 그리고 이들이 시조의 정형성과 고유성을 밝히는 작업은 조선시를 발견하고 정립하기 위한 시도였다. 하지만 이광수, 심훈, 정지용, 박용철은 개인의 응축된 정서를 효과적으로 표현하기 위한 방안을 모색하였으며 시조의 정형성에서 시적 질서를 찾았다.

근대 문인의 시조에서는 기억과 전승에 용이한 구술문화에 최적화된 표현을 찾아보기 힘들다. 오히려 이들은 개인의 내면에 있는 수많은 감정을 선별하고 정서의 농도를 짙게 하기 위해 시의 순간성과 압축성을 중시하는 과정에서 유의미한 언어적 구조물을 축조하는 데 주목하였다.[6] 이때 시조만큼 엄격한 형식을 통해 감정의 절제를 효과적으로 반영할 수 있는 양식은 드물었다. 이들의 내밀한 정서 발화의 통로로 시조가 유의미했던 것이다.

------

6   김준오, 『詩論』(제4판), 三知院, 2000, 44~47쪽 참고.

　사적 발화의 맥락에서 볼 때 근대 문인의 시조에 대한 태도는 조선시대 시여의 전통과 접맥하고 있음은 분명하다. 하지만 이들에게 시조는 즉흥적으로 부르는 노래가 아닌 시였다. 그렇지만 이광수, 심훈, 정지용, 박용철은 노래 또는 시라는 이분법적인 구도에서 시조를 이해하지 않았음도 분명하게 짚고 넘어가야 한다. 근대 문인은 시적 질서를 구축하는 과정에서, 시조의 고유성과 정형성을 고려하였고 '읊조릴 수 있는 시'라는 관점에서 시조를 수용하였다.

　신문학의 양식을 주로 창작했던 이광수, 심훈, 정지용, 박용철에게 시조는 조선시대의 개념으로 생각해 본다면 여기(餘技) 또는 시여에 해당되는 것이었다. 하지만 이들이 시조에서 보여준 것은 결코 가볍지 않았다. 개인의 내면을 시조에 투영하였을 뿐만 아니라 문학적 실천 행위에서 시조 창작에 접근하였다. 상술한 논점에 대해 근대 문인 이광수, 심훈, 정지용, 박용철의 시조관과 시조를 중심으로 논의해 보고자 한다.

2. 사적 글쓰기로서 시조의 동시대적 의미

　이 글에서는 이광수, 심훈, 정지용, 박용철의 시조관과 시조를 연구 대상으로 삼았지만 개별 작가의 차원에서 분석하는 것에만 머무르지 않는다. 궁극적으로는 이들의 사례를 근거로 하여 1920~30년대 근대 문인의 시조 수용 양상이 사적 글쓰기로서 시조라는 경향성을 갖고 있다는 사실을 밝힐 것이다. 그리고 1920~30년대 시조의 존재 방식에 대해 다채롭게 접근할 수 있는 토대를 마련하고 동시대적 의미를 논의하고자 한다.

이 논의를 위해서는 몇 가지 지점을 검토할 필요가 있다. 첫째, 이 연구의 주요 대상인 이광수, 심훈, 정지용, 박용철이 창작한 시조는 1920~30년대의 작품이 주류를 이룬다. 따라서 이 시기 시조의 존재 양상을 다루었던 선행 연구의 동향을 살펴보아야 한다. 둘째, 앞서 언급한 근대 문인의 시조에 대해 기존 연구에서 주목했던 지점은 무엇이었는지와 다루지 못했던 부분을 짚어보아야 한다. 셋째, 이광수, 심훈, 정지용, 박용철은 사적 발화를 시적 질서 안에서 구현하기 위해 시조의 정형성에 주목하였다. 따라서 1920~30년대를 중심으로 시조의 정형성이 구축되는 과정과 의미를 다룬 선행 연구도 확인할 필요가 있다.

1920~30년대 시조 담론과 지형도에 대한 선행 연구는 시조부흥운동을 통한 시조의 정전화에 초점이 맞추어졌다. 우선은 카프 진영과 민족문학 진영의 대립으로 시조 부흥의 당위성이 파악되면서 전체적인 구도가 정리된 바 있다.[7] 그리고 자유시를 갈망했던 김억(金億, 1896~?)과 주요한(朱耀翰, 1900~1979)의 사례를 통해 시조부흥운동은 궁극적으로 조선의 전통 찾기에서 비롯되었음이 밝혀졌다.[8] 여기에서 더 나아가 최남선이 시조를 통해 조선의 정체성을 확립하려 했다면, 이병기는 시조가 근대시로서 나아갈 수 있는 가능성을 모색했다는 상호 변별점도 분석되었다.[9]

시조부흥운동의 연장선으로 신춘문예와 시조의 제도화를 떠올려

---

7 김영민, 『한국 근대문학비평사』, 소명출판, 2010, 235~247쪽.
8 김춘식(2003), 앞의 글; 이명찬(2019), 앞의 글.
9 차승기(2006), 앞의 글; 조연정(2014), 앞의 글.

볼 수 있는데, 이에 대한 연구는 다음과 같은 측면에서 다루어졌다. 『동아일보(東亞日報)』, 『조선일보(朝鮮日報)』, 『매일신보(每日新報)』의 신춘문예 현황과 관련된 자료 정리를 비롯하여 신춘문예를 통해 공인된 작가로 인정받는 제도와 문인 재생산 구조가 지니는 의미가 고찰되었다.[10] 여기에 덧붙여서 언론사에서 가투놀이를 장려한 것은 시조를 일반 대중에게 널리 알리려는 시조부흥운동의 연장선이었음이 밝혀지기도 했다.[11]

　이광수, 심훈, 정지용, 박용철 시조에 대한 논의는 대체적으로 개별 작가론의 관점에서 다루어졌다. 이광수 시조의 선행 연구에서는 소설이나 문학론에 비해 논의가 부족하다는 공통적인 문제의식을 보여주었다. 그리고 『삼인시가집(三人詩歌集)』(1929)과 『춘원시가집(春園詩歌集)』(1940)에 수록되어 있는 작품을 대상으로 분석하면서 핵심은 '임'으로 집약됨이 밝혀졌다. 이광수의 시조론을 통해서는 각 구의 변화 가능성과 3장 구조의 유기성을 포착하여 이론적 기틀을 마련했다는 의미를 도출하였다.[12]

———

10　김석봉, 「식민지 시기 『동아일보』 문인 재생산 구조에 관한 연구」, 『민족문학사연구』 32, 민족문학사학회·민족문학사연구소, 2006; 손동호, 「식민지 시기 『조선일보』의 신춘문예 연구」, 『우리文學硏究』, 우리문학회, 2020; 손동호, 「식민지 시기 신춘문예 제도와 작문 교육-『동아일보』를 중심으로-」, 『韓國文學論叢』 87, 한국문학회, 2021.

11　조유영, 「가투(歌鬪)의 시조 수용 양상과 그 의미」, 『時調學論叢』 31, 한국시조학회, 2009; 고은지, 「20세기 놀이문화인 시조놀이의 등장과 그 시조사적 의미」, 『韓國詩歌研究』 24, 한국시가학회, 2008; 서종원, 「일제강점기 가투대회를 통해 본 가투놀이의 등장 배경-신문 자료를 중심으로-」, 『語文論集』 54, 중앙어문학회, 2013.

12　권성훈, 「이광수 시조의 '임' 전개 과정과 의미」, 『춘원연구학보』 22, 춘원연구학회, 2021; 임수만, 「이광수 시 연구(1)-『삼인시가집』(1929)과 『춘원시가집』(1940)을 중심으로」, 『춘원연구학보』 19, 춘원연구학회, 2020; 송정란, 「春園의 시조의 自然

 심훈 시조의 선행 연구는 그의 문학적 성과가 소설에 중점이 있었음을 공통적으로 지적하면서, 그가 시조에 관심을 보인 것은 조선의 전통을 억압했던 상황에 대해 저항하는 방식으로 이해하였다. 그리고 심훈의 대표적인 시조인 「천하의 절승 소항주유기」에는 망향객의 비애와 향수가 가미되어 있기에 개인의 서정성 강화가 투영되었다고 분석되었다. 또한 이 시조만이 아니라 농촌을 배경으로 한 시조도 논의되었다. 특히 농촌에 대한 현실적 인식이 시조에 반영되어 있다는 사실에 주목하여, 그의 낙관적인 미래를 보여주는 계몽소설과의 차이점을 입체적으로 조망하기도 했다.[13]

 정지용 시조에 대해서는 그가 최초의 모더니스트 시인이라는 일반적인 평가를 상기하면서, 그가 시조를 창작한 것은 이례적이라는 사실에 주목하였다. 따라서 연구의 초점은 정지용이 시조를 창작한 배경에 맞추어졌다. 정지용이 갖고 있었던 전통시가에 대한 관심을, 특히 정형률의 수용이라는 관점에서 분석하였다.[14]

 박용철의 시조와 관련된 논의는 『시문학(詩文學)』의 성격 재조명, 시조 현황과 의미에 대한 개괄, 한시와 현대시의 대비 차원에서 다루어졌다. 기존의 논의에서 『시문학』의 성격이 자유시로의 지향에

―――
律과 意的 構成에 관한 考察」, 『韓國思想과 文化』 60, 한국사상문화학회, 2011.
13 신웅순, 「심훈 시조 考」, 『한국문예비평연구』 36, 한국현대문예비평학회, 2011; 하상일, 「심훈의 『杭州遊記』와 시조 창작의 맥락」, 『비평문학』 61, 한국비평문학회, 2016; 김준, 「심훈 시조 연구」, 『열상고전연구』 59, 열상고전연구회, 2017; 허진, 「심훈의 시조관과 시조의 변모 과정 연구」, 『한국학』 42(3)(통권 156호), 한국학중앙연구원, 2019.
14 유인채, 「정지용 시에서 시조의 의미」, 『時調學論叢』 34, 韓國時調學會, 2011; 이태희, 「素月과 芝溶의 時調」, 『時調學論叢』 34, 韓國時調學會, 2011; 최경숙, 「정지용 시의 전통지향성 연구」, 건국대학교 박사학위논문, 2009.

방점이 있었다는 점을 지적하였다. 이를 뒷받침할 수 있는 사례로 박용철과 『시문학』에 변영로(卞榮魯, 1898~1961)의 시조가 수록된 사실을 통해, 자유시와 전통시가는 대립관계가 아니라 상호공존의 장에서 병존하고 있음이 밝혀졌다.[15] 또한 박용철 시조의 현황을 정리하고 그의 시조 인식과 창작 배경에 대한 논의도 있었다.[16] 박용철의 한시와 현대시를 견주어 살펴봄으로써 그의 한시와 현대시는 무관한 것이 아니라 현대시에도 일정한 운율과 유랑의식이 반영되어 있다는 사실을 도출한 연구 성과도 있었다.[17]

1920~30년대 시조의 가에서 시로의 전환 양상은 통시적으로 논의된 바 있다.[18] 세부적으로 살펴본다면 1900년대 초반부터 1910년대 시조에 대해 부르는 시조에서 읽는 시조로 바뀌었다는 기존의 논의에 문제를 제기하며 구술성과 문자성이 혼재되어 있음을 짚어냈다.[19] 1920년대 시조 담론과 관련해서는 시조부흥론 이후 시조의 내용보다는 형식이 강조된 사실을 언급하면서, 이병기와 이은상의 시 창작을 위한 시조형식론을 분석하였다.[20] 1930년대 시조 담론은 안확의 가시(歌詩)와 조윤제의 시가(詩歌) 개념을 중심으로 논의하면

---

15 유성호, 「『시문학』과 시조」, 『時調學論叢』 54, 韓國時調學會, 2021.
16 김준, 「시문학파와 시조의 영향 관계 연구-김영랑·박용철·정지용의 시조 인식을 중심으로-」, 『연민학지』 37, 연민학회, 2022; 김준, 「용아 박용철 시조의 창작 배경과 시적 지향」, 『동남어문논집』 53, 동남어문학회, 2022; 김준, 「용아 박용철의 금강산 기행 시조 연구」, 『열상고전연구』 78, 열상고전연구회, 2022.
17 윤동재, 「박용철 시에 나타난 한시의 영향」, 『국제어문』 27, 국제어문학회, 2003.
18 배은희(2012a), 앞의 글.
19 배은희, 「근대시조의 표현양태 변모과정 연구-구술성과 문자성을 중심으로-」, 『韓國詩歌研究』 36, 한국시가학회, 2014.
20 배은희, 「1920년대 시조론 형성과정 고찰」, 『時調學論叢』 32, 韓國時調學會, 2010.

서 조선의 시로 이행되는 과정을 밝혔다.[21] 아울러 시와 가의 분리
및 탈피를 근대시로의 지향으로 여겼던 기존 연구 경향에 대해 문제
가 제기되기도 하였다. 김억과 안확이 제시한 시형을 중심으로, 이
들이 궁극적으로 추구했던 것은 '형식'이 아니라 음악성이 가미된
그 형식으로부터 발산되는 '리듬'이라는 점도 논의됐다.[22]

  이상과 같이 선행 연구를 살펴보았으며 다음과 같은 남는 문제를
생각해 볼 수 있다.

  첫째, 1920~30년대 시조의 존재 양상 논의가 시조부흥운동과 정
전화로 고착화되었다는 점을 꼽을 수 있다. 이 연구는 시조가 식민
지 시기 민족문화의 중심으로 상정될 수 있을 뿐만 아니라, 인류보
편의 서정시로서의 가능성까지 내포하고 있음을 알 수 있게 해주었
다. 하지만 연구의 방향과 관점이 일률적으로 형성됨에 따라 같은
시기 시조의 다양한 존재 양상을 살펴볼 수 있는 측면에서는 한계점
이 노출되었다. 한편 김태준의 시조관과 시조를 연구 대상으로 하여
1920~30년대 당시 시조의 신화화에 대해 문제를 제기한 논의를 주
목할 필요가 있다.[23] 시조의 위상과 의미를 상정할 때 정전화로 경도
되어 있던 점을 지적한 것은, 이 글의 문제의식과도 공유할 수 있는
지점이 있기 때문이다.

  둘째, 신춘문예와 시조의 관계가 다소 미흡하다는 점을 꼽을 수

21 배은희, 「1930년대 시조담론 고찰-안확과 조윤제의 시가(詩歌) 인식을 중심으로-」,
    『時調學論叢』 38, 韓國時調學會, 2012b.
22 김남규, 「한국 근대시의 정형률 논의에 관한 연구-안확과 김억을 중심으로」, 고려
    대학교 박사학위논문, 2017.
23 박애경, 「김태준의 시조관과 시조 연구-김태준 본 『청구영언』과 '조선가요개설'을
    중심으로-」, 『時調學論叢』 47, 韓國時調學會, 2017.

있다. 신춘문예 응모 분야에 시조가 편입됨으로써 도출할 수 있는 의미, 신춘문예를 통한 시조 시형의 표준화와 시조 작가 재생산 구조의 연관성에 대해서는 구체적으로 논의되지 않았다. 신춘문예는 독자의 문학 작품 응모와 평가자의 심사를 기본적인 전제로 하여 진행된다. 따라서 신춘문예 응모 분야에 시조가 편입되었다는 사실은, 시조가 문학의 차원으로 다루어지기 시작했다는 것을 의미한다. 또한 일반 독자가 시조 분야에 응모하기 위해서는 시조의 정형성을 준수해야 했다. 이는 시조의 정형성 확립이 담론 차원에 그치지 않았으며, 신문사에서는 신춘문예를 통해 시조 정형성을 확립함에 있어 대중적인 기반을 구축하려 했음을 생각할 수 있다.

셋째, 이광수, 심훈, 정지용, 박용철의 시조가 연구 대상으로 다루어지기는 했으나 개별 작가론의 차원에 머무르고 있다는 점을 지적할 수 있다. 이들의 공통점은 두 가지로 집약된다. 하나는, 전문 시조 작가나 연구자가 아니었으며 신문학의 대표적인 양식인 소설, 시나리오, 시, 시론을 주로 창작했다는 점이다. 다른 하나는, 개인의 내밀한 정서를 발화할 때는 시조를 활용했다는 점이다. 이는 근대 문인이 창작을 통해 내적 고백을 하고 싶을 때 시조를 익숙한 장르로 여겼다는 단서를 제공해준다.

이와 같은 점을 고려할 때, 1920~30년대 근대 문인의 시조 창작은 개인의 호기심이나 산발적인 현상으로 치부될 것이 아니다. 물론 이들의 시조 창작은 각자가 처한 상황과 개인의 체험에 따른 것이기에, 작품의 내용과 세계는 다소 차이점이 존재할 수밖에 없다. 하지만 근대 문인이 시조를 창작하게 된 경위와 작품을 통해 무엇을 말하고자 했는지를 궁구하면, 결과적으로 사적 글쓰기의 맥락에서 창작된 경향성을 보여주고 있다.

이를 논의하기 위해서 이광수, 심훈, 정지용, 박용철의 전집류에 수록된 자료를 중심으로 살펴보았다. 기본 텍스트는 『이광수 전집(李光洙 全集)』(삼중당, 1963), 『심훈 전집』(글누림, 2016), 『정지용 전집』(서정시학, 2015), 『박용철 전집(朴龍喆 全集)』(깊은샘, 2004)으로 선정하였다.[24] 심훈, 정지용, 박용철 전집의 경우 자료의 선별 및 정리가 가장 최근에 작업된 텍스트이다. 반대로 이광수 전집의 경우 1963년 이후 1971년과 1979년 삼중당(三中堂)과 우신사(又新社)에서 전집을 간행했으나, 특기할 만한 수정 없이 초판본을 재판(再版)한 정도이다. 따라서 삼중당에서 처음으로 간행된 텍스트로 선정하였다. 자료를 바탕으로 살펴볼 수 있는 이광수, 심훈, 정지용, 박용철의 시조관과 시조를 통해 1920~30년대 시조의 존재 양상을 환기하고, 사적 글쓰기로서 시조의 동시대적 의미를 논의하고자 한다. 아울러 1920~30년대 시조의 지형도를 다양한 관점에서 바라볼 수 있는 계기를 마련할 것이다.

---

24 李光洙, 『李光洙 全集』(9·15·16·18권·月報), 三中堂, 1963; 심훈 지음, 김종욱·박정희 엮음, 『심훈 전집』(1-9권), 글누림출판사, 2016; 정지용 지음, 최동호 엮음, 『정지용 전집』(1-3권), 서정시학, 2015; 朴龍喆, 『朴龍喆 全集』(Ⅰ·Ⅱ권), 깊은샘, 2004. 이하 이광수의 전집, 심훈의 전집, 정지용의 전집 인용 시 출처는 '『전집명』, 쪽수.'로 약칭함.

제2장

1920~30년대
시조 담론과 지형도

이 장에서는 1920~30년대 시조의 존재 양상을 시조부흥운동과 시조의 재발견, 신춘문예와 시조의 사회화, 사적 글쓰기로서 시조와 사적 발화를 중심으로 살펴보았다. 시조의 재발견과 시조의 사회화는 시조 전문 작가 및 연구자에 의해 추동된 운동으로 정전화의 일환이었다. 이들은 시조를 민족문화의 중심으로 상정하였으며 시형을 정립하였다. 그리고 신춘문예를 통해 일반 대중독자가 시조를 창작하고 시형을 자연스럽게 체득할 수 있는 여건을 마련하였다. 시조를 국민문학으로 거듭나게 하기 위한 노력의 산물이었던 셈이다.

이와 같은 운동이 한창이던 시기에, 한편에서는 근대 문인이 개인의 체험에 기반한 정감을 시조로 풀어내는 사적 글쓰기로서 시조를 창작하고 있었다. 특히 이광수, 심훈, 정지용, 박용철은 신문학과 시조를 동시에 창작하는 모습을 보여주었다. 하지만 기존의 논의에서는 국민문학으로서 시조에 집중하는 동향을 보여줌으로써, 1920~30년대 시조 연구의 관점이 고착화되었다. 이러한 사실을 바탕으로

하여 1920~30년대 시조의 지형도 안에서 사적 글쓰기로서 시조의 위치와 의미를 가늠해 보고자 한다.

1. 시조부흥운동과 시조의 재발견

시조부흥운동과 시조의 재발견은 다음과 같은 측면에서 짚어볼수 있다. 첫째, 시조는 국민문학으로서의 상징성을 부여받음과 더불어 보편성과 특수성의 관계를 통해 세계문학의 반열에 나아갈 수있는 가능성을 모색할 수 있는 대상이 되었다는 점이다. 둘째, 시조의 특수성인 정형성—시형에 대해 정치한 시학적 분석이 더해짐으로써 문학과 연구 대상으로서의 의미를 갖게 되었다는 점이다.

전자의 경우 1926년 5월 발표된 최남선의 「조선국민문학으로의시조」를 통해서 본격화되었다.[1] 최남선의 이 글은 표면적으로 볼때 조선의 향토성과 시조의 특수성을 강조하는 데 방점이 있다고할 수 있다. 하지만 그 제명(題名)에서부터 짐작할 수 있듯이, 궁극적으로는 시조를 조선의 노래가 아니라 조선의 문학 차원에서 이해하기 위한 노력의 일환이었음을 상기할 필요가 있다. 최남선은 단테의「신곡」과 괴테의 「파우스트」를 예로 들면서 세계문학은 세계성—보편성과 향토성—특수성을 동시에 갖고 있다는 논리를 바탕으로조선의 문학도 세계문학에 나아갈 수 있다는 열망을 드러내었다.

사실 최남선의 시조에 대한 관심은 1900년대 초반부터 꾸준하게

---

1 崔南善, 「朝鮮國民文學으로의時調」, 『朝鮮文壇』 제16호, 1926. 5, 2~7쪽.

이어져왔다. 그는 시조부흥론을 주장하기 전까지 잡지에 고시조를 소개하거나 활자본 가집을 간행하였다. 그의 이러한 행보는 단순히 시조 자료를 수집하고 선별하는 단계에 머물렀던 것이 아니었다. 전통시대와 근대 사이에서 조선시는 과연 무엇으로 상정할 수 있을 지에 대해 끊임없이 묻고 답하는 과정이었다.[2]

그리고 최남선은 자신의 고민을 풀어나갈 수 있는 실마리로 시조에 주목하였다. 그가 이 글에서 밝히고 있듯이, 시조는 유구한 역사를 지니고 있을 뿐만 아니라 조선의 풍토와 조선인의 성정(性情)을 조선어로 가장 적실하게 구현할 수 있는 조선의 유일한 성형문학(成形文學)이었다. 최남선이 바라본 시조는 고유한 시형 안에 조선심(朝鮮心), 조선어, 조선의 역사 등을 담지할 수 있는 특징을 지니고 있었기에 국민문학의 위상에 부합할 수 있었던 것이다. 더 나아가서는 자신이 상정한 논리에 따라 이와 같은 시조의 특수성은 세계문학의 반열에 나아갈 수 있는 기반이 되기도 하였다.[3]

최남선은 같은 해 12월 『백팔번뇌(百八煩惱)』를 출판함으로써 자신이 주장했던 바를 적극적으로 실천에 옮겼다. 그의 이와 같은 움직임은 개인의 소신에만 국한되지 않았으며 당시 여러 문인들에게 상당한 영향을 주었다. 홍명희(洪命憙, 1888~?), 정인보(鄭寅普, 1893~?), 이광수는 『백팔번뇌』의 발문을 작성하였는데, 이들은 공통적으로 시조가 조선 고유의 시형이라는 최남선의 주장에 동조하였으며

---

2 윤설희(2014), 앞의 글, 149~156쪽 참고.
3 시조부흥운동을 민족문화 수립에 국한하지 않고, 세계문학의 보편성 속에서 조선적인 문학을 찾으려는 시도였음은 배은희의 연구에서 논의된 바 있다(배은희(2010), 앞의 글, 64~65쪽).

시조의 시형이 재조명되기까지 최남선의 역할이 지대했음을 분명하게 언급하였다.[4] 이후 1927년 3월 「시조는 부흥할 것이냐?」 기획특집에 참여했던 논자들도 대부분 최남선의 주장에 공감하였다.[5]

최남선이 시조부흥운동을 통해 말하고자 했던 바는 결국 시조는 조선의 노래가 아니라 조선의 고유한 정형시라는 점이었다. 그의 생각이 당초부터 시조를 조선시로 확립하려는 것에 있었던 만큼, 그의 생각에 동의했던 시조 연구자들은 시조의 정형성을 시의 범주 안에서 어떻게 해석할 수 있을지에 대한 고민을 이어나간다.

傳來의歌曲이란 것은 그리容易한것도아닐쑨더러 今日의民衆에게 잇서서는 그닥지必要한것임도아닌以上 그것은다만古時調硏究, 或은 朝鮮音樂硏究의際만喫緊點이될것이요民衆一般으로보아서는 朗讀口調를標準으로하지안흘수업는 것이다 그럼으로古時調의歌曲一羽調, 平調, 界面調等의諸調와坐한初中大葉, 二中大葉, 三中大葉, 二數大葉, 三數大葉, 騷聳, 編騷聳, 蔓橫, 樂時調, 編樂時調, 編數大葉, 弄歌其他의 노래의諸風度形容의區別如何도 新創作에잇서서는何等의意義가업는 것이라할것이니 要컨댄거긔에실려잇는古時調全部를統考하야 一般에

4 崔南善, 『六堂 崔南善 全集1』, 도서출판 역락, 2005, 271~286쪽.
5 「時調는復興할것이냐?」, 『新民』 제23호, 1927. 3, 76~89쪽. 주지하듯이 김동환(金東煥, 1901~?)처럼 시조의 내용과 형식의 낙후성을 지적하며 시조 부흥에 비판적 견해를 밝힌 이도 적지 않았다(金東煥, 「時調排擊小議」, 『朝鮮之光』 제68호, 1927. 6, 1~11쪽). 배은희는 시조 부흥을 반대하는 논자들이 제기한 문제의 핵심은 시조를 문학이 아닌 노래로 여겼던 것에 있음을 분석하였다. 따라서 시조를 부흥시키기 위해서 가곡과의 분리는 반드시 선결되어야 할 문제이기도 했다(배은희(2014), 앞의 글, 251쪽).

게必要한型式만을建案시키면그것으로足하다할것이다[6]

제시된 인용문은 1928년 4월 18일 『동아일보』에 수록된 이은상
의 「시조단형추의(時調短型芻議)」의 일부이다. 이전에 그는 1927년
4월 30일부터 5월 4일까지 다섯 차례에 걸쳐서 『동아일보』에 「시
조문제(時調問題)」를 연재한 바 있다. 그는 이 글에서 시조 부흥을
반대했던 논자들이 공통적으로 지적했던 시조 시형의 낡음과 특수
계급의 전유물이라는 데에 대한 내용을 적극적으로 반박하였다.[7]
또한 같은 해 3월 「시조는 부흥할 것이냐?」 기획 특집에서는 사실
상 최남선의 주장을 온전히 수용하는 모습을 보여주기도 했다.[8]

이와 같은 사례를 되새겨 볼 때, 이은상이 시조에서 주목했던 것
은 시조의 시형과 그것을 근대적으로 수용하는 방안에 있었음을
알 수 있다. 그리고 그는 이 문제를 해결할 수 있는 실마리를 시조의
음악적 요소인 가곡(歌曲)과의 분리에서 찾고 있으며, 시조의 형식
만으로도 충분한 의미를 가질 수 있다는 사실에 주목한다. 앞서 제
시한 이은상의 「시조단형추의」에서 눈여겨보아야 하는 부분으로
고시조와 신창작(新創作)이라는 용어를 사용하고 있다는 사실을 꼽
을 수 있다. 그는 이 용어를 사용함으로써 고시조의 특징을 정리하
고 근대시조가 나아가야 할 방향을 타진하고 있기 때문이다.

우선 그는 고시조가 가지고 있는 주요한 특징으로 가곡, 조(調),
엽(葉) 등과 결합되어 있음을 언술하고 있다. 하지만 오늘날에는 이

---

6 李殷相, 「時調短型芻議(1)-時調型式論의一部-」, 『東亞日報』, 1928. 4. 18, 5면.
7 李殷相, 「時調問題」, 『東亞日報』, 1927. 4. 30~5. 4, 3면.
8 李殷相, 「時調復興에對하여」, 『新民』 제23호, 1927. 3, 87쪽.

를 향유하는 것 자체가 용이하지 않을 뿐더러 일반 민중에게는 불필
요한 요소로 치부될 수 있음을 지적한다. 이에 반해 지음[作]의 관점
에서 접근해야 할, 신창작 시조에서는 이와 같은 요소가 하등 의의
가 없다는 점을 분명히 밝히고 있다. 이어서 시조의 요소 중 근대에
도 유효할 수 있는 것은 오직 형식이라는 점을 강조한다.

　　녜전사람들은 時調를짓기위하여진것이아니고 부르는김에지어본
것이다 다시말하면卽興的으로지어본것이다 만일짓기위하여진인가
잇다하면 그는小數에지나지못할것이다 그리고 그들이지은時調의內
容은 各各時代의思想感情을 咏嘆한것임으로지금보기에는 單調하고
固陋하고貧弱한것이만치마는그러타고모다 나무라고唾棄할것은아니
다다만 우리는그것이나마그만한形式이나마 우리文壇에남은것만다
행으로알고仔細히늙어보고 깁히硏究하여取할것은取하며 버릴것은
버릴쑨이다[9]

　　앞서 살펴보았듯이 이은상은 시조를 근대적으로 수용하는 방안
으로 가곡과의 분리에 주목하였는데, 이와 같은 견해는 이병기의
생각에서도 엿볼 수 있다. 제시된 인용문은 1926년 12월 4일 『동아
일보』에 수록된 이병기의 「시조란 무엇인고」의 일부이다. 이은상
이 고시조와 신창작이라는 용어를 사용했다면, 이병기는 읽는 시조
와 부르는 시조라는 용어를 사용하고 있다.
　　이병기의 관점에서 볼 때 부르는 시조는 근대 이전의 시조를 의

9 李秉岐, 「時調란무엇인고(九)」, 『東亞日報』, 1926. 12. 4, 3면.

미하며, 그 향유 방식은 즉흥적으로 노래로 불리며 내용적으로는
단조롭고 고루하며 빈약한 특징을 갖고 있다. 다만, 그는 부르는
시조에 대해 매몰찬 비판까지 할 필요는 없다는 점을 말하면서도,
결국 근대 이전의 시조에서 취할 것은 시형밖에 없음을 토로한다.
이 말의 이면에는 시조의 가창적 속성과 기존의 내용은 버려야 한다
는 의미가 내포되어 있음은 충분히 짐작할 수 있다.

정형의 시조가 남겨진 곳은 우리 문단(文壇)이라는 이병기의 언급
도 주목할 필요가 있다. 시조와 가곡의 분리를 개별 논자들이 언명
하는 것에 그치는 것이 아니라, 이제 시조는 문학의 자장 안에서
이해되어야 한다는 것을 전제로 하기 때문이다. 그리고 이병기의
말처럼 시조는 시조 작가와 연구자에 의해 자세히 연구되며 읽히는
대상으로 점진적으로 전이(轉移)된다.

時調의造句法에는初中終三章이난호아잇서 보통으로는平時調의形
式을取하고平時調의形式에맛지못한것은 엇時調나辭說時調의形式을
取할것이다.[10]

그러나 엇時調나 辭說時調는 짓기도 어려운이만콤自來로 名作을볼
수업다. 무론 어느詩든지 詩形이길면길스록 佳作傑作을엇기어려운듯
하다 支那詩에도 長篇詩는絕句냐四律만콤名作이적고 日本詩에도 長歌
는 短歌나 俳句만콤 名作이적다 딴테의神曲이나 밀톤의失樂園은 각기
時代的産物로 有名한掌篇傑作이지마는포오(美國詩人)는 이런것도 感
激의集積 곳短詩의連續한것이라말하엿다. 과연 포오의詩論을보면 그

_____

10 李秉岐, 「時調란무엇인고(十八)」, 『東亞日報』, 1926. 12. 13, 3면.

中短詩形을力說하엿다. 이詩論으로도우리時調가가장理想的詩形으로
되엿다할것이다. 그런데時調는普通平時調形式만으로조흘가 혹은엇
던時調辭說時調의形式도써야할가 이쏘한自己가自由로選擇한것이다.
그러나나의經驗과意見으로는엇時調 辭說時調보다도平時調形式으로
하여 아무리긴것이라도쓸수잇다고한다.[11]

앞서 살펴보았듯이 이병기는 고시조에서 취해야 할 것은 형식이
라고 말했지만, 그가 말한 형식은 엄밀히 말하면 평시조를 의미한
다. 이 인용문에서 이병기는 시조 시형에 대해 기본적으로 초·중
·종장으로 이어지는 3장을 갖추고 있으며 평시조가 기본형이 됨을
말하고 있다. 그리고 평시조의 시형에 부합하지 않는 형식은 엇시조
나 사설시조로 본다. 그는 엇시조나 사설시조의 존재 자체를 부정해
야 할 대상으로 여기지는 않는다. 다만, 그가 단형의 평시조를 기본
형으로 삼고 선호했던 까닭은 시형이 길어질수록 좋은 작품을 찾아
보기 어렵기 때문이다.

그의 이와 같은 생각은 단순히 개인의 기호(嗜好)나 조선의 문학
만을 고찰해서 얻은 결과는 아니었다. 중국시, 일본시, 영국시, 미국
시 등 세계문학의 사례를 근거로 하여 살펴보았을 때 장형보다는
단형의 시에서 가작(佳作)과 걸작(傑作)이 산출되는 경향이 뚜렷했던
것이다. 그리고 가작과 걸작을 판가름하는 기준점은 그가 표현한
대로 감격(感激)의 집적(集積)이 되었다. 이러한 내용을 통해서 볼 때
이병기가 생각했던 이상적인 시형은 시인의 시적 감정을 시적 언어

———

11   李秉岐, 「時調란무엇인고(十七)」, 『東亞日報』, 1926. 12. 12, 3면.

로 구조화하여 집약적인 표출을 가능하게 해주는 것이었다. 덧붙여 그는 「율격과 시조」에서 시조의 율격과 창작 법칙을 제시하였는데 이를 통해 시조 시형의 활용법을 모색하였다.[12]

시조를 조선의 유일한 정형시로 상정하기 위한 노력은 『조선시가사강(朝鮮詩歌史綱)』(1937)을 통해 조선의 시가 작품을 학문과 연구의 대상으로 편입시킨 조윤제에게서도 찾아볼 수 있다.

> 曲調分類法은 歌集編纂上에 얼마만한 價値를 齎來하였는가. 曲調는 本來 音樂上의 高低, 長短이며 唱法을 規定한 것이고, 文學上或은 詩歌 形式上에서 區別한 名稱이 아닌以上 一首의 詩歌를 設令 羽調니界面調 니 中大葉이니 數大葉 어느것에 分屬식혔다 하드라도 果是 그詩歌를 그 曲調에 專屬 固定식힐수 있을가 …(중략)… 曲調는 詩歌를規定할수 있는것이아니고 一首의 詩歌는 如何한 曲調에라도 歌者 마음대로 推移 唱出할수 있다하였다. 이것은 歌曲源流 編者와 같은 歌學權威者의 한말 이니 充分히 信用할수 있다 하겠거니와 일로 보면 曲調分類法은 그 根據가 實로 危險한듯이 생각된다.[13]

이은상과 이병기가 음악적인 요소를 배제하고 단형의 평시조와 장형의 엇시조 및 사설시조를 기준으로 시조의 형식을 파악했듯이, 조윤제도 시조를 분류할 때 곡조분류법의 실효성에 대해 의문을 제기한다. 그가 이 의문을 제기한 이유는 두 가지로 요약된다. 하나

---

12 가람, 「律格과 時調」(1)-(4), 『東亞日報』, 1928. 11. 28~12. 1, 2면.
13 趙潤濟, 「歷代歌集編纂意識에對하야」, 『震檀學報』 제3집, 진단학회, 1935, 474쪽.

는 곡조 자체가 음악성에 기반한 것이므로 문학적으로 형식을 파악
하고자 할 때 적합하지 않다는 점이다. 다른 하나는 하나의 곡조와
하나의 작품이 고정된 것이 아니라 상황에 따라 변용될 수 있는
여지가 농후하다는 점이다.

> 먼첨「時調」라는 말부터 그 槪念을 確實히 規定하여두지않으면 안되
> 겠거니와 時調라하면 普通 이에 두가지 意味로 解釋할수 있다. 即 하나
> 는 音樂上에서 어떤 曲調를 말하는 것이고, 다른 하나는 文學上에서어떤
> 詩形의 名稱으로 使用하는 것인대 이 兩者는 全然 關係가 없다고는 할수
> 없겠지마는 決코 同一한 것이 아니란 것을 미리 分明히 하여두지 않으면
> 안된다. 그런대 여기서 말하고자 하는 것은 勿論 音樂上의 時調가 아니
> 고 文學上의 時調가될것이나 文學上의 時調라 할지라도 아직 이에는
> 몇 種類의 區別이 있다하겠다. 即 普通우리가 요사이 時調라 하는 것은
> 初章 三四三(四)四 中章 三四三(四)四 終章 三五四三 의 字數排列을 가진
> 것을 말하지마는 이것은 時調中에도 特히 短形時調라 이를만한 것이고,
> 이外에도 다시 中型 或은 長型이라고 이를만한 時調가 있다. …(중략)…
> 여기서 取扱하고자 하는 時調는 短形時調인대 이것은 朝鮮의詩形에 있
> 어서 唯一한 定型詩다. 그形式은 初·中·終 三章에 난후이고 各章는 다시
> 各其四句에 난후어서 그 字數의 排列이 앞에서 標示한 바와 같이[14]

조윤제는 시조의 개념을 정립할 때도 음악과 문학이라는 두 가지
측면으로 분류하여 접근하였다. 이 글에 따르면 그가 상정한 시조의

---

14 趙潤濟,「時調의 本領」,『人文評論』5집, 1940. 2, 19~20쪽.

개념은 음악에서는 곡조를 지칭할 때, 문학에서는 시형을 의미할 때 사용하는 명칭이다. 특히 그는 이 글에서 문학으로서의 시조에 주안점을 두고 있는데, 그가 말하는 시조란 초·중·종장을 갖추고 일정한 자수배열(字數排列)을 가진 단형시조이다. 그는 이외에도 중형시조와 장형시조가 있다는 사실을 언술하면서도, 조선의 유일한 정형시가 될 수 있는 시조는 단형시조라는 점을 분명히 밝히고 있다.

이상에서 논의했듯이 시조는 역사성과 시형을 갖추고 있었기에 조선시가 될 수 있는 핵심 요건을 갖추고 있었다. 조윤제는 다소 역설적인 방법이었지만 일본의 국문학사와 와카사(和歌史) 연구 방법을 참고하여 조선문학의 뿌리를 찾기 시작했으며 그 결과로 시조를 재발견할 수 있었다. 그리고 1937년 『조선시가사강』이라는 결과물을 얻었다.[15]

하지만 시조가 존재해오던 전통적인 방식은 재래의 가곡과 유착 관계를 바탕으로 하고 있었다. 따라서 시조를 문학의 영역으로 완전하게 편입시키기 위해서는 가곡과의 박리(剝離)가 선결되어야 했다. 이 과정에서 이은상은 고시조와 신창작, 이병기는 부르는 시조와 읽는 시조 등의 용어를 사용함으로써 고시조와 근대시조의 변별점을 찾고자 했다. 그 결과 시조의 종류를 분류하면서 단형인 평시조를 시조 시형의 기본형으로 보았다. 이는 시조의 형식적 엄정함을 끊임없이 고구(考究)함으로써 시조를 조선의 유일한 정형시로 상정하기 위한 노력의 산물이다.

---

15 임경화, 「식민지하의 〈조선시가사〉의 형성-조윤제 『조선시가사강』을 통해 본 식민지 스티그마의 재해석-」, 『日本硏究』 3, 고려대학교 글로벌일본연구원, 2004.

하지만 가창적 요소가 탈각됨으로써 상실된 리듬을 대체할 수 있는 무언가가 요구되었다. 이병기의 경우 객관적 서경과 주관적 서정을 근대시조 창작의 핵심으로 선정하였다. 다양한 시재(詩材)를 활용하되 정제된 시어를 시조의 정형에 담아낸다면, 시조의 형식에 의해 최소한의 리듬을 기대할 수 있었기 때문이다.[16] 이러한 사례를 볼 때 시조 정형성의 정립은 비단 구술문화에서 문자문화로 전환되는 과정에만 한정되지 않는다. 시조의 본질인 리듬을 보존하는 측면에서도 유의미한 지점을 지니고 있었던 것이다.

2. 신춘문예와 시조의 사회화

신춘문예와 시조의 관계에서 주목해야 할 시조의 위상 변화는 세 가지로 볼 수 있다. 첫째, 시조가 문학의 장으로 편입됨으로써 문학 장르로 공인받을 수 있는 계기를 마련했다는 사실이다. 둘째, 작가 재생산의 구조 측면에서 볼 때 일반 독자도 시조 작가로 발돋움할 수 있는 기회가 제공됨으로써, 일반 독자의 창작 욕구를 자극함과 동시에 누구나 시조를 창작할 수 있는 환경이 마련되었다. 셋째, 신춘문예 시조 분야에 응모하는 독자는 신문사에서 지정한 시조 시형을 준수해야 했는데, 독자들은 이 과정에서 시조 시형을 자연스럽게 체득하게 되었다는 점이다.

---

16   정주아, 「한글의 텍스트성(textuality)과 '읽는 時調: 가람 이병기의 한글운동과 시조혁신운동」, 『語文研究』 47(4), 한국어문교육연구회, 2019, 262~267쪽.

사실 신문에 시조가 등장한 대표적인 사례는 1906년 7월 21일
『대한매일신보(大韓每日申報)』에 수록된 대구여사(大丘女史)의 「혈죽
가(血竹歌)」를 떠올려 볼 수 있다. 이 작품이 발표된 이후『대한매일
신보』에서만 400수 가까운 시조가 수록되었다.[17] 하지만 당시 일반
독자의 참여보다는 신문사의 필진이 창작한 기획 시조가 지상(紙上)
에 제시된 경우가 대부분이었다.

그마저도 완전히 새로운 작품을 선보였다기보다는 대중에게 익
숙한 민간 노래를 활용한 경우가 많았다. 국민국가 건설 추진과 국
권회복운동을 효과적으로 전개해 나가기 위해서는 기억과 전승에
용이한 구술문화의 특징을 활용할 수밖에 없었기 때문이다. 특히
신문사의 필진들은 감정의 집단화에 유효한 시조의 정형성을 활용
하고자 했었다.[18] 즉, 1900~1910년에는 시조가 신문이라는 인쇄 매
체에 수록되기는 했으나 실질적인 기대효과는 여전히 구술문화에
의존하고 있었다.

이후 1926년 최남선의 시조부흥론을 기점으로 신문과 시조와의
결합 양상은 전대와 달라진다. 그의 주장에 공감한 홍명희는 동아일
보사의 신춘문예 모집 분야에 시조를 추가함으로써, 시조 작가를
배출하고 수준 높은 작품을 지속적으로 확보하려 했다. 그리고 신춘
문예는 1년에 한 번만 문학 작품을 모집하며 엄정한 심사를 통해
당선자에게는 소정의 상금과 더불어 공인받은 작가로 등단할 수
있는 기회를 제공한다는 점에서 기존의 독자투고나 현상문예와는

---

17 김영철, 『한국 개화기 시가 연구』, 새문사, 2005, 62~65쪽.
18 윤덕진, 『전통지속론으로 본 한국 근대시의 운율 형성 과정』, 소명출판, 2014, 197쪽.

제도적으로 차별성을 갖게 되었다.[19] 이와 관련해서 추가적으로 가장 이른 시기의 신춘문예로 확인되는 1925년 동아일보사의 광고문도 참고할 수 있다. 이 광고문에 따르면 신춘문예를 신설한 취지는 기존 문예란에 투고되는 시스템을 체계적으로 정비하고 각 부를 담당하는 책임자를 배정함으로써 전문성을 높이고자 함이었다.[20]

앞서 언급했듯이 시조가 신문에 투고된 사례는 1900~1910년대에도 이미 존재했었다. 이 시기 대표적인 신문인 『대한매일신보』, 『대한민보(大韓民報)』, 『제국신문』 등에 수록된 시조를 떠올려 볼 수 있다. 하지만 신춘문예는 투고 횟수, 상금, 전문 작가로의 등단이라는 측면에서 기회의 희소성을 갖고 있었다. 독자가 자신만의 분야를 설정하여 문학 작품을 투고하고 평가를 받는 과정은, 시조의 구술문화적 효과에 기대어 감정의 집단화를 기대했던 전대의 사례와 확연한 변별점을 갖는다. 특히 1920년대 이후 신춘문예에서는 시조 시형 준수가 전제되었기에 노래보다는 문학으로서의 시조에 초점이 맞추어져 있었다.

新春特別論文及文藝作品懸賞募集[21]

◇ 新年을當하야우리生活에는새希望과새計劃과새힘을주고십흡니다이目的을爲하야本社에서는滿天下志士文士의瓊稿를求하기로하엿습니다

◇ 靑年運動과農村運動은吾族의將來에가장關係가큰問題라고보기째

---

19 손동호(2020), 앞의 글, 242쪽.

20 「=薄謝進呈= 新春文藝募集」, 『東亞日報』, 1925. 1. 26, 3면.

21 「新春特別論文及文藝作品懸賞募集」, 『東亞日報』, 1926. 10. 31, 1면.

문에이두問題에對하야高見을求하기로하엿고

◇ 文藝로도아모조록우리精神生活의動力이되고行進曲이될生命넘치
  는名篇을求하야滿天下讀者에게新年선물을들이고십흡니다

◇ 特히時調와歌詞를項目에너흔뜻은吾族固有의藝術形式을復活식히
  고십다는衷情이며文藝評論으로朝鮮現代文藝槪觀은文學史의濫觴
  이되기를期하고朝鮮現代作家評論은朝鮮文壇은第一次決算이되기
  를期한것입니다

제시된 인용문은 1926년 10월 31일 『동아일보』에 수록된 신춘
문예 광고문으로 당시 편집국장과 학예부장을 겸직하고 있던 홍명
희가 작성한 것이다. 홍명희는 신춘문예를 시행함으로써 신진 작가
의 등장을 기대하고 있다. 특히 우리 민족 고유의 예술 형식을 부활
시키고 싶다는 충정에서 시조 모집을 추진하게 되었음을 눈여겨볼
필요가 있다.

홍명희가 언술한 해당 구절의 내용은 지난 5월 최남선이 발표한
「조선국민문학으로의 시조」의 요지와 매우 유사하다. 최남선은 이
글을 통해 시조를 조선시를 정립하고자 하는 바람을 드러내었다.
이에 영향을 받은 홍명희를 비롯한 동아일보사의 필진들은 신춘문
예를 활용하여 시조를 문학 장르의 하나로 공표했던 것이다.

新春文藝懸賞募集[22]

評論, 感想, 隨筆 [十四字二行二百行內外] 一等賞十圓

---

22 「新春文藝懸賞募集」, 『每日新報』, 1929. 12. 4, 1면.

詩 [漢詩(隨意題韻) 新體詩, 時調] 六篇 各種에 一等賞五圓 二等賞三圓

短歌 (광대소리, 長短隨意) 一等賞二十圓 二等賞十圓(右는□來하는것도

無妨)

投稿期限, 發表及賞金

一, 今十二月二十二日以內本社編輯局新春文藝係로送하옵

一, 當選原稿는新年號부터發表함

一, 賞金은 發表와同時에送呈함

注意 當落을不問하고原稿는一切返還치아니함

每日新報編輯局

新春懸賞文藝[23]

期限十二月二十日{特別延長}

◇ 短篇小說{五回以內每回一行十四字百五十行}賞金　一等卅圓　二等
　　廿圓　三等拾圓

◇ 詩(新詩・時調) 一等十圓　二等五圓　三等三個月分本報購讀券

◇ 羊의傳說(故鄕의傳說)賞金詩賞과同一{興味津津하고도簡明하게}

◇ 漫畫漫文{一九三0年의回顧거나三一年의展望이거나時事時代風潮
　　를題材로하되文은一行十四字五十行以內}

◇ 學生文藝 作文 題『除夜』『새해의새決心』

　　(兩題中隨意로一題에限함一行十四字百行以內)

　　賞金　一等五圓　二等三個月本報購讀券　三等同上一個月分

◇ 少年文藝(1)童話(2)童謠(規定小說과同一)

23　「新春文藝와한글歌」, 『朝鮮日報』, 1930. 12. 5, 4면.

賞金(1)은詩賞과同一(2)는學生文藝賞와同一
◇ 皮封에『新春文藝』라朱書할 事
朝鮮日報學藝部

제시된 인용문은 각각 1929년 12월 4일 자『매일신보』, 1930년
12월 5일 자『조선일보』의 신춘문예 광고문이다. 이 광고문에서 확
인할 수 있는 사실은 매일신보사의 편집국과 조선일보사의 학예부
에서도 시 분야에 시조를 포함시켜서 독자들의 응모를 받았다는
것이다. 이는 홍명희가 주관했던 동아일보사만 추진했던 움직임이
아니라, 주요 신문사와 필진들도 시조를 신춘문예의 장으로 포섭시
키고 있었다는 것을 증명해준다. 그리고 이와 같은 사실은 제시되어
있는 1929년과 1930년 자료에만 한정되지 않는다. 각각의 신문사
에서 1920∼30년대에 시행한 신춘문예 광고문을 확인해 보아도 전
반적인 내용은 제시된 자료와 크게 다르지 않다.

以上으로써 新春文藝選後感을끝낸다. 끝으로 한마디 重言하거니
와 新春에 文藝를 懸賞募集하는것은 新人을 캐어내려는 意圖와 努力
에서 나온것이다. 每年 新春마다 우리는 여러新人을 紹介해왓다.
그럼에도 不拘하고 그所謂 新人들은 應募가 단순히 賞金을爲한 試驗
이엇든듯 그後에오는 꾸준한努力이 없으므로 한번 반짝하고는 다시
자최도없이 슬어지고 마는것을 너무도 만히 보앗다. 이는 섭섭한일
이다. 이번에 當選된 여러분들은 각각 그部門에서 꾸준이 精進하야
今年에는 만흔收穫이 잇게하라. 우리는 여러분의 今後의 勞作에 對하
야 充分한 紙面을 準備해 가지고잇다.(끝)[24]

七. 詩歌

新詩, 時調, 民謠는 質로나量으로나 例年과 大差가없엇다. …(중
략)… 時調는 選에 들만한것이 없엇다. 겨우 두篇을 佳作으로 추리기는
하엿으나 李豪愚氏의「迎春頌」은 無難하되 張草鄕氏의「寒村點懷」는
型에 어기고 格을 일흔 個所가 더러잇엇다. 多少加筆을 要하엿다.[25]

제시된 인용문은 각각 1935년 1월 17일, 1936년 1월 11일 『동아
일보』에 발표된 신춘문예 선후감(選後感)이다. 1926년 10월 31일 신
춘문예 광고문과 직결되는 1927년의 자료 또는 시간적인 거리가
가장 짧은 것을 살펴보는 것이 가장 정확하겠지만, 당시 동아일보사
의 신춘문예 선후감은 미발표되거나 불규칙하게 발표가 되었기에
1935년과 1936년 자료를 제시하였다. 물론 신춘문예 각 부문별 당
선자는 비교적 꾸준하게 발표되었지만 심사 경위와 전체적인 결과
를 알 수 있는 선후감은 소수의 자료만을 통해 확인할 수 있다.

선후감은 신춘문예의 공정성과 투명성을 담보하는 중요한 장치
이다.[26] 동아일보사의 선후감이 불규칙하게 발표된 사실은 다소 아
쉽기는 하나, 시조 분야의 당선작에 한정해서 본다면 "형(型)에 어기
고 격(格)을 일흔 개소(個所)가 더러잇엇다"라는 구절을 눈여겨볼 만
하다. 내용이나 시상의 전개 방식 같은 부분을 평가하기보다는 시조
의 형식을 얼마나 충실하게 준수했는가를 중요한 잣대로 보고 있음
을 단적으로 보여주는 사례이다. 물론 "선(選)에 들만한것이 없엇

24 選者, 「新春文藝選後感(完)」, 『東亞日報』, 1935. 1. 17, 3면.
25 選者, 「新春文藝選後感(七)」, 『東亞日報』, 1936. 1. 11, 5면.
26 손동호(2020), 앞의 글, 265~266쪽.

다"처럼 투고된 작품 수준 자체가 다소 미진한 측면도 있기는 하다. 그러나 앞선 내용을 고려한다면, 심사진이 생각했었던 선작(善作)의 기준은 형(型)과 격(格)에 두고 있었으리라는 점을 충분히 짐작할 수 있다.

한편 신춘문예를 통해 시조 작가 재생산과 문학으로서 시조의 사회화가 효과적으로 이루어졌는지에 대해서는 다소 의문이 드는 부분도 있다. 동아일보사에서는 시조 형식의 부흥과 신진 작가 배출을 목표로 신춘문예를 시행했지만, 정작 투고자들은 상금에 최우선 가치를 두는 모습을 보여주었다. 또한 신춘문예에 당선되었다 하더라도 대체적으로 이벤트성 창작에 그치고 말았기에 실제 작가로 등단하여 문필 활동을 꾸준하게 이어나가는 경우도 많지 않았다. 이와 관련해서는 앞선 제시문의 "너무도 만히 보앗다"는 구절을 통해서 알 수 있듯이 최근 1~2년의 문제가 아니며 고질병이었음을 짐작할 수 있다.

하지만 1920~30년대 당시 신문사에서 시행했던 신춘문예가 모두 이와 같은 양상을 보인 것은 아니다. 조선일보사에서 주관한 신춘문예는 비교적 체계적인 시스템을 갖추고 있었다. 뿐만 아니라 작가 재생산과 문학으로서 시조의 사회화에도 어느 정도 효과를 거두었다. 조선일보사에서는 선후감을 통해 심사위원 명단을 비롯해서 심사와 관련된 전반적인 정보를 투명하게 공개하였다.

1936년의 사례를 들어본다면, 심사위원으로는 박영희, 최독견, 염상섭, 김려수, 이은상, 안석영, 박팔양, 이홍직, 함대훈, 이태준, 이기영, 이원조, 최재서, 박치우, 정지용, 임화, 김기림, 서광제, 박종화, 이승구, 윤석중, 이헌구, 김영수 등이 활동했다. 또한 그동안 신

춘문예를 통해 선발된 인원 중 일부는 작가로 활동하고 있다는 사실
을 덧붙였다. 그리고 응모된 작품의 수가 소설 486편, 희곡 240편,
시 1,296편, 민요 261편, 동요 390편, 동화, 276편, 시조 204편, 도합
3,153편라는 통계도 제시하였다. 이러한 사실을 고려한다면, 당시
일반 독자들이 상당한 관심을 갖고 신춘문예에 참여했음을 알 수
있다.[27] 그리고 신춘문예 시조 분야에 응모한 일반 독자도 적지 않음
을 알 수 있다. 이들이 신문사에서 제시한 주제와 시조 시형을 준수
해야 했던 사정을 떠올려 본다면 신춘문예를 통한 시조 시형의 정립
은 소기의 성과가 있었다고 할 수 있다.

　이상에서 논의했듯이, 1926년 최남선의 시조부흥론 이후 동아일
보사의 홍명희를 필두로 시조는 신춘문예의 장으로 편입되었다. 이
를 통해 홍명희가 도달하려 했던 지향점은 민족의 시가인 시조의
형식이 부활, 일반 독자가 시조 작가로 나아갈 수 있는 계기 마련,
문학으로서 시조의 사회화 도모로 집약된다. 동아일보사의 신춘문
예 선후감을 통해서 알 수 있었듯이, 시조 분야의 주요 심사 기준은
형과 격에 있었다. 이는 시조의 형식을 부활시키고자 했던 당초의
목표에 부합하는 것이기도 하다.

　하지만 당시 동아일보사의 미흡한 운영 등으로 인해, 괄목할 만
한 성과를 거두었는지에 대해서는 다소 의문이 남는다. 그렇지만
1920~30년대 신춘문예 자체의 문제라기보다는 동아일보사 내에
어려움이 있었던 것으로 보는 편이 타당하다. 같은 시기 조선일보사
에서 시행한 신춘문예는 상대적으로 성공했기 때문이다. 이를 통해

27　學藝部, 「新春懸賞　文藝考選經過」, 『朝鮮日報』, 1936. 1. 3, 2면.

알 수 있는 사실은 시조는 신춘문예를 통해 문학의 장으로 본격적으로 편입되었으며, 정형시로서 시조의 특징을 일반 대중들도 자연스럽게 체득하게 되었다는 점이다. 일부 시조 전문 작가나 연구자에 의해서만 시조 부흥이 도모되었던 것이 아니라 신문사의 신춘문예를 통해 실질적인 국민문학으로서 시조를 상정하기 위한 움직임이 있었던 것이다.

3. 사적 글쓰기/발화로서 시조

이광수, 심훈, 정지용, 박용철이 시조를 활발하게 창작한 때는 1920~30년대에 집중되어 있다. 이 시기는 시조부흥운동을 통한 시조의 재발견과 신춘문예를 통한 시조의 사회화가 활발하게 전개되던 때이기도 하다. 그렇다면 근대 문인의 시조는 시대적 흐름에 편승하지 못했거나 갑자기 등장한 변종에 불과했던 것일까. 그리고 이들이 창작한 시조의 수준은 그들이 신문학 분야에서 쌓아오던 명성에 걸맞지 않은 함량 미달이었을까에 대한 의문이 이어진다.

이광수, 심훈, 정지용, 박용철이 일상생활에서의 사적 체험을 바탕으로 발현되는 감정을 시조에 담아낸 것은, 시조사에서 완전히 새로운 것은 아니다. 이는 시와 가는 본디 하나이지만 감정의 고양 상태에 따라 시로는 다 풀어내지 못할 때 가를 통해 해소한다는 『시경』의 전통적인 시가관에 부합한다. 그리고 저마다 두각을 나타냈던 신문학 장르가 있었음에도 시조를 통해서 개인의 내밀한 정서를 발화했던 것이다.

시조사를 되짚어 볼 때 이러한 양상과 유사한 사례로는 조선시대
문인 신흠(申欽, 1566~1628)을 떠올려 볼 수 있다. 신흠은 「방옹시여
서(放翁詩餘序)」를 통해 어떠한 가식이나 꾸밈없이 자신의 내면에
쌓여 있는 시름을 시조에 담아내었다. 사적 글쓰기로서의 시조는
시여의 전통과 밀접하게 맞닿아 있다는 측면을 고려할 때, 시조가
지니고 있는 본연의 역할과 기능이 근대에도 이어지고 있음을 엿볼
수 있는 것이다.

한편 시조의 부흥과 혁신을 주도했던 이들에게는 사적 글쓰기로
서 시조가 낯설거나 불편한 부분도 있었다. 단적인 예로 이병기는
「시조는 혁신하자」에서 『시문학』 창간호에 발표된 박용철의 「우리
의 젓어머니」[28]에 대해 "자수(字數), 행수(行數), 또는 쓰는법까지라도
꼭 시조와 같으나 시조는 아니다 작가(作家)는 무엇으로 지엇는지는
모르나 이러케 꼭같은 형식으로 써도 사실 틀리는 것이있다 얼른보
면야 모르게된다"[29]는 말로 혹평하였다.

하지만 박용철은 시조 혁신에 부합한 시조를 잘 짓는 사람으로
평가받기 위해서 이 시조를 창작한 것은 아니었다. 이 시조가 발표
된 『시문학』 창간호는 박용철이 창간과 편집을 독담(獨擔)한 잡지이
다. 물론 정지용, 정인보, 변영로, 이하윤(異河潤, 1906~1974) 등의
동인도 함께하기는 했으나 실질적인 운영은 박용철이 주도적으로
하였고 김영랑(金永郞, 1903~1950)이 여러모로 많은 도움을 주는 형
태를 갖추고 있었다. 소수의 동인이 모여서 서로가 공감하는 문학적

---

28 朴龍喆, 「우리의 젓어머니(소년의말)」, 『詩文學』 제2호, 1930. 5, 21~22쪽.
29 李秉岐, 「時調는 革新하자(十一)」, 『東亞日報』, 1932. 2. 4, 5면.

지향점을 실천하고자 했던 장이 『시문학』이었던 것이다.

따라서 이병기의 기준으로 볼 때 작가 고유의 격조(格調)를 만들지 못하고 형식만을 준수한 점을 비판할 수는 있겠으나, 이것이 박용철 시조를 평가할 수 있는 절대적인 준거가 될 수는 없다. 오히려 반대로 생각하면 박용철이 시조의 정형성만큼은 중요시했다는 사실을 도출할 수 있다.

동아일보사 부인 기자 최의순(崔義順, 1904~1969)[30]은 1932년 1월 『문예월간(文藝月刊)』 제2권 제1호에 「문인인상기(文人印像記)」를 발표하였다. 이 글에는 최의순이 과거 이광수의 집을 방문한 경험이 정리되어 있다. 그녀는 가족을 사랑하고 배려하는 이광수의 모습을 "씨(氏)가 그 부인 허씨를 위하는 것 그 아이들을 지극히 귀해 하는 충정은 씨의 동요나 시조에서도 간혹 엿볼 수 잇다"[31]는 말로 회상하였다. 이광수의 동요나 시조를 통해서 계몽가나 문인의 모습보다는 인간 이광수의 면모가 드러나 있음을 알게 해주는 구체적인 증언이다.

덧붙여서 김억은 이광수, 주요한, 김동환이 합작하여 만든 『삼인시가집』을 평가하면서 이광수의 자유시와 시조에 대해 대조적인 언급을 하였다. 그는 이광수의 자유시에 대해 평면적이며 시적 감동이 없음을 지적하였다.[32] 하지만 이광수의 시조는 자유시보다 깊은 감동을 줄 뿐만 아니라 그의 시적 소질을 시조에서 찾을 수 있다고

---

30 「녀자계의새인물을차자 조선녀자로서 화학전문은처음 간단업는연구를 해보려고 로력해 東京女高師 崔義順」, 『東亞日報』, 1927. 5. 11, 3면.

31 崔義順, 「文人印像記」, 『文藝月刊』 제2권 제1호, 1932. 1, 85~86쪽.

32 金岸曙, 「『詩歌集』을읽고서(2)」, 『東亞日報』, 1929. 11. 21, 4면.

보았다.[33]

　김억이 이광수의 자유시와 시조를 평가할 때의 중요한 기준점은 시적 감동이었다. 김억은 시적 감동이 발생하는 원천을 직접적으로 말하지는 않았다. 그러나 김억은 같은 글에서 이광수가 자유시의 형식을 제대로 활용하지 못했음을 에둘러서 지적했음을 떠올려 볼 때 시형에 따라 시적 감동이 다르게 전달될 수 있음을 유추할 수 있다. 여기에 덧붙여서 주요한이 이광수의 시조를 평가한 내용 중 "그의 시조는 창(唱)을 위한 것이 아니요, 읽기 위한 시조라 하겠다"[34]는 구절이 있다. 이를 상기한다면 이광수 시조의 특장점은 정형성 활용에 있었음도 생각할 수 있다.

　심훈은 『심훈시가집(沈熏詩歌集)』(1932) 머릿말에서 자신의 시가 작품에 대해 "이목(耳目)이 반듯한 놈은 거의 한 수(首)도 없었습니다"[35]라고 스스로 고백하였다. 이 고백을 통해서 짐작할 수 있듯이 사적 글쓰기로서 시조는 애초부터 높은 수준의 작품을 선보이기 위해 창작된 것은 아니었다. 『시경』의 시가관에 따르면 가의 발현 요건은 감정의 고양이 최고조에 올랐을 때이다. 따라서 가―시조로 자신의 감정을 풀어냈다는 것은 이에 상응하는 내면의 솔직함이 드러났다는 것을 의미한다.

　사적 글쓰기로서 시조와 사적 발화는, 시조부흥운동을 통한 시조의 재발견 및 신춘문예를 통한 시조의 사회화와 동시대에 존재했던

33　金岸曙, 「『詩歌集』을읽고서(3)」, 『東亞日報』, 1929. 11. 22, 4면.
34　『李光洙 全集』(月報), 5~6쪽.
35　『심훈 전집1』(심훈 시가집 외), 15쪽.

양상이다. 한편에서는 시조를 전문적으로 창작하고 연구하는 집단
에서 시조를 정전화하고 있었다면, 다른 한편에서는 신문학을 주로
창작하고 있던 근대 문인이 개인의 내밀한 정서 고백을 시조로 발산
하고 있었던 것이다. 특히 후자의 경우는 새로운 현상이나 변종이
아니었다. 『시경』의 전통적인 시가관에 부합할 뿐만 아니라 시여의
전통에도 부합한다. 근대 문인의 사적 글쓰기로서 시조 창작은 시여
의 전통이 근대에도 존속되고 있었다는 증거일 뿐만 아니라 사인(私
人)의 내면을 비추어 줄 수 있는 유효한 통로였다.

제3장

1920~30년대
사적 글쓰기와 시조

　1920~30년대 시조 전문 작가와 연구자들은, 시조를 부흥시켜야 하는 당위성과 혁신이 필요하다는 점을 주장할 수 있는 논리를 구축하였다. 이 과정에서 그들은 시조의 본질이라 할 수 있는 가곡과의 절연(絕緣)을 선택했다. 이에 시조는 시형이 엄격해지고 세부적으로 정립됨에 따라 조선의 유일한 정형시로 거듭나게 되었다. 하지만 근대 문인 이광수, 심훈, 정지용, 박용철에게 시조의 형식은 개인의 내밀한 정서를 풀어낼 수 있는 효과적인 통로였다. 이들에게 시조의 형식은 시적 언어와 감정을 구조화해 주는 장치였으며, 그 자체가 목적이 아니었던 것이다.

　이들이 시조를 통해 보여준 세계는 개인의 체험과 정서를 바탕으로 한 사적 발화에 기반한 경우가 많았다. 이는 시여의 전통이 근대에도 접맥하면서 시조가 존재하고 있음을 보여준다. 이러한 맥락에서 김윤식이 『춘원시가집』에 대해 "시조는 논리가 아니라 심정의 표백에 알맞은 형식이었다"라고 말한 대목을 곱씹어 볼 필요가 있다.[1] 이는 비단 이광수에게만 한정되지 않으며 시조를 창작한 다른 근대 문인에게도 적용되는 언술이기 때문이다.

이와 같은 사실을 고려하면서 신문학의 대표적인 양식인 소설, 시나리오, 시, 시론에서 나름의 입지를 구축했던 근대 문인이 시조를 통해 보여준 사적 발화의 구체적인 양상에 대해 살펴보고자 한다.

1. 이광수: 탈계몽과 자기고백

시인은 자신의 삶을 반추하며 작품 창작을 통해 내적 고백을 한다. 이 과정에서 고백하고 싶지 않았던 지난날의 기억과 체험도 고백해야 하지만 이 고백을 통해 비로소 자신의 아픔을 보듬기도 한다.[2] 이광수의 계몽소설이나 문학론이 아닌, 시조를 통해서 인간 이광수의 모습과 그의 육성을 직접적으로 마주할 수 있다는 측면을 떠올려 볼 때 그의 시조는 시 창작의 역설에도 부합한다.

시조에 발현된 인간 이광수의 모습은 다음과 같은 유형으로 나누어 볼 수 있다. 첫째, 어머니를 향한 사모(思慕)이다. 어린 아이 이보경(李寶鏡)의 목소리로 30년 전 여읜 어머니를 애타게 그리워한다. 둘째, 자식을 향한 부성애(父性愛)를 갖고 있는 아버지의 모습이다. 이광수는 아픈 봉근(奉根)이를 밤새 간호하며 자식에 대한 걱정과 자신의 무력감을 토로한다. 셋째, 병상(病床) 생활을 하며 원초적인

---

1   김윤식, 『李光洙와 그의 時代3』, 한길사, 1986, 941쪽.
2   정끝별, 『시론』, 문학동네, 2021, 15~16쪽.

두려움을 느끼고 있는 환자의 모습이다. 그는 육체적 아픔을 호소하며 삶과 죽음의 갈림길에서 삶에 대한 회한과 반성을 한다. 넷째, 시조로 친우(親友)와의 송별(送別)의 아쉬움을 달래는 모습이다. 일상적인 차원에서 주고받는 시조이지만, 벗을 사랑하는 그의 마음과 내적 공허감이 드러나 있다. 다섯째, 자신의 일대기를 풀어가며 자성(自省)하는 모습이다. 특정 시기나 사건이 아니라 삶의 전반적인 모습을 반추한다.

이광수는 시조 창작을 통해 과거와 현재를 넘나들며 아물지 않은 생채기를 다시금 끄집어냈다. 그는 사적인 기억과 체험을 시조에 담아내되, 그것을 미화하거나 문학적인 수사에 힘을 쏟지는 않았다. 또한 자신의 목소리를 통해 직접 치부를 드러내는 것에도 거리낌이 없었다. 개인의 내밀한 심사(心事)를 문학 창작으로 진솔하게 풀어내고자 할 때 그에게 시조는 유효한 출구였던 것이다.

어머님생각[3]

어머님 생각을 쓰란말이 야속하오
三十년 지내어도 멀지않는 이설음을
어찌타 다시들추어 애끊으라 하시오

북국의 찬겨울에 솜옷한벌 못입으심
가실제 모진병에 약한첩도 못자심을
아무리 불효자식이기로 참아생각 하라오

---

3 이광수, 「어머님생각」, 『新家庭』 제1권 제5호, 1933. 5, 42쪽.

그어느 장맛날에 天柱山에 오르시와
화라지 한임이고 딸기따서 풀닙에싸
앞치마 자락에싸다가 주시든냥 뵙니다

길이신 세혈육이 그도한데 못모이고
하나는 죽고 또하나는 만리타국
이놈도 분묘를못뵌지 三十년이 됩니다

이광수의 「어머님생각」은 전체 4수로 이어져 있는 연시조이다. 제1수에서 그는 "어머님 생각을 쓰란말이 야속하오"라는 말로 작품 전체의 첫 구를 뗀다. 그가 야속함을 느끼는 대상은 잡지사를 향해 있다. 30년이 흘러도 지워지지 않는 서러움을 자신의 마음속으로만 간직하고 싶었지만 부득이하게 잡지사의 기획에 따라 대외적으로 자신의 과거를 들추어 공개적으로 내보일 수밖에 없었기 때문이다.[4]

그는 30년 묵은 서러움을 시조로 풀어내었는데 유년기에 있었던 어머니에 관한 체험 중에서 가장 기억에 남는 것을 고스란히 되살리고 있다. 이 기억은 추운 겨울에도 솜옷을 입지 못한 것, 병에 걸렸을 적 약 한 첩 짓지 못한 것, 천주산(天柱山)에서 장맛비를 맞으며 딸기를 손수 챙겨오신 것, 돌아가신 지 30년이 지났지만 지금도 단 한 차례 성묘를 하지 못한 것으로 집약되는데 주로 가난으로 인해 궁핍했던 생활과 관련된다.

---

4 이 잡지는 당시 어머니 특집호로 기획되었으며 여러 작가들의 수필, 논설, 시, 시조 등 다양한 글이 수록되어 있다.

　이 중에서 천주산의 체험은 부분적으로 행복이 스며들어 있는 기억에 속한다. 천주산은 이광수의 집 근처에 있던 산으로, 봄과 가을이면 고사를 지내는 선왕당이 있었기에 마을 공동체의 신성한 장소였다.[5] 또한 천주산 기슭에는 과일나무가 많았기에 이광수 개인에게는 주린 배를 채울 수 있는 소중한 안식처이기도 했다.[6]

　여기에 더하여 「어머님생각」에 나오는 "그어느 장맛날에 天柱山에 오르시와/화라지 한임이고 딸기따서 풀닙에싸/앞치마 자락에 싸다가 주시든냥 뵙니다"라는 일화도 떠올려 볼 수 있다. 여기에서는 이광수의 어머니가 철철 내리는 장맛비를 맞아가며 천주산의 딸기를 자녀들에게 챙겨준 사실을 확인할 수 있을 뿐만 아니라, 자녀를 위해 궂은 날씨를 무릅쓰는 어머니의 희생과 천주산의 과일로 끼니를 해결할 수밖에 없었던 궁핍한 정황이 복합적으로 드러나 있다.

　「어머님생각」에서 이광수는 어머니에 대한 그리움을 보이면서도 "불효자식"이나 "이놈"이라는 표현을 통해 자책에 초점을 맞추고 있다. 그 이유는 어릴 적 어머니를 소중한 존재로 여기지 않았던 자신의 그릇된 태도 때문이다. 아버지의 술버릇으로 인해 집안 형편이 어려워졌지만 필요할 때면 묵묵히 술을 빚는 모습,[7] 이웃이나 친인척집에서 허드렛일을 하며 기울어가는 가세(家勢)를 유지하기 위해 노력하면서 먹을 것을 얻게 되면 자식부터 챙기는 헌신,[8] 어려

5 　長白山人, 「그의 自敍傳(2)」, 『朝鮮日報』, 1936. 12. 23, 7면.
6 　長白山人, 「그의 自敍傳(6)」, 『朝鮮日報』, 1936. 12. 27, 7면.
7 　長白山人, 「그의 自敍傳(1)」, 『朝鮮日報』, 1936. 12. 22, 7면.
8 　長白山人, 「그의 自敍傳(12)」, 『朝鮮日報』, 1937. 1. 4, 3면.

운 형편에도 민망한 내색 없이 제사를 거르지 않는 꿋꿋함,[9] 빚은 아버지가 졌지만 독촉과 수모를 감내해야 했던 비참함,[10] 자신이 아플 때면 어느 때든지 병간호를 해주던 정성[11] 등에서 어머니에 대한 애틋함과 감사함은 가지고 있었다.

그러나 이광수는 어머니라는 존재 자체를 소중하게 여기고 있지 않았음을 토로한 바 있다. 그는 괴질로 돌아가신 아버지의 뒤를 따라가기 위해 모든 것을 내려놓고 그 시신을 넘나드는 어머니의 행동을 목격함으로써 어머니의 존재를 재인식하게 된다.[12] 넉넉하지는 않았지만 온갖 세파(世波)를 견뎌준 어머니의 그늘 아래 비교적 평온한 일상을 유지했었는데, 당장 11세밖에 안 되는 자신이 가장이 되어 어린 동생들까지 돌보아야 한다는 극한의 두려움이 엄습해왔기 때문이다.[13]

실제로 이광수는 1902년 아버지와 어머니를 모두 여의게 된다. 이후 1905년 관비 유학생으로 일본에 가기 전까지 여러 친척집을 전전하며 혈혈단신으로 힘겨운 삶을 이어나간다. 하지만 그는 자신을 홀로 남긴 어머니 또는 어머니의 선택을 원망하지 않는다. 풍족하지 않은 집안 형편 속에서도 가정을 유지하고 자식들을 돌보기 위해 애썼던 어머니라는 존재의 소중함을 비로소 깨달았기 때문이다. 그리고 시조를 통해 어머니가 살아계실 적에는 그 소중함을 몰

9   長白山人, 「그의 自敍傳(5)」, 『朝鮮日報』, 1936. 12. 26, 4면.
10 長白山人, 「그의 自敍傳(7)」, 『朝鮮日報』, 1936. 12. 28, 3면.
11 長白山人, 「그의 自敍傳(4)」, 『朝鮮日報』, 1936. 12. 25, 7면.
12 長白山人, 「그의 自敍傳(17)」, 『朝鮮日報』, 1937. 1. 9, 7면.
13 長白山人, 「그의 自敍傳(19)」, 『朝鮮日報』, 1937. 1. 11, 3면.

랐던 자신을 채찍질하며 동시에 어머니를 향한 죄송한 마음을 달랬
던 것이다.

어머니[14]

새옷 입을 때면 어머님이 생각혀라.
삼동 다 지나도 솜옷 한 벌 없으시고
가난에 쪼들리시던 젊으신네 시왔다.

○

장맛비 퍼붓던 날 젖은 나무 임을 이고
치마 자락에 호박 닢에 싼 딸기를
寶鏡아 부르시와서 주시던 이시왔다.

○

채마 좁은 끝에 옥수수를 심그시와
여물기도 전에 저녁 짓는 아궁이에
구어서 꼬창이 께어 주시던 이시왔다.

○

손소 누에 놓아 명주 한 필 낳은 것을
싸서 두고두고 끄내어서 보고 보고
寶鏡이 장가들기를 기다리신 이샀다.

○

「홀 어미, 어린 누이, 네 몸에 롯 되어서

────

14 李光洙, 『春園詩歌集』, 博文書館, 1940, 113~115쪽. 이하 이광수의 『춘원시가집』
   인용 시 출처는 '『春園詩歌集』, 쪽수.'로 약칭함.

丈夫일 못 하리라. 아바 따라 가오리라.」

아바님 屍體를 넘어 돌아가신 이샸다.

(附言) 내 어머니 忠州金氏는 열다섯살에 二十年年長인 내 아버지에게로 시집왔다. 어머니 스물 세살 적에 내가 나고는 집이 치패 하여서 설흔 세살 그가 돌아갈 임박 하여서는 朝夕이 末由하였다. 이 노래는 그런 어머니를 생각하고 지은 것이다.

나 장가 들이기를 무척 기다리던 어머니었다. 그 明紬 한 필을 내가 처음 서울 올 때에 路資를 삼았다. 그것과 銀物 몇가지와 紬木 두필과 이것이 어머니의 遺産인 同時에 내 生涯의 미천이었다. 말 없는 내어머니의 사랑이었다.

어머니는 屍體를 넘으면 죽는다는 것을 믿고 어린 누이를 업고 아버지의 屍體를 타고 넘었다. 그후 어머니는 八日만에, 어린 누이는 一年만에 아버지 뒤를 따랐다.

이광수가 어머니에 대한 기억을 시조로 읊은 것은 잡지사의 기획 같은 외부적인 요인에 의한 사례만 있는 것은 아니다. 그의 『춘원시가집』에도 「어머니」라는 시조가 수록되어 있다. 이 시조는 5수로 된 연시조이다. 제시문에 있는 이광수의 술회를 통해서 알 수 있듯이 자신이 태어날 때부터 이미 살림은 파탄 상태였으며 끼니조차 제때 해결할 수 없는 형편이었다. 그리고 그의 어머니는 이 모든 것을 15세부터 33세까지 18년 동안 홀로 짊어지셨다.

그리고 이광수는 이 시조 창작의 동기가 고단한 삶을 살았던 어머니를 떠올리는 것에서 비롯되었음을 직접 말한다. 그러나 「어머

님생각」에서도 논의했듯이 단순히 어머니의 고생만을 풀어내는 데
그치지 않는다. 어렸을 적 어머니라는 존재의 소중함을 간과했었던
자신의 그릇된 인식에 대한 반성과 회한이 곁들어 있다.

어머니가 제1수의 추운 겨울에도 솜옷 한 벌 입지 못하셨다는
내용, 제2수의 퍼붓는 장맛비를 맞아가며 딸기를 싸오셨다는 내
용은 「어머님생각」에 있는 것과 내용이 동일하다. 같은 내용을 두
차례 중복해서 읊었다는 사실은 어머니의 가난과 사랑을 떠올리게
해주는 그 기억만큼은 결코 잊을 수 없음을 의미한다. 사실 제1수와
제2수만이 아니라 작품이 보여주고 있는 전체적인 주제나 내용의
요지도 「어머님생각」과 크게 다르지 않다. 하지만 「어머니」의 가장
큰 특징은 어머니에 대한 기억을 호출하는 방법에 있다. 이 방법은
① 보경이라는 아명(兒名)의 호명과 어머니의 육성 제시, ② 시왔다,
이시왔다, 이샀다 등의 존칭 사용으로 요약된다.

주지하듯이 보경은 이광수의 아명이다. 그는 보경이라는 이름을
일본에서 유학하던 청소년기에도 계속 사용하였다. 1910년부터는
자신의 작품을 잡지 등에 발표할 때 아명을 사용하는 대신 고주(孤
舟)라는 호를 사용한 사례도 있다.[15] 하지만 고주라는 호는 자신의
외로운 소년 사정을 반영한 것이다.[16] 따라서 이광수가 보경이라는
이름에서 고주라는 호로 바꾸었다고 해서 자신의 유년기와 거리를
두기 시작한 것은 아니었으며 그는 여전히 가난과 고아라는 의식에

---

15 孤舟生, 「獄中豪傑」, 『大韓興學報』 제9호, 1910. 1; 孤舟 譯, 「어린犧牲(上)」, 『少年』
    제3년 제2권, 1910. 2; 孤舟 譯, 「어린犧牲(下)」, 『少年』 제3년 제5권, 1910. 5.
16 "孤舟는 외롭다는 뜻, 春園은 和平하다는 뜻, 長白은 늘 돈이 없다는 뜻"(「作家作品
    年代表」, 『三千里』 제9권 제1호, 1937. 1, 225쪽).

연결되어 있었다.[17]

이광수에게 이보경이라는 이름은 자신의 존재를 증명해 주는 이상의 의미를 지니고 있다. 이는 「어머니」에 등장하는 어휘인 보경의 용례로 알 수 있다. 이 시조에서 보경은 두 차례 등장한다. 첫 번째는 제2수의 "보경아 부르시와서 주시던 이시왔다"이다. 장맛비가 퍼붓던 날 뒤로는 나무를 이고 앞으로는 치마 자락과 호박잎에 딸기를 싸서 집에 오신 어머니가 "보경아" 하고 부른다. 빗물을 털어내고 등에 진 나무를 내려놓을 틈도 없이 자식부터 챙기는 어머니의 사랑과 육성이 그대로 전달된다.

또한 제3수에 나와 있듯이 어머니는 바쁜 와중에도 이광수가 좋아하는 옥수수로 간식을 챙겨준다.[18] 이어서 어머니의 육성은 제5수의 "홀 어미, 어린 누이, 네 몸에 누(累) 되어서/장부(丈夫)일 못 하리라. 아바 따라 가오리라"에도 나온다. 어머니는 돌아가신 아버지의 시신을 넘나들며 죽음을 재촉할 때 이 말을 했다. 이광수는 평소 어머니의 궁상맞은 외모와 칠칠치 못한 행동거지에 대해 불만족스러움과 동정심을 동시에 갖고 있었다.[19] 죽음을 재촉하는 어머니의 언행에 적지 않은 충격을 받았지만 무엇보다 그것이 실제로 이어졌기에 잊을 수 없는 기억으로 자리잡게 되었다.[20]

보경이 등장하는 두 번째 경우는 제4수의 "보경이 장가들기를 기다리신 이샀다"이다. 여기에는 "보경아"처럼 어머니의 육성이 직

17 「雅號의 由來(2)」, 『三千里』 제6호, 1930. 5, 75~76쪽.
18 長白山人, 「그의 自敍傳(12)」, 『朝鮮日報』, 1937. 1. 4, 3면.
19 長白山人, 「그의 自敍傳(5)」, 『朝鮮日報』, 1936. 12. 26, 4면.
20 長白山人, 「그의 自敍傳(19)」, 『朝鮮日報』, 1937. 1. 11, 3면.

접적으로 제시되어 있다거나 '나' 또는 '내가'라는 표현을 사용하고 있지도 않다. 하지만 자신의 이름을 본인이 호명함으로써 일정한 거리를 두고 객관적으로 관찰할 수 있는 효과를 가져온다.

그리고 이 효과를 통해 당시 어머니의 뜻을 조금이나마 헤아릴 수 있게 된다. 어머니의 생전 소원은 두 가지였다. 하나는 겨울에 솜옷 한번 입어보는 것이었다.[21] 그리고 다른 하나는 이광수가 장가를 가는 것이었다.[22] 집안 형편이 넉넉하지 않았으므로 솜옷을 입기란 쉬운 일은 아니었다. 하지만 장가를 보내는 일은 노력을 하면 어떻게든 해볼 만한 일이었다.

이에 어머니는 손수 누에를 쳐서 명주까지 짜는 정성을 쏟았다. 이 명주는 어머니에게는 실현 가능성이 있는 유일한 소원을 풀어줄 수 있는 희망이었기에 "싸서 두고두고 끄내어서 보고 보고" 하면서 간절한 마음으로 소중하게 보관하였다. 부언(附言)에도 나와있듯이 이광수에게 명주는 서울 생활을 할 때의 밑천이기도 했지만 어머니의 유산이었기에 "말 없는 내어머니의 사랑"이었다. 당시에는 알지 못했던 어머니의 사랑을 지금에서야 어렴풋하게나마 짚어보게 된 것이다.

이렇듯 보경은 30년 전 돌아가신 어머니와 가장 가깝게 만날 수 있게 해주는 유효한 통로이다. 이 시조를 창작했던 1930년대 후반, 이광수는 보경을 통해 어린아이 이광수로 되돌아갈 수 있었다.

어머니에 대한 기억을 불러내는 두 번째 방법은 "시왔다", "이시

21 長白山人, 「그의 自敍傳(19)」, 『朝鮮日報』, 1937. 1. 11, 3면.
22 長白山人, 「그의 自敍傳(二0)」, 『朝鮮日報』, 1937. 1. 12, 7면.

왔다", "이샸다" 등의 존칭 사용이 있다. 제1수부터 제5수까지 각각 종장 및 그 말구는 "가난에 쪼들리시던 젊으신네 시왔다", "보경아 부르시와서 주시던 이시왔다", "구어서 꼬창이 께어 주시던 이시왔다", "보경이 장가들기를 기다리신 이샸다", "아바님 시체를 넘어 돌아가신 이샸다"로 되어 있다.

특히 말구의 표현은 「강호사시가(江湖四時歌)」 계열의 시조에서 어렵지 않게 찾아볼 수 있는데 대표적인 예로 맹사성(孟思誠, 1360~1438)의 작품을 떠올려 볼 수 있다. "강호에 봄이 드니 미친 흥이 절로 난다/탁료계변(濁醪溪邊)에 금린어(錦鱗魚)ㅣ 안쥐로다/이 몸이 한가히옴도 역군은(亦君恩) 이샷다", "강호에 녀름이 드니 초당(草堂)에 일이 업다/유신(有信)혼 강파(江波)는 보내느 니 브람이로다/이 몸이 서늘히옴도 역군은 이샷다", "강호에 ᄀ올이 드니 고기마다 슬져 잇다/소정(小艇)에 그믈 시러 흘리띄[여 더뎌두]고/이 몸이 소일(消日)히옴도 역군은 이샷다", "강호에 겨월이 드니 눈 기픠 자히 남다/삿갓 빗기 쓰고 누역으로 오슬 삼아/이 몸이 칩지 아니히옴도 역군은 이샷다" 등 그의 이 시조에서는 계절에 따른 흥취를 노래하고 있는데 "역군은 이샷다"라는 표현을 통해 이 모든 것이 임금님의 은혜라는 사실을 강조하면서 이를 높이고 있다.[23]

이광수가 「어머니」에서 종장 말구를 "이샷다"류로 통일감 있게 배치한 것은 뚜렷한 의도가 있었다고 봄이 타당하다. 고시조에서 "이샷다"는 임금님의 은혜를 높일 때 사용하는 표현인 만큼, 이로써

---

23 김천택 편, 권순회·이상원·신경숙 주해, 『청구영언』(주해편), 국립한글박물관, 2017, 18~20쪽. 이하 김천택 편, 『청구영언』 인용 시 출처는 '『청구영언』(주해편), 쪽수.'로 약칭함.

보자면 어머니의 사랑을 최대한 높이고자 했음을 알 수 있다.

病兒(五首)[24]

어느째 안 그러리 아비맘은 네의것이
범연 한체해도 잇칠째 잇으랴만
아플제 가여운안은 비길곳이 업서라

四十度 놉흔熱에 어린몸이 애쓰는양
불째에 내목슴과 바싀아주옵소서
비올곳 어디리마는 빌고빌고 하여라

罪가 어디서온고 罪갑시라 하올진대
말도 못하는 네야 무슨 罪잇으리
生命의 깁흔秘密을 울며 노려보노라

人生에 태어남도 고생이라 하엿거든
하물며 이쌍에 살아무슨 樂잇으리
너나흔 아비 잘못을 못내 슬허하노라

이쌍의 쓴 살림에 소리업시 가랴느냐
한번 크게 싸와 새 世上을 지을것가
伴夜에 病兒를 보며 울고빌고 하노라.

---

24   春園, 「病兒(五首)」, 『新東亞』 제1권 제1호, 1931. 11, 40쪽.

이 시조는 아버지로서 이광수의 목소리와 부성애가 반영되어 있는 작품이다. 세상의 온갖 조롱과 비난을 의연하게 감내했던 이광수에게도 참을 수 없는 고통이 분명하게 존재하고 있었다. 그것은 태어날 때부터 잔병을 앓았던 아들 봉근이가 병상에 누워 병마와 싸우는 것이었다.[25] 이광수는 이 고통을 시조로 표현한 것이다. 제1수에서 평소에는 범연한 척 하지만 속으로는 항시 잊지 않고 자식을 사랑했음을 말하고 있다. 하지만 자식이 아픈 상황에서 비길 곳—의지할 곳이 하나도 없는 안타까움도 토로하고 있다.

이후 제2수부터 제5수까지 비길 곳이 없음으로 인해 발생하는 상황이 제시되어 있는데, 여기에서 가장 큰 특징은 ① 감정의 직접적 노출, ② 아이의 아픔과 죄의식을 연계하고 있다는 점이다. 이광수는 한밤중에 40도 고열에 신음하는 아이를 보며 안타까운 마음을 금치 못한다. 이에 "내목숨과 바꾸아주옵소서", "비올곳 어디라마는 빌고빌고 하여라", "반야(伴夜)에 병아를 보며 울고빌고 하노라"는 표현으로 아버지로서의 진심과 다급한 상황에 자신이 할 수 있는 것이라곤 허공에 울면서 비는 것밖에 없다는 비참함을 동시에 보여주고 있다.

여기에서 울면서 비는 행위의 의미에 대해 눈여겨볼 필요가 있다. 이 행위는 표면적으로 고통을 받는 아이의 상태가 나아지기를 바라는 기원이다. 그러나 "고(苦)가 어디서온고 죄갑시라 하올진대"라는 말로 아이가 고통을 겪는 근본적인 원인을 묻는다. 그리고 "말도 못하는 네야 무슨 죄잇으리"라는 말로 아이에게는 전혀 잘못이

---

25 春園, 「病窓語(13) 小兒(2)」, 『東亞日報』, 1928. 10. 19, 3면.

없으며 "너나흔 아비 잘못을 못내 슬허하노라"라는 표현을 통해 자신에게 잘못이 있다는 결론에 이른다. 아이가 7년도 채 살지 못하고 세상을 떠난 후에도 이광수의 고민은 계속되었으며, 아이는 물론 선대(先代)에서도 잘못한 이는 없었다는 점을 강조한다. 결국 죄를 저지른 사람은 이광수 자신밖에 없음을 재확인한다. 이를 통해서 볼 때 울면서 비는 행위는 자신의 죄에 대한 회한과 반성이라는 요소도 반영되어 있음을 알 수 있다.

> 숨(六堂쎄)[26]
>
> 날낫고 가신님을
> 내어이 못닛고서
> 밤이면 숨이되여
> 님의겻흘 쌀으는고
> 님이야 니즈라하나
> 내못니저 하노라
>
> ◇
>
> 가시고 안오시매
> 니즈신즐만 녀겻더니
> 숨에와 뵈오시니
> 님도나를 생각는지
> 반생에 깁히든정이
> 가실줄이 잇스랴

_____
26 春園, 「숨(六堂쎄)」, 『東亞日報』, 1925. 10. 9, 3면.

첫 번째 제시된 시조는 1925년 10월 9일 『동아일보』에 발표된 작품으로 제목에서 알 수 있듯이 이광수가 최남선에게 준 시조이다. 전체 2수로 구성된 연시조 개인적인 만남과 헤어짐의 아쉬움 그리고 재회에 대한 기대감을 나타내고 있다. 제1수에서는 만남 이후에도 보고 싶은 마음이 충만하여 꿈에서도 잊지 못함을 말하고 있다. 제2수에서는 최남선과 꿈에서 재회함을 통해 서로를 향한 마음이 같음을 확인하게 되는데, 서로의 마음이 같을 수 있었던 까닭은 반평생 함께 쌓았던 정(情)이 있었기 때문이다.[27]

사실 이광수와 최남선은 일본 유학 시절 조선유학생(朝鮮留學生) 감독부(監督部) 기숙사에서 처음 만난 것이 계기가 되어, 1910년대 초반부터 『소년(少年)』과 『청춘(靑春)』 등을 통해 신문학에 대한 열망을 매개로 인연을 맺어왔다.[28] 따라서 서로 만나고 헤어지면서 연

---

27 이광수의 시조에 대한 최남선의 화답시조로 여겨지는 작품이 있으나 현재로서는 추정할 수밖에 없기에 제시만 한다. 「思慕-春園께」라는 제목의 작품으로 에도(江戶)-도쿄에서 함께 했던 때를 떠올리며 이광수를 그리워하는 내용이다. ① 꿈이라는 키워드를 통해 상대방을 보고 싶어 하는 마음을 전개해 나가는 방식이 이광수의 작품과 비슷하다. 그리고 이러한 전개 방식을 이어 받아서 2수의 연시조로 창작했기에 화답시조로 볼 수 있는 여지가 있으며, ② 이광수의 시조가 발표된 지 두 달 후에 『東亞日報』에 이 시조를 발표한 사실, ③ 「思慕-春園께」라는 제목 등을 고려했을 때 이 글에서는 최남선의 화답시조로 본다는 입장이다. 다만, 작품 내에서는 뚜렷한 단서를 찾아보기 힘든 상황에서 작자의 필명이 중요하다고 할 수 있는데, 소주(笑洲)는 현재까지 알려진 최남선의 호나 필명과는 다소 거리가 있다. 동시에 이 필명을 사용한 다른 작자의 확실하고 구체적인 용례도 찾아보기 힘들다. 따라서 소주(笑洲)라는 필명을 최남선의 작품이 아니라는 근거로 삼기에도 애매한 점이 있다. 작품은 다음과 같다. "江戶서 뵈온님을/그리온지 오래건만/꿈에도 안오시니/님은 날을니젓는가/님이야 날을닛건말건/나는 참아//◇ ◇東天에 돗는달은/님도보고 나도보되/달보는 님의얼골/나는어이 못보는고/두어라 님이야못볼망정/달이나마"(笑洲, 「思慕-春園께」, 『東亞日報』, 1925. 12. 9, 3면).

28 「春園文壇生活 20年을 機會로 한 『文壇回顧』 座談會」, 『三千里』 제6권 제11호,

락을 주고받는 것은 지극히 사적이거나 일상적인 차원의 소소한
일이다. 하지만 이 시조를 발표한 때인 1925년 3월 이광수는 척추
카리에스 진단을 받고 한쪽 갈빗대를 도려내는 대수술을 받은 상태
였다.[29] 수술 후 6개월가량이 지난 시점에서 최남선을 만났지만, 대
수술이었기에 치료와 요양을 병행하면서 몸을 회복하는 단계였을
것이다. 따라서 몸이 완전히 회복이 될지에 대한 불분명함과 이로
인한 불안감으로 인해 최남선과의 만남이 더욱 소중하게 다가왔던
것이다.

넷친구[30]

이번병으로 입원하기째문에 오래보지못하던 넷친구매ㅅ분을만나
보게되엇다. 이런일로보아서는 이번병이도로혀 복이되엇다. 오래
보지못하던 친구들도 내가중하게 알는다는말을듯고 차자온것이다.
넷친구를 만나보는것은 실로반갑고도 깃븐일이다.

넷친구 대한맘은 아는이나 아올거시
범연한듯 해도 대해보면 정이깁허
할말도 업스면서도 날가는줄 몰라라

넷친구 노코보면 생각도 싯업서라
어린제 젊은제 어느덧에 다보내고

1934. 11, 238~239쪽.

29 이동하, 『이광수』, 東亞日報社, 1992, 196쪽.

30 春園, 「넷친구」, 『文藝公論』 제3호, 1929. 7, 63~64쪽.

　　오늘에 그대와 나와 중년이라 하나고

　이 시조에서는 벗이 누구인지 특정되어 있지 않고 "녯친구"로
지칭되어 있다. 그러나 구체적인 인물이 등장하지 않는다고 해서
만남의 경중(輕重)에 큰 영향을 주는 것은 아니다. 이광수는 나와
벗 사이의 일상적 만남에서 특별한 의미를 느끼고 있다. 부기를 통
해서 알 수 있듯이 옛 친구를 만나게 된 계기는 건강 악화로 인해
입원을 앞둔 상황이 결정적으로 작용하고 있다. 여기에서 눈여겨볼
사실은 이광수는 부기에서 옛 친구를 만나게 된 정보만 제시하는
것이 아니라 반가움과 기쁨도 드러내었다. 그러면서 동시에 이 내용
을 2수의 연시조로 재구성하여 감정을 표출했다는 점이다. 부기와
시조를 병렬적으로 제시하는 양상은 그의 시조에서 어렵지 않게
찾아볼 수 있는 일반적인 사례이다.
　제1수에서는 벗을 만난 후 일어나는 마음의 변화, 제2수에서는
벗과 만난 후 떠오르는 생각을 초장, 중장, 종장이라는 구조를 활용
하여 시상의 제시, 확장, 종합으로 전개해 나간다. 제1수의 초장에
서 옛 친구를 대한 마음은 아는 사람만 알 수 있다고 말한다. 이
마음은 중장에서 구체적으로 확장된다. 데면데면해도 만남 자체를
통해 깊은 정을 나눌 수 있는 존재가 바로 옛 친구의 마음이다. 종장
에서는 이 마음이 나의 정서에 어떠한 영향을 주는지를 되짚으며,
나와 벗 사이에는 많은 말을 하지 않아도 시간이 가는 줄 모를 정도
로 심리적 안정감을 느낀다.
　제2수에서는 옛 친구를 놓고 보면 여러 가지 생각이 떠오름을
말한다. 그 생각은 어릴 적, 젊을 적, 훌쩍 지나가버린 시간으로 수

렴된다. 그리고 어느덧 중년이 된 자신과 벗을 마주하게 된다. 고시
조에서 세월의 흐름을 소재로 하는 작품은 「탄로가(歎老歌)」 계열이
주를 이룬다. 보통은 과거와 현재의 위화감, 지난 세월에 대한 탄식,
더 늙기 전에 현재를 즐기자는 방향으로 나아간다. 하지만 이광수의
시조에서는 이러한 면모를 찾아보기 힘들다. 오히려 "오늘에 그대
와 나와 중년이라 하나고"라고 하면서 동질감을 느낀다. 시간의 흐
름을 자연스럽게 받아들이면서 지난날의 같은 체험, 같은 추억을
함께 공유할 수 있는 벗을 통해 행복을 발견한다.

> 朴仁培君께[31]
>
> 오래 살라 죽지 말라, 약 많이 먹고 병 어서 나아라
> 부대부대 죽지말라, 당부하신 그대 말슴
> 받들고 울고 두렵고 부끄럽고 합니다
>
> 많은 일곱 살을 오래 살다 하랴마는
> 온 길 돌아보면 그만 삶도 과하여라
> 나아서 더 산다기로 뉘보시기 어려워라.
>
> 있는 목숨이면 손소 끊듯 않으리다
> 남어지 힘은 오로 쓸만하게 쓰오리만
> 내 맘을 내 믿지 못하여 다짐 못돼 합니다

---

31 春園, 「朴仁培君께」, 『三千里』 제11권 제1호, 1939. 1, 259쪽.

이 시조의 제목에도 나와 있듯이 수신자는 박인배(朴仁培, 1917~ 2003)이다. 그러나 전체적인 어조와 흐름으로 볼 때 회신을 요구하거나 메시지를 직접 전달하기보다는 이광수의 독백에 가깝다. 독백에 가깝다 하더라도 박인배를 떠올리면서 창작한 것이므로 작품을 풀어가는 단서는 우선 그의 행적에서 찾아볼 필요가 있다.

박인배는 전라남도 영암 출신이며 1929년 11월 광주학생운동에 참여하여 퇴학을 당하였고, 한국의 독립을 목적으로 하는 비밀결사 독서회에 가입했다는 혐의로 약 8개월 동안 옥고(獄苦)를 겪었다.[32] 그의 출생년이 1917년이므로 퇴학을 당한 때는 12~13세에 있었던 일이다.

이광수는 1929년에 생사(生死)를 넘나드는 체험을 했다. 그는 왼쪽 콩팥에 결핵균이 생겼는데 콩팥 자체를 제거해야 하는 수술을 받아야 했다. 그리고 수술을 받기 위해 5월 14일 소격동(昭格洞) 소재 경성의학전문학교 부속 병원에 입원한다.[33] 병원에 입원한 이후 기관지염으로 고생했으며 입원 후 10일이 지난 5월 24일 금요일 오후에 수술을 받게 된다.[34]

오후 1시부터 수술 절차가 진행되었는데 이광수는 수술을 받는 과정에서 정신력으로는 감당할 수 없는 육체적 아픔을 감내해야 했다.[35] 이광수에게 육체적 아픔은 영혼과 자신마저 분쇄하는 거대

---

32 박인배에 대한 내용은 국가보훈처 공훈전자사료관 데이터베이스(https://e-gonghun. mpva.go.kr)의 자료를 참고하여 기술하였다.

33 春園, 「아프든이야기(一) 入院」, 『東亞日報』, 1929. 7. 16, 3면.

34 春園, 「아프든이야기(二) 手術(一)」, 『東亞日報』, 1929. 7. 17, 3면.

35 春園, 「아프든이야기(三) 手術(二)」, 『東亞日報』, 1929. 7. 18, 3면.

한 고통으로 다가왔다. 그리고 몇 차례의 기절과 의식 되찾기를 반
복하다가 겨우 수술을 마치게 된다. 이후 며칠이 지난 후 수술 당시
의 상황을 다음과 같이 시조로 남기기도 했다.

옷벗겨 눈싸매워 수술대에 언치기도
지금 생각해도 가슴먼저 설레거든,
칼ㅅ소리 득 건널째야 말해 무엇하겟소?

무엇이 아프기도 이보다야 더아프리.
칼이 콩팟을 쩰째, 그 보다야 더 아프리.
아프다 아프다못해 고만긔절 하얏소.[36]

이광수는 자신의 수술 일지를 수필로 상세하게 기록했지만, 수술
실에서의 특정 상황과 느낌을 시조로 재차 풀어내었다. 그는 시조로
풀어낼 때 "여러날 후에 이러한 놀애를 지엇다"라는 말을 하였다.
이 말을 통해서 그에게 가장 큰 공포감과 두려움을 안겨준 것은
메스가 자신의 피부를 가를 때의 소리였으며, 메스로 콩팥을 떼내는
잊을 수 없는 순간의 생생함을 노래로 풀었음을 알 수 있다. 이 시조
에는 수술의 고통을 고스란히 느끼고 있는 환자 이광수의 목소리가
담겨 있다.

이광수는 수술 후 폐렴 증상이라는 후유증을 앓았다. 후유증은
고열, 맥박, 콩팥의 기능 등에 연쇄적인 부작용을 일으켰다. 이로

---

36   春園, 「아프든이야기(四) 手術(三)」, 『東亞日報』, 1929. 7. 19, 3면.

인해 이광수는 자신이 죽을 수도 있다는 두려움에 휩싸이게 되었다. 그러나 자신이 더 살아야 할 당위성을 찾지 못했으며 본인, 가족, 민족을 위해서 오히려 죽는 편이 낫다고까지 생각했다.[37]

한편으로는 생명의 의미를 자각함으로써 살고 싶다는 의지를 보이기도 했다. 현생에서 아무리 죄가 많고 고통을 느끼고 힘들지라도 죽음 후 겪게 될 무서움과 더러움에 비할 바가 아니기 때문이다. 이에 스스로를 생명(生命)의 찬미자(讚美者)로 자평하였다.[38] 이같이 죽음과 생명에 대한 태도가 상반된 것은 하루 사이에 일어난 것으로 당시 이광수가 죽음과 삶의 경계선에서 매우 혼란스러워했음을 알 수 있다.

『죽기도 그러케무서워할것은 아니다』──肺炎으로 그칠줄몰르는 기츰을 하는나는이러케생각한다. …(중략)… 첫재무서워한대야 죽음이물러갈것도아니니 무서워하면 다만 어리석고 점쟌치못하다는치소리를바들것이다. …(중략)… 둘재로 죽는것은 나를여러가지 곤경에서건지어내여준다. 내 조치못한 팔자에서오는모든괴로움─가난, 못남, 게다가일울힘도 업는주제넘은 여러가지 욕망, 알른 것, 가족에대한근심, 조국에대한 모든 근심과 설움, 내게향하는 세상의 조롱과친구들의 랭정─에서 와전히나를건지어낼이는 오즉 검고냄새나는죽음이 잇슬쑨이다. 또 셋재로 죽는것이란 그러케 힘드는일이아니다.아프거나맑거니 가만이 누어잇노라면죽어지는것이니 내

---

37 春園, 「아프든이야기(五) 죽기살기(一)」, 『東亞日報』, 1929. 7. 20, 3면.
38 春園, 「아프든이야기(六) 죽기살기(二)」, 『東亞日報』, 1929. 7. 21, 3면.

힘이라고는 손가락 하나 놀릴필요가 업는것이다. …(중략)…

◇ ◇

죽거든 내 몸을랑 의학생을 내어주오.

쌔나 내장이나 맘대로 쌔라시오.

사랑튼 祖國에 바칠 最後奉仕 이외다.

다행이 여러 恩人들의 살리랴는 정성의덕을닙어 인제는 살아날 가망이 만하지어서 이런것을 쓰게되엇다(己巳七月十九日)[39]

이광수는 죽음을 맞이할 수밖에 없다면 의연하게 받아들이자는 것으로 결론을 내린다. 자신이 죽게 되었을 때를 가정하면서 일종의 유언을 시조로 남기기도 했다. 자신이 죽으면 의학생들이 뼈나 내장을 마음대로 째면서 실습을 할 수 있게 신체를 내어주라고 한다. 이는 콩팥 수술을 받을 때 극한의 고통과 두려움을 느꼈던 것과는 전혀 다른 모습이다. 이미 죽은 몸이기에 이를 느낄 수 없다는 점도 있겠지만, 자신의 몸을 내어주는 행위의 궁극적인 의미는 사랑하는 조국을 위해 자신이 할 수 있는 최후의 봉사이기 때문이다.

이광수는 1929년 5월 14일부터 7월 19일까지 약 두 달 동안 병원에 입원하여 콩팥 수술과 회복 치료를 받았다. 박인배는 같은 해 11월 광주학생운동에 참여한 후 투옥되었다. 주지하다시피 광주학생운동은 1919년 3·1운동, 1926년 6·10 만세운동과 더불어 전국 단위로 거행된 대표적인 항일운동으로 꼽힌다.

---

39   春園, 「아프든이야기(七) 죽기살기(三)」, 『東亞日報』, 1929. 7. 22, 3면.

특히 이 운동이 호남이라는 지역에 머무르지 않고 전국 단위의 운동으로 전개해 나갈 수 있었던 배경에는 민족주의 계열과 사회주의 계열의 독립운동가들이 합심하여 결성한 신간회의 지원이 있기에 가능하였다. 하지만 이광수의 경우 이미 1920년대 초반부터 이들과는 다른 노선을 선택했기에 신간회에 참여할 수 있는 인사가 아니었다. 그리고 이 시조가 발표된 때는 1939년 1월인데 1~2년 전에 있었던 수양동우회 사건을 계기로 이미 이광수는 노골적인 친일 인사가 되어 있었다.[40]

박인배에게 보내는 시조에서 "오래 살라 죽지 말라, 약 많이 먹고 병 어서 나아라/부대부대 죽지말라, 당부하신 그대 말슴"은 이광수가 수술을 받은 직후 극심한 후유증을 앓았던 때에 주고받은 것으로 볼 수 있다. 이와 같은 사실을 토대로 생각할 때 박인배의 이 메시지에는 인도적인 차원에서 이광수가 살기를 바란다는 측면과 살아서 조국을 위해서 항일운동에 힘써달라는 부탁이 중첩되어 있었을 것이다.

그러나 이광수는 이 말을 떠올리며 자신이 지금껏 살아온 나날도 과분하다며 삶에 대한 회한과 미안함을 드러내고 있다. 1929년 당시 자신이 죽으면 의학 실습을 위해 신체마저 기꺼이 내놓는 것이 조국을 위한 마지막 봉사라는 소소한 결의마저 완전히 꺾였음을 알 수 있다. 그리고 "남어지 힘은 오로 쓸만하게 쓰오리만/내 맘을 내 믿지 못하여 다짐 못둬 합니다"라는 말로 이 꺾임은 되돌릴 수 없음을 고백하고 있다.

_____

40 신용하, 『민족독립혁명가 도산 안창호 평전』, 지식산업사, 2021, 364쪽.

南雲께[41]

어찌 지나시나? 가난이야 어떠리만
몸 늘 성하시고 걱정이나 없으신가?
요새에 긴 비 나리니 옛 벗 생각 하노라.

○

우리 처음 만난 것이 세여보니 열 여덟 해
連天峯 나린 눈에 끝 모르던 이야기도
이제는 옛 꿈이로세. 다시 못 올 날이로세.

○

내 벌서 두 귀 밑에 센 터럭이 번뜨기니
그댄들 고생사리 하나마 아니 늙었으리
천리에 병 드온 몸이 만날 기약 멀어라.

-昭和十三年七月七日

부기에 따르면 이 시조가 창작된 날짜는 소화(昭和) 13년 7월 7일
이다. 소화 13년은 1938년이므로 박인배에게 보내는 시조를 살펴보
면서 언급하였듯이 이광수가 본격적인 친일의 노선을 걷기 시작한
때이다. 이광수는 제1수에서 비 내리는 날 가난에 시달리고 건강하
지 못했던 옛 벗을 떠올린다. 그가 떠올린 옛 벗은 남운(南雲) 이홍직
(李弘稙, 1909~1970)이다.

제2수에서 이광수는 이홍직과의 첫 만남을 18년 전인 1919~
1920년 즈음으로 회상하고 있다. 그리고 이홍직과 18년 동안 인연

---

41 『春園詩歌集』, 108~109쪽.

을 맺어오면서 가장 기억에 남는 것으로 연천봉(連天峯)에 내린 눈을 보며 이야기를 나누던 일을 떠올린다. 연천봉은 현재 행정구역을 기준으로 할 때 충청남도 공주시 소재 계룡산(鷄龍山)의 봉우리 또는 중국 숭산(嵩山)의 봉우리 중 하나이다.

이광수가 중국 북경(北京)과 상해(上海) 등에 오래 체류했던 때는 1919년에서 1920년대 초반이며, 이후에는 주로 조선에 머무르며 활동을 이어나갔다. 그리고 이홍직은 1909년 10월 경기도 이천에서 태어났는데 일본에서 중·고등학교 과정을 마쳤으며 1935년 일본 도쿄제국대학교 문학부 사학과를 졸업하였고 1936년에 조선으로 귀국하였다.[42] 이홍직의 행적에서 1919년에서 1920년대 초반 중국에 머물렀다는 사실은 찾아보기 어렵다. 따라서 이광수가 떠올린 연천봉은 공주시의 계룡산 소재의 것이며 시기는 1936년 이후가 되겠다.

이광수는 이러한 추억에 대해 "이제는 옛 꿈이로세. 다시 못 올 날이로세"라는 말을 한다. 이 시조를 창작한 때와 당시의 시간적인 차이를 감안하면 옛 꿈이 된 것은 맞다. 동시에 다시는 오지 못할 날이라는 말을 한다. 보통의 경우 진한 아쉬움을 재차 드러내거나 다시 만나고 싶다는 방향으로 언술할 텐데, 이광수는 단정적인 어조로 부정적인 미래를 말한다.

부정적 미래에 대한 확신은 제3수에서도 이어진다. 여기에서는 "내 벌서 두 귀 밑에 셴 터럭이 번뜨기니", "천리에 병 드온 몸이

----

42 이홍직의 주요 행적에 대해서는 정운룡의 연구에 있는 내용을 인용하였음을 밝힌다. 鄭雲龍, 「南雲 李弘稙의 韓國古代史 認識-《韓國古代史의 硏究》를 중심으로-」, 『한국사연구』 144, 한국사연구회, 2009, 306쪽의 각주 1번.

만날 기약 멀어라"라는 표현처럼 노쇠함으로 인한 기력 소실을 이
유로 들고 있다. 이 표현에서도 특징적인 것은 정든 옛 벗과 더 멀리
떨어질 수밖에 없다는 부정적인 예견이다. 이광수가 옛 벗과 이어짐
이 아닌 끊어짐의 미래를 그려낼 수밖에 없었던 본질적인 이유는
각자가 선택한 길이 달랐기 때문이다.

　이홍직은 일본 유학을 마치고 조선으로 귀국한 이후 한반도 고대
사 연구의 초석을 쌓기 시작하면서 이광수와는 정반대의 모습을 보
여주었다. 이렇듯 이광수는 18년간 사귄 벗과 산행을 하면서 즐거움
을 표하기보다는 인연을 마칠 수밖에 없는 안타까움을 드러내며, 그
아쉬움의 근본적인 원인은 자신에게 있음을 곱씹고 있다.

　　田園에가시는이[43]
　　-權九玄兄이 永同에 歸鄕하심을 보내며-

　　田園에 가는것을 옛일이라 하지마소
　　田園은 千萬年에 人生의 보금자리
　　그대여 먼저가시오 나도 따라 가리다.

　　그대는 크로폿킨을 좋아 하시나잇고
　　나는 톨스토이를 좋아하옵네
　　그대나 내나 다 오늘의 사람은 아니로세

　　田園에 가시거든 하올일이 많을 것이

43　춘園, 「田園에가시는이-權九玄兄이 永同에 歸鄕하심을 보내며-」, 『東光』 제4권 제
　　2호, 1932. 2. 1, 83쪽.

낙대 들이우면 고긴들 아니 물리

고기는 아니물더라도 물빛보려 하노라

辛未十二月二十七日 春園於崇三洞病席 亂筆

이 시조는 1932년 2월『동광(東光)』제4권 제2호에 발표된 것으로, 이광수가 경성 숭삼동 자택에서 요양 중일 때 충청북도 영동으로 귀향하는 권구현(權龜玄, 1898~1938)에게 건네준 작품이다.[44]

권구현은 상경(上京)한 후 유일한 소득이었던 원고료 일이 계획대로 풀리지 않자 점점 염증을 느끼게 되었다. 이에 경성을 떠날 생각으로 여사(旅舍) 주인에게 납부해야 할 식비와 차비를 마련하기 위해 여러 동지들에게 도움을 받지만 충분하지는 않았다. 이런 와중에 고향에 있는 모친의 별세 소식을 접하게 된다. 권구현은 고향에 내려가는 것을 더 이상 지체할 수 없는 상황이 되었기에 평소에 가장 의지해 왔던 주요한을 방문하였다.[45] 권구현은 그 다음으로 이광수를 찾아갔으며 시조 세 수를 받았다.

이광수는 이 시조에서 "전원에 가는 것을 옛일이라 하지마소", "전원은 천만년에 인생의 보금자리"라는 표현으로 낙담하고 있는

---

44 이광수가 1932년 2월『동광(東光)』제4권 제2호에 발표한 시조와 권구현이 수필에 삽입해 놓은 시조는 동일하다(權九玄,「上京·求乞·歸鄕(四)」,『東亞日報』, 1932. 4. 6, 5면). 이러한 사실은 이광수도 이후에도 별도의 수정을 하지 않았으며, 권구현도 자신이 받은 이광수의 원작을 있는 그대로 수록했음을 알 수 있다.

45 권구현은 1930년 2월 4일『동아일보』에「戀心-요한에게-」라는 시를 발표한 바 있다. 그는 이 시에서 극도의 외로움을 표출하고 있으며 어느 누구에게도 환대를 받지 못한 상황을 말하고 있다. 그렇지만 이를 알아줄 사람은 주요한밖에 없음을 나타내었다(權九玄,「戀心-요한에게-」,『東亞日報』, 1930. 2. 4, 4면).

권구현을 위로한다. 권구현이 낙담한 이유는 고향으로 가게 되면 "옛 일"을 할 수밖에 없기 때문이다. 이에 이광수는 경성까지 올라와서 크로폿킨(Kropotkin, 1842~1921)을 공부하는 권구현이나, 톨스토이(Tolstoi, 1828~1910)를 좋아하는 자신이나 결국에는 고전─옛것을 탐닉하는 사람에 지나지 않는다며 그의 마음을 어루만져준다. 그리고 전원에 가면 경성에서는 할 수 없는 낚시나 자연 관조 등이 있음을 말해준다.

특히 권구현이 이 시조를 받는 과정에서 "읊흐신 전별시(餞別詩)"라는 말을 한 부분을 주목할 필요가 있다. 이 발언을 되짚어 볼 때 이광수의 시조 창작은 구송(口誦)과 기록이 병행된 것이었음을 알 수 있다. 그리고 권구현은 이광수가 "은근(慇懃)"한 마음으로 지은 것이기에 자신도 "감격"하였다는 진술을 하였다.[46] 특히 권구현은 시조에 대한 감각도 있었으므로 그가 느낀 감격은 시조에서만 느낄 수 있는 울림으로 다가왔다고 할 수 있다.[47]

望五首自嘲十首[48]

序

子正이 이로부터 十五分. 神經痛으로 잠을 못 일고 回顧와 展望의 空想이 머리를 어즈럽게 한다. 이제十五分만 지나면 내 낳이 四十一

---

46 權九玄, 「上京·求乞·歸鄕(四)」, 『東亞日報』, 1932. 4. 6, 5면.

47 "權九鉉氏는 時調의 創作을 각금 내놋는니만큼 時調도 곳잘하고 醉興이 나는 때에는 단가도 각금 나온다"(主催 觀相者 後援 探報軍, 「名男名女 숨은 장끼 歲暮 餘興競技大會」, 『別乾坤』 제10호, 1927. 12. 20, 133쪽).

48 李光洙, 「望五首自嘲十首」, 『東光』 제4권 제2호, 1932. 2, 46쪽.

歲. 이제 不惑을 지나 五十을 바라본다. 四十年 所得이 무엇인고?
病軀와 負債와 벌어먹이기 어려운 妻子와 변변치못한 著書 二十餘册
과 數없는 失敗와毁譽의 歷史와. 이앞은 어찌되랴나.

○

父母 여희옵고 집 잃은지 滿四十年
日本에 支那에 시베리아 빈 벌판에
放浪의 지낸 半生이 사나운 꿈이로다.

○

누님과 누이 同生 피를 나눈 단 두 同氣
한 분은 千里 밖에 또 하나는 萬里밖에
흐터저 못 맞난 것이 二十年을 넘어라.

○

甲申의 총 소리를 定州城에서 듣고
五條約 七條約을 東京에서 놀란 손이
庚戌年 八月二十九日을 五山에서 우니라.

○

一四年 世界大戰 터진 것이 치따逆旅
十一月 十一日을 北京에서 보내고서
己未年 三月一日을 上海에서 보니라.

○

월손 로이쪼지 크레망소 그네 들께
八百弗 긴 電報를 손소치고 돌아와서
法租界 한 모통이에 新政府를 그리다.

○

그때 잇던 사람 죽은 이는 누구누구
亡命 身世로 白髮된이 그이 그이
苟且한 病든 목숨을 무엇하자 늘엿노?
○

붓으로 갚자하야 써놓는것 二十餘冊
말로 갚자하야 말한 것이 몇 千萬語
지금에 달아보오니 모도 虛事엿서라.
○

二十에 盟誓하고 三十에 盟誓하고
四十에 盟誓해도 일일이 바이 없네
望五의 새론 맹세도 억진듯만 싶어라.
○

이리나 하여볼까 저러케나 하여볼까
합네 합네 하고 해 놓은일 바엾으니
안될일 하려함인가 남 부끄러 어이라.
○

큰 뜻을 어이하리 바위 밑에 눌린 큰뜻
펴랴 펴랴 해도 펴든 못코 묶는 뜻을
타고 난 어리석음이니 웃을 이는 웃으소.
○

내 못남이가 세상이 틀림인가
하노라 해도 해도 하여진일 하나 없네
안 하려 하는 망발만 뒤를 대어 달아라.

一九三一, 除夜. 一九三二, 初刻 五百年舊都北城抵當잡힌 집에서

이광수는 1931년에서 1932년으로 넘어가는 12월 말일 신경통을
앓는 도중에 지금껏 걸어왔던 자신의 삶을 되돌아보며 이를 11수의
시조로 읊어내었다. 육체적 고통이 극에 달한 순간 이광수는 시조를
창작한 것이다. 이를 참고하여 그의 시조 인식과 시조를 통한 삶의
재구 방식을 엿볼 수 있다.

이광수의 삶에 대한 태도는 이 작품의 제목을 통해서도 알 수
있듯이 자조(自嘲)로 요약된다. 그가 스스로를 향해 비웃는 요인은
두 가지로 요약된다. 하나는 가족사이다. 작품의 시작은 어렸을 때
부터 부모 형제와 이별하고 정착할 곳이 없어 일본과 중국을 전전하
던 20년 동안의 방랑생활에 대한 회고가 나와 있다. 바꾸어 말하면
이광수의 삶은 처음부터 외로움과 고통의 연속이었던 것이다.

다른 하나는 본인이 펴고 싶었던 큰 뜻을 이루지 못하는 데서
오는 박탈감이다. 1910년 8월 29일 한일합방, 1919년 3·1운동이라
는 역사적 순간에 그는 오산(五山)에서 울었고, 중국 상해에 머묾으
로써 현장에 동참하지 못했다. 바로 이때를 기점으로 "붓으로 갚자
하야 써놓는것 이십여책(二十餘冊)/말로 갚자하야 말한 것이 몇 천만
어(千萬語)", "이십에 맹서(盟誓)하고 삼십에 맹서하고/사십에 맹서해
도 일일이 바이 없네", "이리나 하여볼까 저러케나 하여볼까/합네
합네 하고 해 놓은일 바없으니", "큰 뜻을 어이하리 바위 밑에 눌린
큰뜻/펴랴 펴랴 해도 펴든 못코 묵는 뜻을", "하노라 해도 해도 하여
진일 하나 없네" 같은 내용이 등장한다. 게다가 "안 하려 하는 망발
만 뒤를 대어 달아라"라고 하면서 미래에도 크게 다르지 않을 것이
라는 비관적인 전망을 스스로 하고 있다.[49]

이상에서 논의했듯이 이광수가 사적 발화를 시조로 드러낸 양상

을 살펴보았다. 그의 시조가 수록되어 있는 대표적인 자료는『춘원
시가집』(1940)을 꼽을 수 있다. 여기에는 새로 창작된 작품보다는
기존의 작품을 정리해서 재수록한 경우가 대부분이다. 실제로『금
강산유기(金剛山遊記)』(1923),『삼인시가집』(1929), 각종 잡지와 신문
등에 발표된 작품 중 상당수가 이 시가집에 수록되어 있다.

　한편『춘원시가집』을 비롯해서『이광수 전집』(삼중당, 1963)과
『詩集 사랑』(1955)[50] 등을 참고하여 이광수의 시조 전체를 놓고 보면
그가 창작하거나 기존의 작품을 소개한 시조는 559수 가량에 이른
다. 이 중에서 창작 시조는 551수, 다른 사람으로부터 들은 시조는
3수, 종장 말구가 생략된 시조창 형식의 고시조를 소개한 경우는
5수이다. 전문 시조 작가였던 이은상이 1932년『노산시조집(鷺山時
調集)』초판을 내면서 자신이 창작한 시조를 740여 수로 술회한 바
있다.[51] 이와 같은 사실을 떠올려 볼 때 이광수의 시조 창작도 이에
못지 않았음을 알 수 있다.

　이광수가 시조를 창작한 시기를 살펴보면 다음과 같다. 선행 연
구에서는 그의 첫 창작 시조는 1916년 1월 15일에 간행된『시문독
본(時文讀本)』소재「살아지다」3수라고 언급한 바 있다. 그러나 필
자가 재차 확인한 바로는『시문독본』에서 이광수의 시조가 처음으
로 등장하는 것은 1916년 1월 초판본이 아닌, 이후 1918년 4월 무오

49　이은상은 24세의 생일에 지은 시조에서 자신의 지난날을 간략하게 돌아본 후 자신
　　의 목표를 위해 정진할 것을 다짐한다. 하지만 이광수의 시조처럼 자신의 구체적인
　　이력을 작품에 제시하고 있지는 않다(李殷相,「書懷(二十四의生日에)」,『東亞日報』,
　　1926. 12. 1, 1면).
50　李光洙,『詩集 사랑』, 文宣社, 1955.
51　李殷相,『鷺山時調集』, 漢城圖書株式會社, 1932, 2쪽.

판(戊午板)에서부터다. 그리고 1918년 4월 무오판 이전에는 『매일신보』에 수록된 「오도답파여행(五道踏破旅行)」 연재물에서 이광수의 시조를 확인할 수 있다.

이와 관련하여 백마강 일대를 둘러보는 과정에서 만난 악인(樂人)의 시조를 1917년 6월 30일에 기록하여 7월 6일에 발표된 「백마강 상에서」를 통해 가장 이른 시기의 시조를 찾아볼 수 있다. 그러나 이 시조는 이광수가 창작한 것이 아니라 다른 사람의 노래를 현장에서 듣고 기록한 것이다.

그가 직접 창작한 시조는 7월 26일에 기록하여 8월 14일에 발표된 「진주에셔(二)」를 통해 2수의 시조를 확인할 수 있다. 이후 8월 1일에 기록하여 8월 10일에 발표된 「해운대에셔」, 8월 7일에 발표된 「통영에셔(二)」를 통해 그의 창작 시조를 살펴볼 수 있다.[52]

이광수의 대표작인 「무정(無情)」이 1917년 1월 1일부터 6월 14일까지 126회에 걸쳐서 『매일신보』에 연재되었는데, 시조 창작과 발표도 거의 동시기에 병행되었던 것이다. 실제로 이광수는 소설을 창작하는 동안에도 시조를 꾸준하게 선보였다. 1917년에서 1925년 5월 이전까지는 173수, 시조부흥운동이 촉발된 1926년 5월 이후부터 1938년 이전까지는 152수, 이광수가 불교적 색채를 본격적으로

---

52 이광수의 첫 창작 시조와 관련해서 송정란의 연구에서 "춘원의 시조가 처음으로 활자화되어 나타난 것은 1916년으로, 『시문독본(時文讀本)』에 실린 「살아지다」이다"라고 밝힌 바 있다(송정란(2011), 앞의 글, 91쪽). 필자도 박사학위논문을 작성할 당시 이 의견에 동의하였다. 그러나 이후 학술대회 발표문을 준비하는 과정에서 이 의견은 수정이 필요함을 제안하였다(김준, 「춘원 이광수 시조의 현황과 작품 세계」, 『제243회 한국어문교육연구회 전국 학술대회 발표집』, 한국어문교육연구회, 2023. 10. 21(토), 195~206쪽 참고).

드러내기 시작한 1938년 이후에는 226수의 시조를 창작했다. 시조의 분량으로 보았을 때 특정 시기에 치우치지 않고 비교적 고르게 분포되어 있음을 알 수 있다.[53]

이광수가 창작한 시조가 모두 오롯이 개인의 생애와 내면만을 반영한 것이라고는 할 수 없다. 공적(公的) 발화, 즉 특정한 목적이나 기획에 의해 창작된 작품도 분명하게 존재하기 때문이다. 첫째, 조선의 지리를 탐방하며 역사적 의미를 되짚어보거나 근대적 발전에 대한 고민을 담아낸 시조 45수, 둘째, 잡지나 신문의 신년호에 희망찬 새해를 노래한 시조 15수, 셋째, 잡지나 신문의 기념과 창간을 축하하는 시조 14수, 넷째, 조선민족의 각성을 촉구하면서 개인보다는 민족의 단결이 필요함을 주장한 시조 16수 등이 여기에 속한다.

하지만 앞서 논의했듯이 이광수는 지인에 대한 안부를 묻거나, 병상에서의 아픔과 고통을 직접적으로 표출하거나, 자신의 과거와 현재를 돌아보면서 성찰하거나, 가족에 대한 애정 등을 시조에 담아내었다. 그리고 그가 창작한 시조의 양을 상기한다면, 사적 글쓰기로서 시조가 차지하는 비중이 상당함을 알 수 있다. 또한 이광수는 이러한 내용을 시조에 담아내되 미화하거나 문학적인 수사에 힘을 쏟지 않았다. 오히려 자신의 목소리를 시적 화자에 그대로 투영하면서 스스로 치부를 드러내는 것에도 거리낌이 없었다.

이광수의 문필 활동과 시조 창작이 동시대성을 가지고 있다는 사실, 창작 시조의 작품 수가 많은 편이며 시조를 통해 인간 이광수

---

53 이광수의 창작 시조는 개인 시가집, 신문, 잡지 등 여러 매체에 폭넓게 수록되어 있다. 추후 필자가 이광수의 시조를 재정리하는 과정에서 다소의 가감이 있을 것으로 예상한다.

의 육성을 그대로 느껴볼 수 있다는 점을 고려할 때, 그의 시조 창작
은 단순히 호기심 차원에서 진행되었다고 보기에는 어렵다. 오히려
이광수는 개인의 내밀한 정서를 발화하고자 할 때, 소설이나 자유시
같은 서구의 문예 양식보다는 전통시가인 시조에 더 익숙함을 느꼈
거나 유용한 출구로 여겼음을 짚어볼 수 있다.

2. 심훈: 민족의식의 여백과 자기성찰

심훈은 동시대에 조선 영화계의 수재로 평가받아왔다.[54] 이러한
그도 다수의 시조를 창작했는데, 대표적인 작품은 1931년 6월 『삼
천리(三千里)』에 소개된 「천하의 절승 소항주유기」로 14수의 연시
조가 있다. 후술되는 내용에서 관련 자료를 통해 자세하게 다루었으
나 먼저 분명하게 짚고 넘어가야 할 부분이 있다.

심훈의 이 시조는 1920년대 초반 중국 항주(杭州)에서의 개인적
인 경험을 바탕으로 창작되었으며, 그가 학창시절 자신의 수첩에
적어둔 것이었다. 그리고 김동환의 부탁에 의해 『삼천리』에 발표한
것이다. 즉, 심훈의 시조 창작과 기록은 본래 개인적 차원에서 이루
어졌으며, 발표 매체의 전환도 온전히 자발적인 동기에 의한 것이라
고 보기에는 어려운 점이 있는 것이다.

심훈의 이 시조에서 발견할 수 있는 주요한 특징은 ① 중국의 고사
(古事)나 한시를 활용했다는 점, ② 중국 명승지에 대한 재해석을 했

---

54 「新郎新婦」, 『每日新報』, 1930. 12. 24, 5면.

다는 점, ③ 시조를 통한 사적 발화와 공적 발화가 명확하게 구분되
기보다는 중층성을 지니고 있다는 점을 생각해 볼 수 있다.

그는 자신이 창작한 시조 옆에 중국 시인의 한시를 병기(倂記)하거
나, 창작 시조의 주요 소재로 중국의 명승지를 제시한 경우가 많았
다. 하지만 이는 단순히 한시를 소개하거나 명승지에 대한 감탄을
표출하고자 함이 아니었다. 한시 및 명승지와 관련된 배경설화나 역
사적 사실을 떠올리게 되는데, 이를 통해서 독립운동의 불확실성에
따른 불안함 및 만족스럽지 않은 유학생활의 내적 공허감을 표출하
는 데 활용하였다.

시조를 통해서 엿볼 수 있는 그의 모습은 심훈이 그동안 계몽소설
에서 보여준 것과는 사뭇 다르다. 그는 여러 편의 계몽소설을 통해
전근대적 연애와 결혼에 대한 각성, 농촌의 계몽, 지배층에 대한 저
항의식 등을 작품의 전면에 내세우곤 했다. 여기에 덧붙여서 그는
1930년에 창작한 자유시 「그날이 오면」에서 조국의 독립을 갈망함
과 동시에 그날이 반드시 오리라는 강한 믿음을 보여주기도 했다.

이렇듯 심훈은 계몽소설을 통해 조선의 미래를 낙관적으로 바라
보는 시각을 지속적으로 유지해 왔다. 하지만 시조를 통해서는 독립
운동의 추진력에 대한 떨칠 수 없는 의문부호를 드러내었으며, 만족
스럽지 않은 유학생활이라는 개인의 고민에 대해서도 노래하였다.

우선, 심훈이 창작한 시조에서 가장 이른 시기의 것은 1920년 3월
29일 일기에 수록된 작품을 떠올려 볼 수 있다.

3월 29일(월요일)[55]
조반 뒤에 곧 집으로 나갈 양으로 가는 길에 최철 군을 찾았다.

위인이 재조가 있고 총명하고 친절한 여성적 남자다. 나는 그의 부드러운 성격에 끌렸음이다. 그러나 그는 며칠 동안 감기로 누웠다. 나는 그를 위안해줄 겸 방한욱(方漢郁) 군과 종일 서독(書讀)을 하다가 갈 길에 시조 둘을 주었다.

> 천만리라 먼 줄 알고 터 볼려도 아셨더니,
> 엷은 종이 한 장밖에 정든 벗이 숨단 말가
> 두어라 이 천지에 우리 양인 뿐인가 하노라.

> 이향(異鄕)에 병든 벗을 내 어이 떼고 갈랴
> 이제 이제 허는 중에 봄날은 그물은 제
> 어렴풋한 피리소리 객창(客窓)에 들리는고야.

> 황혼에 집으로 나갔다. 조모님의 병환은 여전하다. 답답한 일이다.

심훈은 감기로 인해 누워 있는 벗인 최철을 위로하기 위해서 방한욱(方漢郁)과 함께 병문안을 갔으며 그 자리에서 두 편의 시조를 창작하여 주었다. 벗의 아픔을 안타까워하고 이를 걱정하는 마음을 구태여 시조로 풀어낸 사실은 시조를 통해서만 느낄 수 있는 읊조림으로 근심을 해소하고자 했던 그의 의도를 알 수 있다.

심훈이 시조를 창작하여 손수 전달하는 사례는 드물다는 점에서, 사람 됨됨이가 준수했던 최철에 대한 호감이 상당했음을 알 수 있

---

55 『심훈 전집8』(영화평론 외), 463~464쪽.

다. 더군다나 하루 전에 최철에게 갔을 때는 함께 놀 수 있을 만큼
비교적 양호한 상태였기에, 심훈의 마음은 더욱 안타까웠을 수밖에
없다. 이러한 안타까움을 시조로 풀어낸 것이다. 또한 시조를 전달
한 후 이틀 뒤에도 재차 병문안을 간 것을 보면 최철을 아끼는 심훈
의 마음을 짐작할 수 있다. 특히 심훈은 1920년 3월의 중요한 일에
서 최철, 방한욱과 친하게 된 사실을 분명하게 밝히고 있기에 남다
른 관계였음을 확인할 수 있다.[56]

　다만 최철과 관련된 기록은 찾아보기 어렵기에 어떠한 교집합을
바탕으로 친밀한 관계를 형성하게 되었는지에 대해서는 의문이 남
는다.[57] 게다가 최철은 심훈이 직접 작성한 일기에서조차 최철과 최
철혁이라는 두 개의 성명이 혼동되어 기록되어 있기에 그 어려움을
한층 더해준다.[58]

　한편 방한욱은 사립장훈학교(私立長薰學校) 졸업생 명단에 포함되
어 있는데 이 명단은 1910년 4월 19일자 『황성신문(皇城新聞)』을
통해 소개되었다.[59] 이 기사에 따르면 졸업생은 고등과와 초등과 과

---

56 『심훈 전집8』(영화평론 외), 463~468쪽 참고.

57 4월 1일 일기를 보면 심훈은 방한욱과 연극을 함께 보았으며 이후에는 문(文)에
　대한 이야기를 나누었는데, 이것이 둘 사이를 연결해 주는 연결고리라고 추측된다
　(『심훈 전집8』(영화평론 외), 467쪽).

58 심훈은 3월의 중요한 일을 정리하면서 "3월의 중요한 일 29일 최철혁(崔喆赫), 방한
　욱 군과 친하게 됨"이라고 기록하였다(『심훈 전집8』(영화평론 외), 466쪽). 그러나
　3월 29일에는 "조반 뒤에 곧 집으로 나갈 양으로 가는 길에 최철 군을 찾았다"처럼
　최철로 되어 있다(『심훈 전집8』(영화평론 외), 463쪽). 또한 3월 28일 일기에서도
　"밤에는 공연히 우울증이 나서 집에 나가리라 하다가, 최철(崔喆) 군에게 가 놀다가
　자정에 돌아왔다"처럼 최철로 기록되어 있다(『심훈 전집8』(영화평론 외), 463쪽).
　다만, 최철과 최철혁 모두 당시의 행적을 알 수 있는 관련 기록을 찾아보기 어려운
　인물이다.

정을 완전히 마친 이들이 각각 14명과 26명이었다. 그리고 학년별 과정을 마친 이들은 고등 2년 16명, 초등 3년 5명, 초등 2년 13명, 초등 1년 17명이었다. 여기에서 방한욱은 초등과 과정을 완전히 마친 명단에 포함되어 있다. 아울러 당시 졸업식에는 유성준(俞星濬, 1860~1934), 홍재기(洪在祺, 1873~1950), 지석영(池錫永, 1855~1935), 유원표(劉元杓, 1852~1929)[60]를 비롯하여 학부대신(學部大臣), 각 학교 대표 인사, 인현보통학교(仁峴普通學校)의 교감 등이 참석하였다. 이러한 사정을 짚어 볼 때 졸업식의 규모나 중요성이 상당했음도 확인할 수 있다.

앞서 살펴본 시조는 심훈이 친구인 방한욱과 최철에게만 보일 목적으로 쓴 심훈의 사적인 기록에 의한 것은 분명하다. 그리고 「천하의 절승 소항주유기」는 『삼천리』라는 공적인 매체를 통해 발표된 것이라는 분석에도 일면 동의한다.[61]

하지만 심훈이 창작한 이 시조는 1920년대 초반 항주에 있을 당시 개인 수첩에 적어두었던 것이었는데, 1931년 김동환의 부탁에 의해 잡지에 발표하게 된 것이다. 심훈 시조의 매체 전환은 자발적이었다기보다는 외부의 요인에 의한 것이었음을 상기할 필요가 있는 것이다. 덧붙여 심훈이 시조를 창작할 때 우선적으로 활용했던

---

59 「長校卒業」, 『皇城新聞』, 1910. 4. 19, 1면.

60 유원표의 생몰연도에 대해서는 일반화된 사실로 정리된 것이 없고 작가의 전집류 등을 통해서도 살펴보기 어려운 점이 있다. 이에 엄기영의 연구에서 『매일신보』 1929년 12월 3일자 및 12월 4일자, 『동아일보』 12월 6일자를 근거로 하여 밝혀낸 것을 따랐음을 밝힌다(엄기영, 「〈夢見諸葛亮〉의 작자 劉元杓의 동아시아 정세 인식과 그 추이」, 『고전문학연구』 58, 한국고전문학회, 2020, 8쪽의 각주 1번).

61 허진(2019), 앞의 글, 139쪽.

매체로 보아 이 시조는 개인적인 차원의 기록이었음을 알 수 있다.

심훈에게 항주의 의미, 중국 유학을 가기까지의 과정, 「천하의 절승 소항주유기」를 『삼천리』에 수록하게 된 경위를 세심하게 되짚어 볼 필요가 있다.

杭州는 나의 第二의 故鄕이다. 未免弱冠의 가장 로맨틱하든 時節을 二個星霜이나 西子湖와 錢塘江畔에서 逍遙하얏다. 벌서 十年이갓가운 녯날이엿만 그明媚한 山川이 夢寐間에도 잇치지안코 어려서 情들엇든 그곳의 端麗한 風物이 달큼한 哀傷과함께 지금도 머리속에 채를 잡고 잇다. 더구나 그째에 苦生을 가티하여 虛心坦懷로 交遊하든 嚴一波, 廉溫東, 劉禹相, 鄭鎭國 等 諸友가 몹시그립다. 流浪民의 身世 浮蜉와가튼지라 한번 東西로 흐터진뒤에는 雁信조차 밧구지못하니 綿綿한 情懷가 季節을짤어 것잡을길업다.

巴人이 이글을請한쯧은 六月號誌에 淸凉劑로 이바지하고자함이겟스나 中原의 詩人 中에도 李杜는 姑捨하고 杭州刺史로 歷任하얏든 蘇東坡, 白樂天가튼분의 玉章佳汁을 引用하지못하니 生色이적고 筆者의 菲才로는 古文을 涉獵한바도업스니 다만 追憶의 실마리를 붓잡고 學窓時代의 먼지를 털어볼쑌이다. 이러한 種類의글은 詩調의 形式을빌어 약념을 처야만 靑褓犬糞이나되겟는데 斯道의 造詣조차업슴을 새삼스러히 嗟嘆할 다름이다.[62]

심훈은 이 글에서 항주를 제2의 고향이라고 하고 있다. 또한 그곳

---

62 沈薰, 「天下의 絶勝 蘇杭州遊記」, 『三千里』 제16호, 1931. 6, 55쪽.

은 심훈이 유학을 하기 위해 입학했던 지강대학(之江大學)이 있는
곳이기도 하다. 그렇지만 심훈에게 항주는 자신이 하고 싶었던 공부
를 하고 심리적인 안정감을 느끼면서 머물 수 있는 장소가 아니었
다. 항주를 고향이라고 말하고 있지만 실질적으로는 그의 표현대로
"유랑민(流浪民)의 신세(身世)"에 있는 자들이 "고생(苦生)을 가티하
는" 곳이었기 때문이다.

그가 항주에서 교유했던 일파(一波) 엄항섭(嚴恒燮 1898~1962),[63]
염온동(廉溫東, 1898~1946), 유우상(劉禹相),[64] 정진국(鄭鎭國, ?~1946)[65]
은 모두 나라를 잃은 조선의 국민으로서 독립운동에 적극적으로
참여했던 인물이라는 사실을 고려한다면, 유랑민의 고생이라는 것
은 조선의 독립을 위한 활동이었음을 알 수 있다.

또한 심훈이 당초 유학의 대상으로 생각했던 선택지는 일본과
서양이었다. 특히 심훈은 일본으로 유학을 가서 공부하고 싶은 강한
열망을 가지고 있었다. 그가 일본에 유학을 가고 싶었던 이유는 자
신의 문학적 역량을 닦기 위함이었으며, 그곳이 원수의 나라라 할지
라도 현실적으로 일본을 선택할 수밖에 없었기 때문이다.

그리고 심훈은 구니키다 돗포(國木田獨步, 1871~1908)의 「사랑을

---

63 金九, 『白凡逸志』, 國士院, 1948, 291~345쪽 참고.
64 유우상의 생몰연대와 행적을 살펴볼 수 있는 기록은 찾아보기 어려운 실정이다.
    그러나 1921년 2월 26일과 6월 4일 『동아일보』에 자유시를 수록하였다. 2월 26일
    의 작품에서는 눈 내리는 풍경 속에서 애달픈 감정을 차분한 어조로 풀어내었으며
    6월 4일의 작품의 경우 중국 광주(廣州)의 정방성(正方城)을 탐방하여 느낀 점을
    담아내었다(劉禹相, 「눈온뒤에」, 『東亞日報』, 1921. 2. 26, 4면; 劉禹相, 「正方城(廣
    州)」, 『東亞日報』, 1921. 6. 4, 4면).
65 정조문·정희두 編著, 최선일·이수혜·김희경·손은미·강미정 編譯, 『정조문과 고
    려미술관—재일동포의 삶과 조국애』, 도서출판 다연, 2013, 92~112쪽 참고.

사랑하는 사람(戀を戀する人)」과 「정직한 자(正直者)」, 나쓰메 소세키
(夏目漱石, 1867~1916)의 『나는 고양이로소이다(吾輩は猫である)』, 오
자키 고요(尾崎紅葉, 1867~1903)의 『금색야차(金色夜叉)』를 즐겨 읽었
다. 이 밖에도 잡지에 수록된 일본 문학 작품을 틈틈이 보기도 하였
다. 일회성이었으며 특별한 이벤트는 없었지만 아베 미쓰이에(阿部
充家, 1862~1936)의 숙소에도 방문한 적이 있다.

　하지만 심훈의 일본 유학은 큰형과 아버지의 반대 및 집안의 재
정 형편 등이 결정적인 요인으로 작용하면서 이루어지지는 않았다.
이렇듯 심훈의 일기를 통해서 살펴볼 수 있었듯이 그에게 1920년은
자신의 문학적 역량을 높이기 위해 어느 곳으로 유학을 갈지에 대한
고민이 가장 심화된 때이다. 한편으로는 1919년 3·1운동에 참여한
동지들 중 아직 풀려나지 않은 이들이 엄동설한에 서대문형무소에
서 고생할 모습을 생각하면서 마음을 아파하기도 했다.[66]

　심훈은 개인적으로 문학가로서 성장하기 위해 유학을 고려하고
있었지만 그렇다고 민족의 독립 문제를 외면하기도 난감한 상황에
처해 있었던 것이다. 이러한 상황에서 당초 선택지에는 없던 중국을
가게 되었으며, 북경(北京)과 남경(南京)을 거쳐 항주에 머물면서 지
강대학에서 수학하였다. 하지만 앞서 언급했듯이 항주에서 교유했
던 인물들은 모두 독립운동에 투신했던 이들이다. 심훈 스스로도
지강대학에서 무엇을 공부할지에 대한 목표가 뚜렷하지 않았을 뿐
더러, 독립운동에 지속적인 관심을 가질 수밖에 없었다. 따라서 「천
하의 절승 소항주유기」는 심훈의 이와 같은 복합적인 환경이 반영

──────

66 『심훈 전집8』(영화평론 외), 416~475쪽 참고.

된 결과물이라 할 수 있다.

그리고 이 시조가 1931년 6월 『삼천리』에 수록된 경위는 심훈의 자발적인 투고에 의한 것이 아니었음도 분명하게 짚고 넘어가야 한다. 앞서 제시한 글에서 심훈은 "파인(巴人)이 이 글을 청(請)한 뜻은 유월호지(六月號誌)에 청량제(淸凉劑)로 이바지하고자 함이겟스나"라고 말하고 있다. 이를 통해서 볼 때 김동환의 부탁에 의해 투고와 수록이 이루어졌음을 알 수 있다.

김동환이 굳이 심훈에게 이런 부탁을 했던 까닭은 1931년 6월호는 『삼천리』가 창간된 지 2주년 기념호에 해당되었기 때문이다. 따라서 이를 기념하고 독자들에게 "청량제" 역할을 할 만한 글이 필요했던 것이다. 실제로 이 글에는 서호풍광(西湖風光)의 사진과 신흥중국의 신여성들의 사진이라는 시각 자료가 삽입되어 있는데, 독자들의 흥미를 고취하기 위한 의도가 있었음을 알 수 있다.

아울러 김동환이 비슷한 시기 이광수에게도 글을 부탁한 정황도 찾아볼 수 있다. 1931년 7월 『삼천리』에 수록된 이광수의 「이순신과 안도산」에는, "파인형 요새 제(弟)는 「이순신」을 쓰기에 촌가(寸暇)가 업습니다. …(중략)… 형의 삼천리의 기념호에 무엇을 쓰마하고는 쓰지 못하야 이순신 원고를 쓰던 붓으로 그 생각으로 이것을쓰니다"라는 내용이 있다.[67] 여기에서 이광수는 "삼천리 기념호"라는 표현을 쓰고 있으며 「이순신」 집필로 인해 기념호에 글을 수록하지 못함에 미안한 마음을 표하고 있다.

심훈은 김동환의 부탁과 그 이면에 내포된 의미를 짐작하였기에,

---

67 李光洙, 「李舜臣과 安島山」, 『三千里』 제17호, 1931. 7, 32쪽.

독자들의 관심을 환기하고 간접 체험을 충족할 수 있는 방향으로 글을 작성하기 위해 노력한다. 이는 작품의 전체 제목인 「천하의 절승 소항주유기」라는 제목에서도 알 수 있다. 항주의 뛰어난 경관을 강조하고 항주와 관련성이 깊은 소식(蘇軾, 1036~1101)이라는 상징적인 인물을 제목의 전면에 내세운 것이다.

특히 "소동파(蘇東坡), 백낙천(白樂天) 가튼 분의 옥장가즙(玉章佳汁)을 인용(引用)하지 못하니"라는 구절은 완상 대상으로서 항주를 만족스럽게 표현하지 못한 아쉬움이 묻어 나온다. 그리고 "이러한 종류의 글은 시조의 형식을 빌어 약념을 처야만 청보견분(青褓犬糞)이나 되겟는데 사도(斯道)의 조예(造詣)조차 업슴을 새삼스러히 차탄(嗟嘆)할 다름이다"라는 말도 눈여겨볼 필요가 있다. 심훈에게 시조는 읊조릴 수 있는 시였다. 기행문 자체를 시조의 형식으로 작성한 것은 단순히 읽는 글에 머무는 것이 아니라 읊조림을 통해 감발과 흥기의 효과도 의도했음을 알 수 있다.

심훈은 김동환의 부탁에 의해 이 작품을 잡지에 수록하기는 했지만, 여기에 수록하기 위해서 전혀 새로운 작품을 창작한 것은 아니었다. 심훈의 "다만 추억의 실마리를 붓잡고 학창시대에 쓰적여 두엇든 묵은 수첩의 먼지를 털어볼 쑨이다"라는 말을 통해서 알 수 있듯이 이 작품은 애초부터 그가 항주에서 유학하던 시절 개인 수첩에 기록해놓은 것이었다.

이와 같은 사실을 고려할 때 심훈 시조의 수록 매체가 일기라는 사적인 매체에서 잡지라는 공적인 매체로 자발적이고 갑작스럽게 전환되었다기보다는 김동환이라는 완충지대를 통해 점진적으로 이행되었음을 알 수 있다. 또한 이 작품은 정확한 창작 날짜 또는 기록한 때를 확인하기에는 어려움이 있으나, 『삼천리』에 수록된 날짜를 기준으로 하여 1930년대 작품으로 분류할 것이 아니라 심훈이 항주에서 유학하던 시절인 1920년대 초반 작품으로 봄이 타당할 것이다.

심훈은 제목 등을 통해서 항주와 여기에 관련된 인물들을 독자들에게 흥미롭게 보여주고자 하는 생각을 갖고 있었다. 하지만 실상 작품의 면면을 들여다보면 항주의 뛰어난 경관 묘사뿐만 아니라, 독립운동을 하던 동무와의 추억, 고향에 대한 그리움 등 다양한 내용이 담겨 있다. 이러한 사실은 이 작품이 개인 수첩에 기록되어 된 작품이라는 사실, 심훈이 항주에 가게 된 배경, 심훈에게 항주라는 공간의 의미, 『삼천리』에 수록되는 과정이 복합적으로 적용된 결과라고 할 수 있다.[68]

西湖月夜

中天의 달빗은 湖心으로 녹아흐르고
鄉愁는 이슬나리듯 온몸을 적시네
어린물새 선잠깨여 얼골에 쫑누더라
牀前看月光 疑是地上霜
擧頭望山月 低頭思故鄉(李白)

손바닥 부릇도록 배ㅅ전을 쑤다리며

---

68 沈薰, 「天下의 絕勝 蘇杭州遊記」, 『三千里』 제16호, 1931. 6, 55~56쪽 참고. 「서호월야(西湖月夜)」를 포함하여 이하에 제시되어 있는 「누외루(樓外樓)」, 「채련곡(探蓮曲)」, 「남병만종(南屏晚鍾)」, 「백제춘효(白堤春曉)」, 「항성(杭城)의 밤」, 「악왕묘(岳王廟)」, 「전당(錢塘)의 황혼(黃昏)」, 「목동(牧童)」, 「칠현금(七絃琴)」은 동일 쪽수에 수록되어 있는 작품이다.

「東海물과 白頭山」쩨지어 불르다말고
그도나도 달빗에 눈물을 깨물엇네
「三千里周圍나되는 넓은湖水, 한복판에 써잇는 조그만 섬中의 數間
茅屋이 湖心亭이다. 流配나 當한듯이 그곳에 無聊히 逗留하시든 石
吾先生의 憔悴하신얼골이 다시금 뵈옵는듯하다」

아버님께 종아리맛고 배우든 赤壁賦를
雲差萬里 예와서 千字읽듯 외우단말가
羽化而 歸鄕하야 어버이 뵈옵과저

　첫 번째 작품으로 나와 있는 「서호월야(西湖月夜)」는 항주 제일의
명승지인 서호라는 공간과 달이 떠 있는 밤이라는 시간을 배경으로
창작된 작품이다. 이 서호에서 심훈은 무엇을 노래했던 것일까. 첫
번째 수에서는 고향에 대한 그리움을 나타내었다. 하늘 가운데 떠
있는 달빛이 호수 한가운데에 비친다. 호수에 비친 달빛은 물결을
따라 이지러지는데 심훈은 이를 녹아흐른다는 표현으로 나타내었
다. 이어서 달빛이 호수의 물에 녹아내리듯 고향을 향한 그리움도
그의 마음을 적셔온다.
　이와 같은 발상법은 바로 밑에 제시되어 있는 이백(李白, 701~762)
의 한시 「야사(夜思)」와 유사하다. 이 시의 내용은 "평상 앞에 비쳐
온 밝은 달빛/서리가 내렸나 의심하였네/머리 들어 밝은 달 쳐다보
고/머리 숙여 고향을 그린다"[69]인데, 호수와 침상이라는 공간은 다

69　번역은 안병렬의 것을 따라 인용하였다(구섭우 편저, 안병렬 역, 『한역 당시삼백수』

르지만 작품의 요체인 달빛의 관조를 통한 고향에 대한 애상으로 이어지는 흐름은 동일한 구조를 갖추고 있다. 이와 같은 양상은 두 가지 가능성을 내포하고 있다. 하나는 심훈이 기존에 알고 있는 한 시로는 자신의 적적함을 달랠 수 없어서 시조를 창작한 것이거나, 다른 하나는 상황에 부합하는 가장 적합한 시조를 창작하기 위해 한시를 응용했던 것이다.

두 번째 수에서는 망국민의 슬픔과 독립운동의 동지애를 보여주고 있다. 심훈은 동지들과 배를 타고 서호를 거닐면서 손바닥이 부르트도록 뱃전을 두드리며 애국가의 한 소절을 부른다. 이는 기쁨과 즐거움을 표출하기 위한 뱃놀이의 형태가 아니었다. 심지어는 애국가를 부르다 말고 눈물까지 흘린다. "눈물을 깨물엇네"라는 표현에서 알 수 있듯이 소리내어 통곡하는 것은 아니었다. 눈물이 입으로 들어올 정도로 흘러내렸지만 입을 꾹 다물면서 슬픔을 애써 억눌렀던 것이다.

이들이 노래를 멈추고 눈물을 흘린 이유는 서호의 한가운데 있는 호심정(湖心亭)을 보았기 때문이다. 호심정은 본디 소식이 풍류를 즐기던 곳이었다.[70] 하지만 심훈을 비롯한 동지들에게 호심정은 풍류를 즐기거나 낭만적인 장소가 아니었다. "유배나 당한 듯이 그곳에 무료(無聊)히 두류(逗留)하시든 석오선생(石吾先生)의 초췌하신 얼굴이 다시금 뵈옵는듯하다"처럼 그곳에서 외롭게 시간을 보내던 석오 이동녕(李東寧, 1869~1940) 선생에 대한 그리움이 우선시되었기

(개정판), 계명대학교 출판부, 2015, 684쪽).

70 江南賣畫廊, 「上海로부터 金陵까지」, 『開闢』 제6호, 1920. 12. 1, 118쪽.

때문이다. 서호의 한가운데에서 정처 없이 떠돌아다니는 배는 조선
인의 현주소를 나타내주기도 한다.

　세 번째 수에서는 고향에 가서 어버이를 뵙고 싶은 심훈의 개인
적인 그리움을 보여주고 있다. 어버이에 대한 그리움을 표출하게
되는 매개체는 소식의 「적벽부(赤壁賦)」이다. 심훈은 어렸을 적 아버
지에게 종아리를 맞아가면서 「적벽부」를 배웠다. 그는 힘들었던 배
움의 과정보다는 "운양만리(雲羌萬里)" 떨어진 곳에 오니 천자문을
읽듯이 자연스럽게 「적벽부」를 술술 외우는 자신을 발견하게 된다.
그리고 「전적벽부」의 한 구절인 "우화이(羽化而)"를 떠올리면서 날
개가 생겨 훨훨 날아 고향에 가서 어버이를 뵙고 싶은 소망을 표출
하고 있다.

　여기에서 눈여겨볼 점은 심훈의 이 시조에서 「적벽부」를 통해서
자신의 심상을 전개하고 있다는 점이다. 「적벽부」는 전·후 두 편으
로 구성되어 있으며, 주요 내용은 뱃놀이를 하는 과정에서 자연물을
완상함으로써 속세의 번민을 잊기도 하고 자연의 유구함과 인간의
유한함이 대비되어 인생의 덧없음을 표출하는 데 있다.[71]

　심훈이 인용한 "우화이"는 「전적벽부」의 앞부분에 나오는 구절
이다. 「전적벽부」는 소식이 귀양 중이던 시기에 친구와 뱃놀이를
하면서 창작한 작품이다. 소식은 친구와 술을 마시고 노래를 부르며
자연을 완상하는 도중에 즐거움이 극에 달해 날개가 생겨 마치 신선
이 된 듯한 경지에까지 이르게 되는데 이를 "우화이등선(羽化而登
仙)"[72]이라고 표현하였다. 심훈의 시조에서는 "우화이귀향(羽化而歸

71　蘇軾, 「前赤壁賦」, 成百曉 譯註, 『古文眞寶 後集』, 傳統文化硏究會, 2011, 348~349쪽.

鄕)"으로 변용되었다. 소식이 즐거움의 극한을 보여준 것이라면, 심훈은 그리움의 극한을 보여준 것이다.

뚜렷한 목표의식 없이 선택하게 된 지강대학으로의 유학과 독립운동이라는 무거운 짐을 훌훌 내려놓고, 고향에 가서 어버이와 함께 시간을 보내고 싶은 바람을 이 시조를 통해서 엿볼 수 있다.

樓外樓

술마시고 십허서 引壺觴吏 自酌할가
젊은가슴 타는불을 써보려는 心事로다
醉하야 欄杆에 기대스니 어울리지안터라
「樓外樓는 酒肆의일홈, 大廳에 큰體鏡을 裝置하야 水面을 反照하니 華舫의 젊은男女, 한双의鴛鴦인듯 대로痛飮하야 氣絶한 친구도 잇섯다」

시조 아래에 기록된 내용을 통해서 알 수 있듯이 누외루(樓外樓)는 시조의 제목이면서 항주에 있는 술집의 이름이기도 하다. 이 술집이 생긴 정확한 이력은 확인하기가 어려우나 이동곡(李東谷)의 기행문에 따르면 1920년대 초반에는 이미 한 번은 거쳐가야 할 명소로 자리를 잡고 있었다.[73] 가게 이름은 송나라 임승(林升)의 한시에서 비롯되었을 가능성이 있다.

임승의 한시 「제임안저(題臨安邸)」는 "산 밖에 푸른 산 누각 밖에

---

72 成百曉 譯註(2011), 위의 책, 350쪽.
73 東谷, 「杭州西湖에서」, 『開闢』 제39호, 1923. 9. 1, 47쪽.

누각이여/서호의 가무 언제 멈추었던가/따뜻한 바람 스며들어 노니는 사람 취해/바로 항주를 가지고 변주라고 쓰는구나"라는 내용으로 구성되어 있다. 이를 찬찬히 살펴보면 누외루를 중심으로 서호의 음주가무가 끊일 날이 없으며, 그는 이를 부정적인 시선으로 바라보고 있음을 알 수 있다.

주지하다시피 송나라는 금나라의 침략으로 인해 강남의 항주로 천도하게 된 역사가 있다. 따라서 임승의 관점에서는 국력을 회복하여 금나라를 몰아내고 옛 수도를 수복하고 중원으로 다시 진출해야 하는데 사람들은 항주의 경관을 탐닉하고 음주가무에 취하였기에 그럴 가능성을 전혀 찾아볼 수 없었던 것이다.[74]

한편 송나라 임승이 바라본 누외루의 모습과 그로부터 대략 1천 년이 지난 심훈의 눈에 들어온 누외루의 모습도 크게 다르지 않았다. 심훈이 목격한 누외루의 광경에는 역시 젊은 남녀가 화려한 배에서 한쌍이 되어 술을 흠뻑 마시고 있었을 뿐만 아니라 술기운을 이기지 못하여 기절한 사람도 있었다. 한편 시조를 보면 알 수 있듯이 심훈도 술을 마신다. 그러나 심훈은 홀로 자작(自酌)하였으며, 술을 마시는 목적도 흠뻑 취하여 즐거움을 추구하고자 함이 아니었다. 독립을 향한 자신의 끓어오르는 가슴을 식혀내고자 술을 마셨던 것이다. 또한 "취하여 난간에 기대스니 어울리지안터라"라는 말을 통해 망국민으로서 엄격한 자책을 하기도 하였다.

---

74 「제임안저(題臨安邸)」의 번역과 관련 내용은 한국고전번역원 온라인 데이터베이스(https://db.itkc.or.kr)의 자료를 참고하여 인용한 것이다(関鼎重 저, 서종태·이주형·김건우·유영봉 공역, 『老峯集』 제10권 雜著, 전주대학교 한국고전학연구소·한국고전문화연구원, 2015).

採蓮曲

一

裏湖로 一葉片舟 소리업시 저어드니

蓮닙이 베ㅅ바닥을 간지리듯 어루만지네

품겨오는 香氣에 사르르 잠이들듯하구나

二

코ㅅ노래 부르며 蓮根캐는 저姑娘

거더부친 팔쑥보소 白魚가티 노니노나

蓮밥한톨 던젓더니 고개갸웃 웃더라

「耶溪採蓮女 見客棹歌回

笑入荷花去 佯羞不出來」

三

누에(蠶)가 쏭닙썰듯 細雨聲 자자진듯

蓮봉오리 푸시시 기지개켜는 소릴세

연붉은 그입술에 키쓰한들 엇더리

　심훈은 작은 배를 타고 연꽃이 핀 호수로 가면서 촉각과 후각을 비롯하여 연꽃을 지각하는 감각이 심취되어 있음을 표현하고 있다. 한편으로는 콧노래를 부르며 즐겁게 연근을 캐는 젊은 아가씨에게 연밥을 던지는 여유로움까지 보여준다. 그러나 심훈은 젊고 아리따운 아가씨에게 관심을 두는 데 방점이 있지 않다. 연꽃을 감상함으로써 얻는 정서적 안정을 우선시하고 있다.

　심훈이 둘째 수와 함께 제시한 한시는 이백의 「월녀사(越女詞)」 중 세 번째 수이다. 「월녀사」는 모두 4수로 이루어져 있다. 주된 내용은 오나라 여인의 뛰어난 용모를 묘사하고 연꽃을 매개체로 젊은 남녀가 서로 장난을 치는 것으로 구성되어 있다.[75]

심훈이 시조를 창작할 때 한시를 활용한 양상을 고려하면 「월녀사」 전체를 알고 있었다고 볼 수 있다. 그리고 이백의 한시와 주제의식이 크게 다르지 않았다면 4수를 모두 병기했을 것이다. 하지만 심훈은 젊은 남녀가 장난을 치는 것보다는 연꽃에 더 집중하고 있다. 그에게 중요한 것은 연꽃을 감상함으로써 얻는 효과였기 때문이다.

이는 첫 번째 수에서 보여주었던 촉각과 후각의 묘사 차원에 그치지 않고 세 번째 수에서 연꽃에 적극적으로 다가서는 데서 찾아볼 수 있다. 여기에서 심훈은 연꽃의 봉오리가 펴지는 모습에서 기지개 켜는 소리를 듣기도 하며, 연꽃의 붉은 꽃잎에 키스하고 싶은 강렬함도 보여주고 있다.

심훈의 「채련곡(採蓮曲)」은 그의 시조 중에서 심훈의 정서가 가장 안정적으로 표출된 작품이다. 따라서 표면적으로 본다면 심훈이 항주의 경물과 명승지를 통해 시조를 창작할 때 개인적 고뇌와 망국민의 한을 보여준 것과는 결을 달리한다고도 생각할 수 있다. 하지만 연꽃에 대한 심훈의 애착, 그 애착의 이유를 살펴보면 이 작품 또한 이러한 창작 경향과 크게 다르지 않음을 확인할 수 있다.

무릇 하늘에 반짝이는 별과 같이 지구 위를 곱다랗게 장식하는 온갖 화초 중에 연꽃만치 깨끗하고 염려하면서도 감히 손을 대지

---

75 원문과 번역은 이원섭의 것을 따라 인용하였다(이백 저, 이원섭 역해, 『이백 시선』, (주)현암사, 2022, 22~29쪽).

못하리만치 기품이 담아하게 그리고 향기까지 그윽한 꽃이 또 어디 있으리까. 하필 도연명(陶淵明)에게만 연꽃의 감정을 맡길 것이오리까? 연꽃은 떨어지기조차 곱게 합니다. 천재의 요절과 같이 그 꽃잎이 싱싱한 채로 떨어져서는 장난감 쪽배와 같이 연못의 잔잔한 물결 위로 바람을 따라 뒤뚱거리면서 떠돌아다닙니다. 즐거웠던 시절의 자취와 청춘의 꿈을 싣고 떠돌아 다닙니다. 소리 없이 떠내려갑니다. 그 꽃잎은 이울기는 했을망정 낙화는 아닙니다. 아이들이 짓밟고 비로 쓸어 버려서 인생으로 하여금 허무를 느끼게 하는 꽃의 잔해는 아닙니다. 비록 속절없이 흩어지기는 했으나 예날 번화롭던 색채와 고운 용모를 그대로 간직하고 유유자적하게 청청한 연잎 사이로 떠돌아다니는 것을 보고, 그 뉘라서 그것이 꽃이 아니라 하오리까? 나는 연꽃을 사랑합니다. 그 최후까지 싱싱하고 고요한 것을 더욱 사랑합니다. 나는 일직이 강남(江南) 항주(杭州)에 유학할 때 서자호반(西子湖畔)에 넋을 잃고 앉아서 황혼을 적시는 빗소리를 들으며 백련(白蓮), 홍련(紅蓮)의 무수한 낙화를 보았습니다. 인생도 조만간 한 번은 죽고야말 운명을 타고 났거든 저 연꽃과 같이 늙어 꼬부라지기 전에 죽을 것이라 하였습니다. 숭고한 감격에 싸여서 고요히 숨이 끊어졌으면 하였습니다. 몇 번이나 나의 운명 때를 생각해보았습니다.[76]

인용문에 나와 있듯이 심훈은 "나는 연꽃을 사랑합니다"라는 직접적인 표현으로 연꽃에 대한 남다른 애정을 보여주고 있다. 그는 연꽃을 사랑하는 이유로 ① 깨끗하고 염려한 기품을 지녔다는 점,

---

[76] 『심훈 전집1』(심훈 시가집 외), 295~296쪽.

② 꽃이 떨어져 있어도 자태와 향기가 유지된다는 점, ③ 최후까지 싱싱하고 고요한 점을 꼽고 있다. 그리고 연꽃에 대한 이러한 이미지를 갖게 된 결정적인 요인으로 10여 년 전 항주에서 백련과 홍련을 접한 때를 떠올리고 있다.

앞서 논의한 시조와 직접적인 연결고리를 갖는 회상인 것이다. 심훈은 항주의 서자호반에서 백련과 홍련이 떨어져 있는 모습을 보았지만 그 모양이 변하지 않음을 발견하였다. 여기에서 그가 느낀 것은 단순히 꽃의 아름다움만이 아니었다. 꽃의 떨어짐은 곧 생명력을 다했다는 의미인데, 그는 자신이 어떻게 죽을 것인가를 떠올린 것이다. 연꽃이 아름답고 숭고하게 지듯이, 1920년대 초반 항주에서 가치 있는 삶과 죽음은 무엇인가에 대한 고민을 시조로 담아냈던 것이다.

南屛晚鍾

野馬를 채쭉하야 南屛山 치다르니
晩種소리 잔물결에 주름살이 남실남실
古塔우의 까마귀쎄는 뉘설음에 우느뇨

남병만종(南屛晚鍾)은 남병산(南屛山)의 정자사(淨慈寺)에 위치해 있다. 저녁 때에 울려 퍼지는 만종 소리는 속세의 번뇌를 씻어낼 정도로 맑다.[77] 심훈은 야생마를 채찍질하면서 빠르게 남병산에 오른다. 남병산 주변으로는 삼담인월(三潭印月), 유랑문앵(柳浪聞鶯), 뇌

---

77 東谷,「杭州西湖에서」,『開闢』제39호, 1923. 9. 1, 44~45쪽 참고.

봉석조(雷峯夕照), 화항관어(花港觀魚), 북고봉(北高峯), 소제춘호(蘇堤春曉), 영파교(映波橋), 적산부(赤山埠)와 같은 명소도 인접해 있다.[78]

하지만 심훈은 느긋하게 주변 경관을 둘러볼 수 있음에도 전혀 관심을 두지 않는다. 맑은 만종 소리로 인해 잔잔한 호수의 수면이 넘실댄다는 표현은 심훈 자신의 마음속에서 무언가가 움텄음을 비유적으로 보여준다. 이러한 비유법은 고탑 위에서 소리내어 우는 까마귀에도 반영되어 있는데, 바로 서러움이다. 이 서러움이라는 것은 조국의 독립만을 의미하는 것이 아니다. 그가 항주에 오기까지의 과정을 고려했을 때 유학, 독립, 고향에 대한 요소들이 복합적으로 작용한 서러움으로 보아야 한다. 심훈은 이러한 번뇌를 잊기 위해서 남병산의 만종 소리를 들으러 갔을 것이다. 하지만 그 서러움이 너무나 커서 만종 소리로도 달랠 수 없었던 것이다.

白堤春曉

樂天이 싸흔 白堤 婆笠쓴 저老翁아
吳越은 어제런듯 그 樣子만 남엇고나
竹杖을 낙대삼어 고기낙고 늙더라

서호는 본디 관광 명소 이전에 농업과 생활을 위한 요충지였다. 당나라 이필(李泌, 722~789)이 관개(灌漑) 시설을 정비한 것을 비롯해서 이후 항주자사를 역임했던 백거이(白居易, 772~846)와 소식도 제

---

78 李有春, 「噫杭州高麗寺, -高麗寺는 中國絕勝杭州에 잇다」, 『三千里』 제6권 제11호, 1934. 11, 103쪽.

방을 축조하였다. 백거이 때 축조된 제방이 백제(白堤)이며 소식 때 축조된 제방이 소제(蘇堤)이다. 그리고 모두 서호를 대표하는 제방으로 자리매김하였다.

백거이와 소식의 경우 서호와 관련된 문학 작품을 선보임으로써 절승지로서의 명성을 얻게 하는 데 결정적인 역할을 하였다.[79] 하지만 백거이와 소식이 항주의 절경만을 문학적으로 그려내는 데 주안점을 두었던 것은 아니었다. 자신들이 항주의 지방 관리로 있을 때 지역민들이 급수를 원활하게 할 수 있도록 하는 문제도 매우 신중하게 다루었다.[80]

심훈은 백거이 때 축조된 백제에서 도롱이를 입고 삿갓을 쓴 채로 낚시를 하고 있는 노인을 바라본다. 그 노인이 있는 곳은 춘추시대 때 사이가 좋지 않았던 오나라와 월나라가 끊임없이 다투던 곳이기도 하다. 그러나 심훈은 그곳에서 백거이에 대한 업적을 찬양하거나 오월(吳越)의 치열한 역사를 회고하지 않는다. 심훈의 눈에 들어온 것은 그들의 어렴풋한 흔적이며 이는 무상함을 불러일으킬 따름이다.

杭城의 밤

杭城의 밤저녁은 개지저 깁퍼가네
緋緞샷는 吳姬는 어느날밤 새우려노
올올이 풀리는근심 뉘라서 역거주리

---

79 東谷, 「杭州西湖에서」, 『開闢』 제39호, 1923. 9. 1, 43쪽.

80 蘇軾, 「乞開杭州西湖狀」, 『唐宋八大家文抄 蘇軾(2)』 卷7狀(전통문화연구회 동양고전종합DB(http://db.cyberseodang.or.kr)에서 원문 및 번역 인용).

「機中織錦秦川女 碧紗如煙隔窓語
　停梭悵然憶遠人 獨宿空房淚如雨」

이 시조는 병기된 이백의 한시 「오야제(烏夜啼)」를 변용한 것이기에 서로 견주어서 살펴보는 것이 필요하다. 「오야제」의 전문은 "황운(黃雲) 낀 성(城)가에 까마귀 깃들려 하니(黃雲城邊烏欲棲)/날아 돌아와 가지 위에서 까악까악 울고 있네(歸飛啞啞枝上啼)/베틀 위에 비단 짜는 진천(秦川)의 여인/푸른 깁 연기 같은데 창 사이에 두고 말하누나/북 멈추고 서글피 멀리 계신 임 생각하니/홀로 외로운 방에서 자며 눈물만 비 오듯 한다오"이다. 심훈의 시조에서는 앞의 두 구가 생략되어 있다.

두도(竇縚)의 아내인 진천녀 소혜(蘇蕙)가 그의 첩 조양대(趙陽臺)를 때리고 모욕하였다. 이에 두도가 첩을 데리고 임지(任地)인 양양(襄陽)으로 떠났는데, 아내가 자신의 잘못을 뉘우치고 용서를 구하는 한시를 200수를 써서 남편에게 주었다. 남편이 이에 감복하여 그의 아내도 데려가게 되었다. 이후 진천녀는 남편을 애절하게 사모하면서 비단 짜는 여인을 비유하는 말로 쓰이게 되었다. 또한 까마귀가 밤에 우는 것은 원래 길조를 뜻하였으나 후에는 임을 그리는 상사곡(相思曲)으로 바뀌었다.[81]

한시의 진천녀는 시조에서 오나라의 여인으로 바뀌어 있다. 그리고 그들이 하는 행동은 동일하다. 진천녀가 베틀 위에서 비단을 짰

---

81 원문, 번역, 원전에 대한 정보와 해설은 성백효의 것을 참고하여 인용하였다(李白, 「烏夜啼」, 成百曉 譯註, 『古文眞寶 前集』, 傳統文化研究會, 2016, 176~177쪽).

듯이 오나라의 여인도 비단을 짜고 있는 것이다. 하지만 오나라의 여인이 짜는 비단은 하나로 엮이지 않고 올마다 풀려버린다. 이는 진천녀가 짜는 비단은 풀리지 않았다는 것, 그리고 진천녀도 비단을 짜면서 걱정을 하기는 했지만 남편과의 재회라는 유일무이한 결과를 얻었다는 것과 대조된다.

하지만 오나라의 여인의 경우 여러 개의 올이 풀림으로써 걱정이 하나가 아님을 보여주고 있다. 그리고 "뉘라서 역거주리"라는 구절을 통해 자신의 근심은 스스로의 힘만으로는 풀 수 없는 것임을 토로하고 있다. 마찬가지로 항주에 있던 심훈의 근심은 복합적인 요소가 결합되었으며 사실과 민족의 문제는 혼자만의 힘으로 해결할 수 없는 것이었다. 오나라의 여인이 비단을 짜는 모습을 그려냄으로써 심훈 자신의 상황을 투영한 것이다.

岳王廟

千年묵은 松柏은 얼크러저 해를덥고
萬古精忠 武穆魂은 길이길이 잠들엇네
秦檜란놈 쇠手匣찬채 남의침만 밧더라

악왕묘(岳王廟)는 심훈 시조의 작품명이자 남송의 명장 악비(岳飛, 1103~1142)를 기리는 사당이다. 주지하듯이 남송의 제4대 황제 영종(寧宗, 1168~1224) 때 악비의 원통한 죽음을 위로하고 그의 업적을 기리기 위해서 악왕으로 추봉하였기에 악왕묘라고 한다. 악비가 원통하게 죽게 된 배경에는 항주로 천도한 이후 오랑캐라 여겼던 금나라와의 관계 설정을 어떻게 할 것인가에 대해 진회(秦檜, 1090~1155)

와의 견해 차이에서 비롯되었다. 악비는 금나라와 맞서 싸울 것을
주장했으며 실제로 여러 차례 전공을 거두기도 했다. 그러나 진회는
금나라와의 화친을 주장하였으며 악비를 모함하여 그를 죽음에 이
르게 하였다.

심훈은 이 악왕묘를 둘러보며 "만고정충(萬古精忠)"이라는 말로
천 년이 지났음에도 여전히 본받아야 마땅한 그의 충정을 되새기고
있다. 이와 같은 생각은 심훈만의 생각은 아니었으며, 악왕묘를 방
문하는 이라면 누구나 가슴에 새길 수 있는 것이었다.[82] 악비의 충정
은 중국인만이 아니라 조선인에게도 귀감이 되었던 것이다. 반면
진회에 대해서는 "놈"이라는 강한 표현도 서슴지 않고 있다.

심훈이 악왕묘를 방문한 것은 서호의 명승지이기 때문만은 아니
었을 것이다. 조선의 주권을 되찾고자 한다면, 어떠한 노선으로 나
아가는 것이 가장 적절한지에 대해 천 년 전 악비와 진회의 사례를
통해 가늠하고자 했다.

錢塘의 黃昏

야튼한올의 아기별들 漁火와 입맞추고
林立한 돗대우에 下弦달이 눈흘기네
浦口에 도라드는 沙工의 배ㅅ노래凄凉코나
「西湖서 山등성이 하나만 넘으면 滾滾히흘르는 錢塘江과 一望無際
한 平野가 눈압페쌀린다. 中國三大江의 하나로 그물이 淸澄하고 湖
水로 더욱 有名하다」

---

82 東谷, 「杭州西湖에서」, 『開闢』 제39호, 1923. 9. 1, 45쪽.

전당강(錢塘江)은 서호에서도 손꼽히는 명승지로 드넓은 물결과 끝없는 평야가 펼쳐져 있다. 심훈은 이러한 광경을 고기잡이하는 배에서 바라보고 있다. 하늘에 떠 있는 작은 별들이 배의 등불과 겹쳐 빛나고, 수풀처럼 우뚝 솟은 돛대에 하현달이 비스듬이 비추는 것으로 보아 시간적으로는 깊은 밤임을 알 수 있다. 그러나 이 배는 나가는 배가 아닌 포구로 돌아오는 배이다. 이 배에서 사공은 노래를 부르는데 심훈은 처량하다고 말하고 있다. 다만 심훈이 항주에서 지속적으로 표출했던 바를 감안한다면, 사공이 처량한 노래를 부르지 않았더라도 심훈 스스로 그렇게 받아들였다고 볼 수도 있다.

牧童

水牛를 빗겨타고 草笛부는 저牧童
屛風속에 보든그림 고대로 한幅일세
竹筍캐든 어린누이 柴扉에 마중터라

이 작품에서는 물소를 타고 피리를 불며 지나가는 목동과 죽순을 캐던 어린 누이가 사립문에서 목동을 맞이하는 모습을 보여주고 있다. 심훈은 자신이 보았던 한 폭의 그림과 다를 바 없다고 말한다. 목동과 어린 누이의 평화로운 모습은 소소하면서도 일상적인 것이다. 그러나 항주는 물론 자신의 고향에서도 접하기 어려운 체험이 되었기에 향수와 애잔함이 묻어나온다.

심훈은 지강대학에서 약 2년 동안 공부했지만 자신을 주인공으로 하여 지강대학에서의 생활이나 체험을 문학 작품에 드러낸 경우를 찾아보기란 쉽지 않다. 시조에 한정해서 본다면「칠현금(七絃琴)」

이 유일하다. 그렇지만 이 작품에서도 시조는 자신의 이야기보다는 지강대학에서 한문을 가르쳐주던 노 선생이 거문고를 뜯으며 한숨 쉬는 모습만을 묘사하는 데 그치고 있다. 이어진 부기에서도 노 선생이 자신에게 백랑(白浪)이라는 호를 주었다는 말만 있을 뿐 거문고의 곡조에 자신의 심경에 변화가 생겼다거나 대학에서의 일화 등 유의미한 내용은 없다.

> **七絃琴**
>
> 밤깁퍼 버레소리 숩속에 잠들째면
> 겻방老人 홀노쌔여 졸며졸며 거문고타네
> 한曲調 타다멈추고 한숨깁피 쉬더라
> 「江畔에 소슨 之江大學寄宿舍에 白髮이星星한 無依한 漢文先生이 내房을 隔하야 獨居하는데 明滅하는 燭불밋테 밤마다 七絃琴 뜻으며 寂滅의 志境을 自慰한다. 그는 나에게 號를 주어 白浪이라하얏다」

「칠현금」의 이러한 맥락은 지강대학에서의 유학이 심훈에게 어떠했는가를 단적으로 보여주는 사례라 생각한다. 심훈은 일본과 서양 유학이 좌절된 이후 일련의 사정으로 인해 지강대학으로 유학을 오기는 했다. 하지만 지강대학이 있는 항주는, 심훈이 지강대학에서 교유했던 인물들의 면면을 떠올려 본다면, 사실상 독립운동의 역할을 하던 곳이었다. 자신의 개인적인 공부와 포부를 펼치는 것과는 거리가 먼 곳이었다.

또한 심훈은 항주에 오기 전 1921년 2월 북경대학에서 극문학을 공부하려는 생각을 갖고 있었다는 사실도 상기할 필요가 있다. 심훈은 중국학생들이 여전히 동양차(東洋車)를 타고 통학할 뿐만 아니라 열의 없는 모습에 적잖이 실망하였다. 게다가 극문학 수업을 마음껏 들을 수 있는 교육 과정이 미진한 점도 자신이 꿈꿔왔던 유학의 모습과는 차이가 있었다.

그럼에도 그가 항주의 지강대학에서 유학했던 것은 예술의 나라인 프랑스에서 중국 유학생을 유치한다는 소식에 희망을 갖고 있었기 때문이다.[83] 이러한 사실을 통해서 볼 때 심훈이 중국 체류 기간과 유학 기간이 대동소이했음에도 유학에 대해 특기할 만한 발언을 하지 않은 이유는, 중국의 대학에서 직접적으로 무언가를 배우기보다는 이를 발판으로 삼아 더 넓은 세계로 나아가고자 했기 때문이었음을 알 수 있다.

이상에서 논의했듯이, 심훈 시조의 특징은 다음과 같이 정리할 수 있다. 우선 그의 시조에는 전통의 잔영이 남아 있다는 사실을 되새겨 볼 수 있다. 그는 시조를 창작할 때 중국의 한시, 인물, 명승지 등을 두루 활용하면서 시상을 전개해 나갔다. 다만, 이것을 단순히 소개하거나 감탄하는 차원이 아니라, 자신의 체험과 상황을 고려하면서 이를 재해석하였다.

또한 계몽소설에서 보여준 것과는 달리 조국 독립의 불확실성과 불만족스러운 유학생활 등에 대해 솔직하게 표현했다는 점도 꼽을 수 있다. 물론 그가 시조에서 보여준 내용을 고려하면 공적 발화와 사적 발화가 혼재되어 있기는 하지만, 내적 고백의 유효한 통로는 시조였음을 알게 해준다. 더군다나 심훈은 일기와 개인수첩 등에

---

83 『심훈 전집1』(심훈시가집 외), 340쪽.

시조를 기록했다는 사실도 사적 글쓰기의 맥락에서 시조를 창작했음을 뒷받침해 준다.

3. 정지용: 시조의 시형과 동시대성 모색

정지용의 시조는 앞서 살펴본 이광수와 심훈의 시조와 다른 경향을 보여준다. 이광수는 고시조의 표현을 종종 차용하였으며, 심훈은 한시를 재해석하며 시조를 창작하였다. 하지만 정지용은 시조의 시형은 준수하되, 조선어를 중심으로 시어를 구성하고 있으며 내면을 비추는 거울로 시조를 활용하고 있다. 하지만 그의 시조 시형 준수는 단순히 자수를 배열하는 것에 그치는 것이 아니라, 시의 리듬감을 시각적으로 보여줄 수 있는 시적 질서로 활용함으로써 시조 시형의 동시대성을 모색하였다.

현재 살펴볼 수 있는 자료에서 정지용의 시조는 「마음의 일기에서-시조아홉 수」가 전부이다. 이 시조는 1926년 6월 『학조(學潮)』 창간호에 수록되어 있는데, 여기에는 「카페-·프란스」, 「슬픈 인상화」, 「파충류동물」, 「서쪽한울」, 「쎅」, 「감나무」, 「한울혼자보고」, 「쌀레(人形)와 아주머니」도 함께 있다.[84] 동시대에 수록된 작품들과 견주어 보았을 때 정지용의 시조에서 두드러지는 특징은 다음과 같이 살펴볼 수 있다.

---

[84] 이 글에서 제시되어 있는 정지용의 시조 및 신시는 전집에 있는 것을 인용하였다 (『정지용 전집1』(시), 37~49쪽 참고).

「마음의 日記」에서
-시조아홉首-

큰바다 아페두고 힌날빗 그미테서
한백년 잠자다 겨우일어 나노니
지난세월 그마만치만 긴하품을 하야만.

아이들 총중에서 승나신 장님막대
함부루 내두루다 쌔ㅈ기고 말엇것다
얼굴붉은 이친구분네 말슴하는 법이다.

창자에 처져잇는 기름을 씨서내고
너절한 볼싸구니 살데ㅇ이 쩨여내라
그리고 피스톨알처럼 덤벼들라 싸호자!

참새의 가슴처럼 깃버쉬여 보자니
승내인 사자처럼 부르지저 보자니
氷山이 푸러질만치 손을잡어 보자니.

시그날 기운뒤에 갑작이 조이는맘
그대를 시른차가 하마산을 돌아오리
온단다 온단단다나 온다온다 온단다.

「배암이 그다지도 무서우냐 내님아」
내님은 몸을썰며 「배ㅁ마는 실허요」

쏴리가치 새쌜간해가 넘어가는 풀밧우.

이지음 이실(露)이란 아름다운 그말을
글에도 써본적이 업는가 하노니
가슴에 이실이이실이 아니나림 이여라.

이밤이 기풀수락 이마음 가늘어서
가느란 차디찬 바눌은 잇스려니
실이업서 물디린실이 실이업서 하노라.

　가장 첫 번째로 꼽을 수 있는 특징은 향토성 짙은 고유어를 시어
의 중심에 놓고 시상을 전개했다는 점이다. 물론 피스톨알과 시그날
같은 외래어,[85] 빙산(氷山) 같은 한자어[86]가 등장한다. 그러나 「카페-
·프란스」, 「슬픈 인상화」, 「파충류동물」과 비교해보면 빈도나 비
중에서 확연한 차이가 있다.
　「카페-·프란스」에 등장하는 외래어는 카페-프란스, 루파스카,
보헤미안, 네ㄱ타이, 페이브메ㄴ트, 파로트, 굿 이부닝, 추립브, 커-

85　최동호의 『정지용 사전』을 참고하면 "피스톨알"과 "시그날"의 용례는 이 시조에서
　　만 찾아볼 수 있는 시어이다(최동호 편저, 『정지용 사전』, 고려대학교 출판부, 2003).
　　이하 최동호의 『정지용 사전』 인용 시 출처는 '『정지용 사전』, 쪽수.'로 약칭함.
86　「마음의 일기에서-시조아홉 수」, 「카페-·프란스」, 「슬픈 인상화」, 「파충류동물」에
　　서 한자어를 시어로 사용하는 경우는 두 가지 경우로 나누어서 생각할 수 있다.
　　하나는 시어 자체를 한자로 표기한 경우이다. 여기에는 "棕櫚나무", "氷山"과 같은
　　사례가 해당된다. 다른 하나는 시어의 뜻을 분명하게 하기 위해 사용한 경우이다.
　　"파로트[鸚鵡]", "이실[露]", "긔[蟹]" 같은 사례가 해당된다. 본문에서 한자어를 시
　　어로 사용한 것으로 본 것은 첫 번째 경우에 한정하여 본 것이다.

튼, 테이블이 있다. 한자어는 종려(棕櫚)_, 심장(心臟), 장미(薔薇), 경사(更紗), 자작(子爵), 이국종(異國種)이 있다.「슬픈 인상화」에 등장하는 외래어는 포풀아, 세메ㄴ트, 오레ㄴ지가 있다.

한자어는 인상화(印象畵), 해안(海岸), 전등(電燈), 축항(築港), 기적(汽笛), 세관(稅關), 기(旗)ㅅ발, 양장(洋裝), 점경(點景), 실심(失心), 풍경(風景), 상해(上海)가 있다.「파충류동물」에 등장하는 비속어는 쌍골라, 왜놈이 있다. 한자어는 파충류동물(爬虫類動物), 동정(童貞), 결혼(結婚), 심장(心臟), 소노서아(小露西亞), 담낭(膽囊), 대장(大腸), 소장(小腸), 유월(六月), 백금태양(白金太陽), 소화기관(消化器官), 망상(妄想), 자토(赭土), 잡초(雜草), 백골(白骨)이 있다.

이들 작품이 같은 기간에 같은 곳에 수록되었다는 사실을 되짚어본다면 정지용은 시조를 창작할 때 의도적으로 조선어를 중심으로 시조의 시어를 꾸렸음을 알 수 있다. 정지용은 "시의 표현에 있어서 언어가 최후수단이요 유일의 방법",[87] "문학이 다 그러치만 특히 시에 잇어는 말과 떼어서 생각할 수 없는 것이니까 길게 말할 필요도 없지요. 그저 시인이란 말을 캐내야 한다는것밖에"[88]라는 말로 시어의 중요성과 시어를 채택하는 시인의 역할을 상당히 강조해왔다. 따라서 정지용의 시에서 어떠한 언어로 시를 창작했는가는 중요한 의미를 갖는다.

정지용은 일본의 단카(短歌) 혁신 사례를 조선의 시조부흥운동에 적용하고자 하였다.[89] 일본의 단카는 자국의 언어가 시어가 되었을

---

87 『정지용 전집2』(산문), 648쪽.
88 「詩가滅亡을하다니 그게누구의말이요」(第三回 鄭芝溶),『東亞日報』, 1937. 6. 6, 7면.
89 정지용의 일본 단카 혁신 수용에 대해서는 이 책의 제4장에서 상세하게 다루었다.

뿐만 아니라, 일반 국민이 자연스럽게 사용하는 자국의 언어로 창작
됨으로써 보급에 한층 탄력을 받을 수 있었다. 따라서 "조선 문학이
란 조선말로 씌워진 것입니다. 거기에 조선적인 음(音), 색(色), 희
(喜), 애락(哀樂) 모든것이 째어짐니다"[90]라는 생각을 지니고 있었던
정지용이었기에 조선 유일의 정형시인 시조의 시어는 당연히 조선
어가 주축이 되어야 한다는 생각을 가질 수밖에 없었던 것이다.

둘째, 신시에서는 외부의 풍경이나 인물에 대한 관찰을 통해 감
정을 드러내었다면, 시조에서는 내면 관찰에 집중할 뿐만 아니라
감정을 직설적으로 표출하고 있다. 이를테면 「카페-·프란스」의 경
우 "이 놈은 루파스카/쏘 한놈은 보헤미안 네ㄱ타이/썻적 마른놈이
압장을 섯다", "남달이 손이 희여서 슲흐구나", "오오. 이국종(異國
種) 강아지야/내 발을 할터다오/내 발을 할터다오"처럼 부자연스러
운 복장을 하고 카페에 가는 자신과 친구들의 모습, 카페에 도착했
지만 융화되지 못하는 상황을 통해서 식민지배를 받는 지식인으로
서의 자조 섞인 무력감을 표현하였다.

또한 「슬픈 인상화」에서는 가로수를 따라 전등이 늘어선 모습을
시행의 변주를 통해 구현하거나,[91] "축항(築港)의 기적(汽笛)소리●●

---

90 「明日의朝鮮文學座談會 將來할思潮와傾向 文壇重鎭十四氏에게再檢討된 리얼리즘
　과휴매니즘」, 『東亞日報』, 1938. 1. 3, 9면.
91 포플아- 늘어슨 큰기ㄹ로
　電　　電
　｜　　｜
　燈.　燈.
　電　　電
　｜　　｜
　燈.　燈.

●기적(汽笛)●●●"처럼 부호를 통해 청각적 요소를 시각적으로 치환하기도 하였다. 이와 비슷한 예는 「파충류동물」에서 기차 소리를 강조한 것도 떠올려 볼 수 있다.[92]

하지만 시조에서는 외물에 대한 직접적인 관찰과 시적 형상화는 찾아보기가 쉽지 않다. 군이 떠올려 본다면 첫 번째 "큰바다 아페두고 힌날빗 그미테서/한백년 잠자다 겨우일어 나노니/지난세월 그마만치만 긴하품을 하야만", 아홉 번째 수 "한백년 진흑속에 뭇첫다 나온듯/긔(蟹)처럼 여프로 기여가 보노니/머-ㄴ푸른 하눌아래로 가이업는 모래밧" 정도를 꼽을 수 있을 따름이다.

사실 첫 번째 수의 경우 이시카와 다쿠보쿠(石川啄木, 1886~1912)의 단카 중 "백 년이라는 긴긴 잠으로부터 깨어난 듯이/하품하고 있구나/생각할 것도 없이"를 그대로 차용했다고 무방할 정도로 표현 자체가 상당히 유사하다.[93] 물론 표현 자체를 차용했을지라도 자신의 작품에서 재구조화됨에 따라 정지용이 전달하려는 메시지는 다를 수 있다.

심훈의 경우를 참고한다면 그는 청년들에게 바다로 가서 호연지기를 권장하는 「산도, 강도 바다도 다」(1934)[94]라는 글에서 이시카와 다쿠보쿠의 단카인 "동쪽 바다의 조그만 섬 바닷가 백사장에서/나 울다 젖은 채로/게와 어울려 노네"[95]를 삽입하였다. 이 단카는

---

92 …털크덕…털크덕…, …딜크덕…털크덕…털크덕…, 털크덕…털크덕…털크덕…털크덕…

93 이시카와 다쿠보쿠 지음, 엄인경 옮김, 『이시카와 다쿠보쿠 단카집』, 필요한책, 2021, 31쪽.

94 『심훈 전집1』(심훈 시가집 외), 300쪽.

95 이시카와 다쿠보쿠 지음, 엄인경 옮김(2021), 앞의 책, 9쪽.

그의 불행한 과거와 바닷가에서의 추억을 반추하는 데 중점을 둔 자전적인 요소가 강한 작품이다. 그러나 심훈은 이 단카를 읊어보자는 취지에 대해 "고요히 사색과 명상에 잠겨보는 것도 결코 해롭지 않습니다"라고 말을 하면서 나름의 방식대로 재해석하여 수용하였음을 보여주었다.

정지용의 시조에서는 내면 관찰에 초점을 맞추고 있다. 이를테면 "승나신 장님막대", "피스톨알처럼 덤벼들라 싸호자!", "참새의 가슴처럼 깃버쥐여 보자니", "승내인 사자처럼 부르지저 보자니", "시그날 기운뒤에 갑작이 조이는맘", "배ㅁ마는 실허요" 같은 표현을 들 수 있다. 이 표현에서는 화가 난 상태, 싸우고 싶은 열정, 기쁨, 답답함, 싫음 등의 감정이 직설적으로 표출되어 있다.

그리고 연시조의 양식을 십분 활용하여 각 수마다 자신이 표출하고 싶은 감정을 담아내었다. 따라서 각 수의 긴밀한 연결고리를 통해 특정한 목표 지점에 도달하는 이야기 구조를 갖추고 있다기보다는 전체 제목인 「마음의 일기」에 부합하게 정지용 자신의 다양한 내적 상태를 보여주고 있다.

셋째, 이와 같은 감정의 직설적인 표현에 시조의 정형성이 덧입혀짐으로써 그 효과가 배가되고 있다는 점이다. 정지용은 「가람시조 발(跋)」에서 "시조가 자수 장수에 제한이 있어서 무슨 장정적(章程的)인 가치가 있는 것이 아니라 시형의 제약적 부자유를 통하여 시의 절조적(絶調的) 자유를 추구할 수 있는 유구한 기악적(器樂的) 특색일 것이다"[96]라고 했다. 이를 통해서 알 수 있듯이 정지용은 시

---

96 『정지용 전집2』(산문), 758쪽.

조의 정형성을 도리어 시적 리듬감을 자유롭게 가미해 줄 수 있는 중요한 요소로 보았다.

이와 관련해서 「시의 옹호(擁護)」의 "시가 실제로 어떻게 제작되느냐. 이에 답하기는 실로 귀치 않다. 시가 정형적 운문에서 몌별(袂別)한 이후로 더욱 곤란한 질문이 아닐 수 없다"[97]라는 구절을 통해서 알 수 있듯이, 그는 정형성을 준수해야 하는 시작(詩作)을 운문의 본질에 용이하게 다가설 수 있는 양식으로 인식하고 있었다. 정형성을 갖춘 시조의 경우 인위적으로 운율을 만들지 않아도 그 틀에만 시어를 적절하게 배치하면 그대로 운율이 형성된다. 또한 「시의 위의(威儀)」에서 강조했듯이 정형성을 준수하면 자연스럽게 절제된 표현으로 시상을 전개해 나갈 수 있게 되는데, 이는 시인과 배우의 차이를 설명하면서 감정의 절제를 추구했던 그의 시관과도 맞닿은 부분이 있다.[98]

정지용 시조에서 눈여겨볼 만한 부분은 시조의 종장 활용이다. 다섯 번째 수인 "시그날 기운뒤에 갑작이 조이는맘/그대를 시른차가 하마산을 돌아오리/온단다 온단단다나 온다온다 온단다"에서는 어떤 신호에 의해 갑자기 마음이 조급해진다. 마음이 조급해지는 이유는 그대를 실은 차가 하마산을 돌아오기 때문이다. 하마산은 현재의 행정구역을 기준으로 볼 때 충북 옥천군 안남면에 있는 산으로, 옥천군과 보은군 가운데 정도에 위치해 있다.

또한 하마산 인근에는 임진왜란 때 의병을 일으켜 활약했던 조헌

---

97 『정지용 전집2』(산문), 571쪽.
98 『정지용 전집2』(산문), 561~562쪽.

(趙憲, 1544~1592)의 묘소가 있기도 하다. 주지하듯이 충북 옥천군은 정지용의 고향이다. 따라서 갑자기 마음이 조급해진다는 것은 부정적으로 해석되기보다는 하마산을 돌아서 오는 그대를 보고 싶은 마음이 벅차오르는 상태를 나타낸 것으로 보아야 한다. 이러한 기대감은 종장에서 극대화된다. 종장의 시어는 "온다" 하나이다. 그렇지만 3-5-4-3으로 이어지는 전개 양상을 갖춤으로써「파충류동물」의 "털크덕…털크덕…털크덕…털크덕…"이나 "둘둘둘둘둘둘 달어나는"보다 역동성을 획득하고 있다.

일곱 번째 수 "이지음 이실(露)이란 아름다운 그말을/글에도 써본저이 업는가 하노니/가슴에 이실이이실이 아니나림 이여라"에서는 이슬이라는 시어를 발견하고 이에 대한 기쁨을 표출하고 있다. 한편으로는 "이지음"의 의미는 이즈음[99]이라는 점을 고려한다면 지금까지 이토록 아름다운 말을 사용하지 않았는가에 대한 자책이 묻어있기도 하다. 정지용 시에서 이슬의 용례는「해바락이 씨」와「은혜」에서도 찾아볼 수 있다.[100]

「해바락이 씨」는 1927년 6월『어린이』5권 5호에 수록된 작품이며,[101]「은혜」는 1933년 9월『가톨릭 청년』4호에 수록된 작품이다.[102]「해바락이 씨」에서 이슬은 해바라기씨가 묻힌 땅을 새벽에 적셔주어 생명이 움틀 수 있는 소재로 등장한다.「은혜」에서는 "질식한 영혼에 다시 사랑이 이실나리도다"와 같이 종교적인 믿음에

---

99 『정지용 사전』, 264쪽.
100 『정지용 사전』, 262쪽.
101 『정지용 전집1』(시), 89쪽.
102 『정지용 전집1』(시), 163쪽.

의해 회한 가득한 영혼을 치유해 줄 수 있는 은유적인 표현으로 사용되었다.

시기적으로 볼 때 정지용의 시에서 이슬이라는 시어는 「마음의 일기」가 가장 앞섬을 알 수 있다. 하지만 여기에서는 어떤 매개체로 역할을 수행하거나 특정한 의미를 부여받았다기보다는 자신의 시심(詩心)에 이슬이 내리지 않은 아쉬움을 토로하는 데 방점을 두고 있다. 이러한 아쉬움을 3-6-4-3으로 이어지는 구조를 통해 감정의 높낮이를 생동감 있게 보여주고 있다. 특히 두 번째 구는 "이실이이실이"인데 실질적으로는 "이실이"가 두 번 반복된 형태이다. 시를 창작하는 과정에서 이슬에 대한 여운을 강조해 주고 있다.

이상에서 논의했듯이 정지용의 시조는 앞서 살펴본 이광수와 심훈의 시조와는 사뭇 다른 면모를 보여주고 있다. 이광수와 심훈의 시조에서는 전통의 잔영이 남아 있었지만 정지용의 시조에서는 이를 찾아보기 힘들다. 이를테면 시어의 적절한 선택과 배치를 통해 리듬감을 형성했으며, 감정의 직설적인 표현, 문장부호의 적극적인 활용을 통해 속도감 있는 시조를 창작하였다는 부분에서 변별점을 생각할 수 있다.

특히 정지용은 1938년 1월 1일 『조선일보』에 수록된 박용철과의 대담에서 고대가요나 시조의 존재는 인정하지만 그 전통이 근대에도 반드시 지속되어야 하는지에 대해서는 의문을 표한다.[103] 오히려 전통의 부재는 시상(詩想)을 자유롭게 구상하고 전개할 수 있다는 점을 말한다. 이러한 사실을 참고할 때, 정지용은 근대시의 한 형태

---

103 朴龍喆·鄭芝溶, 「詩文學에 對하야」, 『朝鮮日報』, 1938. 1. 1, 2면.

로서 시조의 정형성에 접근하였으며 그 형식이 근대에도 유효할 수 있을지에 대한 고민을 보여주었다고 할 수 있다.

4. 박용철: 시조의 정형성과 감정의 구조화

박용철은 『시문학』 창간호 「후기」에서 "우리는 조금도 바시대지 안이하고 늘진한 거름을 쭈벅 거러 나가려 한다 허세를 펴서 우리의 존재를 인정 바드려 하지 안니하고 엄연한 존재로써 우리의 존재를 전취(戰取)하려 한다"[104]는 당찬 포부를 밝히며 시단(詩壇)에 등장했다. 이후 그는 「떠나가는 배」 같은 자유시를 발표함으로써 민족의 아픔을 보듬었다. 한편으로 그는 시조도 창작했는데, 자신이 사랑하는 여인인 임정희와의 만남에 수줍어하는 모습, 자신과 매우 친했던 벗의 안타까운 죽음에 슬픔을 감추지 못하는 모습, 병상에서도 가족을 챙기는 신실한 모습을 보여주었다.

박용철은 자유시와 시조를 동시에 창작했지만 그의 자유시 창작은 정형성에 대한 반작용으로 새로운 시형 찾기에서 비롯된 것은 아니었다. 박용철이 생각했던 자유시는 "자유시의 진실한 이상은 형이 없는 것이 아니라 한 개의 시에 한 개의 형을 발명하는 것"[105]처럼 시인의 감정을 가장 적실하게 담아낼 수 있는 작품 고유의 시형을 의미하였다.

---

104 龍兒, 「後記」, 『詩文學』 창간호, 1930. 3, 39쪽.
105 『朴龍喆 全集 II』, 21쪽.

박용철이 정해진 틀에 순수서정을 구조화시키는 작업은 낯선 것이 아니었다. 그는 300여 편에 이르는 다량의 외국시를 번역하였는데 3~4음보와 4행 구조의 정형성을 빈번하게 사용하였다. 이를 통해서 그의 외국시 번역도 단순히 축자역(逐字譯)에 그친 것이 아니라, 작품에 내재되어 있는 요체를 자신의 것으로 체화하는 자기수양의 과정이자 정형성에 대한 탐색이라고 할 수 있다.

> 詩人은 天成이요 배화되는 것이 아니라 하며 詩란 感情의 自然스런 發露며 奔放한 橫溢이라 傳統의 멍에가 한번 强해지면 그 생기를 잃고 손에 붙들어보면 詩의 靈鳥는 이미 숨끊치는것이라고 이러한 말들을 합니다. …(중략)… 마을 녀편네나 술주정군이 쌈하면서 들어퍼붓는 욕(그것도 그의 感情의 發露가 아닙니까)과 高貴한 詩人의 會心의 作이 다를 것이 없게 될 것입니다. 詩를 애써 지을 보람이 어디 있으며 남의 좋은 詩를 읽을맛인들 무엇입니까. 좋은 詩 궂은 詩란 말은 어디서 成立됩니까. …(중략)… 詩의 主題되는 感情은 우리 日常의 感情보다 그 水面의 훨신 높아야 됩니다. 물은 높은 데서 낮은 데로 흘러듭니다. 그래야 우리가 그 詩를 읽을 때에 거기서 우리에게 흘러나려오는 무엇이 있을 것이 아닙니까. 더 高貴한 感情 더 纖細한 感覺이 남에게 없는『더』를 마음속에 가져야 비로소 詩人의 줄에 서볼것입니다.[106]

박용철은 시에 대한 정의를 "시란 감정의 자연스러운 발로이며

분방한 횡일"로 내리고 있다. 동시에 시에 담아내야 하는 감정의 무분별한 표출을 경계하고 있다. 시인이 시에 감정을 표출했다고 해서 그것이 곧 시적 감정을 의미하는 것은 아니기 때문이다. 박용철은 감정의 층위를 일상생활의 감정과 시적 감정으로 구분하였는데, 일상생활의 감정보다 더 고귀하고 섬세한 시적 감정을 표현할 수 있는 방법을 고민하고 이를 실천할 때 비로소 좋은 시로 거듭나게 된다.[107] 이로 인해 시적 질서와 시적 언어를 강조한 이유이기도 하다. 시적 질서를 통해 감정의 구조화를 추구했던 박용철의 이와 같은 태도는 시조 창작에도 여실히 반영되어 있다.

우선, 박용철이 문우(文友)와 교유하며 시조를 창작하는 과정부터 살펴볼 필요가 있다. 그는 이 과정을 통해 단순히 자신의 작품을 문우에게 보여주는 것에 그치지 않았으며 더 높은 수준의 시조를 창작하고자 하는 데 방점이 있었다.

박용철이 시조를 창작하는 과정에서 중요한 역할을 한 인물은 대표적으로 정인보와 김영랑을 꼽을 수 있다. 선행 연구에서도 박용철과 정인보, 박용철과 김영랑의 관계에 대해서는 여러 차례 언급된 바 있다. 하지만 정인보와의 관계에 대해서는 단순히 연희전문학교 재학시절 시조를 배웠다는 사실 자체에 주목하는 데 그쳤다. 김영랑에 대해서는 박용철의 시조 창작을 부정적으로 바라보았다는 사실

---

107 이와 관련해서 김춘식은 "시가 시인에 의해 창조되었지만 그 자체가 '존재'이므로 독자가 그 존재로부터 받을 인상은 특별히 규정할 수 없는 것이 된다. 다만 그 존재의 가치에 대해서는 '고처(高處)'라는 표현을 사용하는데, 이것이 이후 박용철이 시인의 조건으로 「더」라는 지속적 수양 혹은 수련의 함의를 지닌 말을 반복해서 사용하는 이유이다"라고 언급하였다(김춘식(2003), 앞의 글, 143쪽).

을 언급하는 데 머무르는 경우가 대부분이었다.

　박용철이 정인보로부터 가르침을 받던 시기는 그가 문학에 본격적으로 입문하고 얼마 지나지 않은 때이다. 그의 시조에 대한 경험은 정인보를 통하여 문학 입문 초기에 이루어진 셈이다. 김영랑의 경우 박용철이 시조를 창작하는 것에 부정적인 견해를 보인 것은 사실이지만, 박용철이 조언을 구할 때면 문우로서의 역할을 마다하지 않았다.

> 　용아가 아직 중학생 때 동반(同班) 우리 학생들의 시회(詩會)가 열렸던 석상 어느 동무 하나이 즉흥으로 "푸른 하늘에서 하얀 눈이 내린다"하였을 때 벗은 그 동무를 보고 "눈이 내리는데 하늘이 어찌 푸르오"하자 좌중은 웃음이 터진 일이 있었다. 시구(詩句)가 되었든 안 되었든 그것을 캐는 것이 아니었다. 푸른 하늘에서 눈이 내릴 리 없어서 그런 질문을 한 것뿐이었다. 4년 때에 일고(一高)에 실패하고 5년 마치고 외어독어부(外語獨語部)에 무난히 들었는데 5년 때 괴테, 하이네를 처음 읽은 탓으로 괴테 때문에 외어독어부를 들었노라고 나에게 뽐낼 때는 제법 문청(文靑) 같은 소리를 하는 것 같아서 장해 보였다. 서울 연전문과(延專文科)에 적을 두고 1년간이나 지내는 동안 그의 문학도 본격적으로 들어갔을 때였다.[108]

　제시된 인용문은 김영랑의 회고로 일본 아오야마학원(靑山學院)

---

108 김학동 편저, 『김영랑 전집·평전-돌담에 소색이는 햇발같이』, 새문사, 2012, 174~175쪽.

에서 수학했을 당시의 일화이다. 이 회고에 따르면 박용철은 괴테와 하이네에 관심이 생겨서 독일어와 독일문학을 공부했지만 문학적인 감각은 다소 미흡하였다. 더군다나 관동대지진 사건 등으로 인해 조기에 귀국함으로써 이마저도 지속적으로 공부할 수 없었다. 조기 귀국한 이후 학업과 문학 공부를 이어나가기 위해 들어간 곳이 연희전문이었다.

　　대정(大正) 12년 용아의 동경생활이 진재(震災)로 하여 중단케 됨에 그는 자랑스럽던 외어(外語)의 멋진 휘장(徽章)도 떼어 버리고 서울도 벽촌 냉동여사(冷洞旅舍)에 몸을 붙였었다. 연전(延專)을 다니는데 그 때 용아의 말로 하면, 위당(爲堂)과 일성(一星) 고(故) 이관용(李灌鎔) 선생의 시간이 좀 재미난다고 시골에 있는 나에게 더러 글월이 있곤 했었다. 위당께 시조(時調)를, 일성께 독일어를 자택에 가서 배우고 있었던 것이다.[109]

　　학교에서는 위당의 총애를 받은 것이 사실이니 학생 박군 집에 자주 들러서는 고사고문학(古史古文學) 이야기를 잘 들려 주셨음을 나도 잘 안다. 나중에 벗은 《시문학》을 창간할 때에도 그러한 관계로, 위당, 수주가 동인으로 도와주었던 것이다.[110]

　제시된 인용문은 박용철 사후에 김영랑이 그를 회고하며 쓴 글이

---

109 김학동 편저(2012), 앞의 책, 170쪽.
110 김학동 편저(2012), 위의 책, 175쪽.

다. 이 글에 따르면 박용철은 귀국하여 서울 냉동(冷洞)에 거처를
마련하였다. 이후 연희전문학교 문과에 진학하여 정인보로부터 시
조, 고사(古史), 고문학(古文學)을, 이관용(李灌鎔, 1891~1933)[111]으로부
터 독일어를 배웠다. 주목할 만한 사실은 이 배움의 장소가 연희전
문이라는 학교가 아니었으며, 정인보, 이관용, 박용철의 집이라는
개인 공간에서 이루어졌다는 점과 박용철은 이 배움을 비교적 재미
있게 받아들이고 있었다는 점이다.

　앞서 언급했듯이 박용철은 일본에서 공부할 때만 해도 문학적
감각이 예리한 편은 아니었다. 하지만 연희전문에 와서는 정반대의
평가를 받았다. 이와 관련해서 장용하(張龍河, 1900~1978)는 연희전
문에서 정인보가 박용철의 문학적 재능을 높이 평가했다고 회고하
였다.[112] 1년 남짓이라는 기간 동안 박용철의 문학적 재능에 어느
정도 변화가 있었으며 성장했는지를 수치화(數値化)하기는 어렵다.
하지만 다음의 인용문에서 연희전문 시절을 기점으로 박용철이 본
격적으로 문학에 입문하게 되었다는 사실을 알 수 있듯이, 이 시기
부터 박용철이 문학에 재미를 붙임으로써 자연스러운 글을 써내려
간 것은 분명해 보인다.

　　용아의 문학의 영향으로 인하여서도 벗은 시조와 시를 한시대에
　　같이 하여 왔었는데, 나는 그것을 볼 때 속이 상해서 못 견디었다.

---

111 이관용의 생애 및 주요 약력은 윤선자(尹善子)의 연구에 있는 내용을 인용한 것이다
　　(尹善子, 「李灌鎔의 생애와 민족운동」, 『한국근현대사연구』 30, 한국근현대사학회,
　　2004, 1~2쪽).
112 『朴龍喆 全集 II』, 8쪽.

좋게 충고를 해 왔었다. 시조를 쓰고 그 격조(格調)를 익혀 놓으면 우리가 이상하는 자유시·서정시는 완성할 수 없다고 요새 모봊 시조 선생이 어느 책에 시조와 시를 동일한 것같이 쓰시었지마는 그럴 수가 없다. 하이구(俳句)도 시와는 물론 같질 않고 더구나 시조는 셋 중에 가장 시와 멀다고 할 것이다. 시조 말장의 격조를 모르고 시조를 못 쓸 것이요, 시조로서의 말장의 존재는 항상 '시'를 재앙할 수 있으니까, 시를 힘쓰는 동안은 결코 시조는 손대지 말 것이다. 말이 딴 길로 흘렀다. 그러나 벗 용아는 시조와 시를 같이 완성하고 말았다. 무엇보다도 치밀한 그 두뇌의 힘이 두 가지를 혼동시키지 않고 잘 섭취하고 배설하였던 것이다.[113]

인용문에 따르면 박용철의 가장 친한 시우였던 김영랑은 그의 시조 창작을 부정적으로 바라본 것은 사실이다. 김영랑이 박용철의 시조 창작을 부정적으로 보았던 주된 이유는 시조가 갖고 있는 격조는 그들이 시적 지향점으로 삼았던 서정시와 자유시 창작에 방해가 되기 때문이었다. 특히 김영랑의 "시조와 시를 동일한 것같이 쓰시었지마는 그럴 수가 없다"와 "시조는 셋 중에 가장 시와 멀다고 할 것이다"는 발언은 시조는 문학의 범주에 속하지 않음을 직접적으로 언술하고 있다.

김영랑은 박용철과 함께 근대적인 양식으로 순수서정을 담아내기 위한 노력의 일환으로 시문학파를 결성하고 『시문학』 발간에 정력을 기울이고 있었기에 그의 시조 창작에 대해 부정적으로 보았

---

[113] 김학동 편저(2012), 앞의 책, 175~176쪽.

던 것이다. 그러나 역설적이게도 김영랑은 박용철이 자유시와 시조를 창작하는 과정에서 자신에게 의견을 구할 때면 시우로서의 역할을 마다하지 않는 모습도 보여주었다.

> 벗과 서로 시골사리를 하여 백여 리 길을 새에 두고 가고오고 하던 시절, 벗의 시를 비로소 씹어 맛보시더니 불과 몇 날에 천균명편(天鈞名篇)을 툭툭 쏟아내지 않았던가! 벗의 문학은 그 다음이라 치더라도 벗의 시는 완전히 그 고향사리 30년 새에 이룬 것이다. 일가를 이루어 세상에 나서기까지 벗의 유일한 글벗이었던 나는 벗의 시업수련(詩業修練)의 도정(道程)을 가장 잘 살필 수 있는 백여 통의 편지 뭉치를—연서(戀書)같이 보배같이 아끼고 간직해 온 뭉치—벗이 살아 계실 때나 가신 오늘도 가끔 풀어서 읽어보아 아기자기한 기쁨을 맛보는 버릇이 있지마는 실로 한 시인이 커날 제 그이만큼 부지런하고 애쓰인 이도 있는가 하여 새삼스레 놀라는 것이다.[114]

박용철이 시조를 창작하는 과정에서 김영랑에게 지속적으로 도움을 받을 수 있었던 배경은 동향이라는 지리적인 이점이 있었기에 가능했다. 이와 관련해서 인용문의 "벗과 서로 시골사리를 하여 백여 리 길을 새에 두고 가고오고 하던 시절"이라는 구절을 참고할 수 있다. 김영랑과 박용철은 비교적 가까운 거리에 있었으므로 빈번하게 왕래하였으며 시를 짓는 일과 관련해서는 편지를 통해 서로의 생각을 주고받을 수 있었던 것이다. 이 과정에서 김영랑은 "벗의

---

114 김학동 편저(2012), 앞의 책, 165쪽.

유일한 글벗"이라고 자처했다. 실제로 현재 참고할 수 있는 자료에
따르면 박용철이 시를 창작할 때 조언을 구한 경우는 김영랑과 의견
을 나눈 경우가 대부분이다.

　몇 가지 예를 들면 박용철은 「하날을 바랫고」를 창작하면서 "이
단삼행(二段三行)이 잘붙지를않고 일이단(一二段)과 삼단(三段)이 좀
석그러서 삼단을 독립한 시편을 만드러야할까"[115]라는 말로 작품을
완성한 다음에도 깔끔하게 해소되지 않는 부분에 대한 고민을 털어
놓았다. 특히 시조와 관련해서 친우 윤심덕의 죽음을 애도하는 시조
를 제시하면서 "서시(序詩) 외의 십여 수는 되여야할터인데 이걸 하
로저녁해놓고는 그만일세 마음이 계속되지를않어"[116]라고 하면서
작품을 차마 완성할 수 없는 비통한 마음을 여과 없이 토로하였다.
그리고 애정 시조를 창작할 적에는 "이만큼 하로 아츰에 빚었으니
연애시인(戀愛詩人)도 넉넉하지만 명치호반(明眸皓齒)의 대상이 구체
적이 아니라그런지 어찌 개념적이여"[117]라고 하면서 미인을 표현하
는 방식이 그다지 만족스럽지 않다는 생각도 공유하였다.

　특히 이 과정에서 표현 방법과 감정 상태를 진솔하게 공유하였
다. 박용철이 "기탄 없는 비평을 해보아주게 지난번 시조의 평(評)과
수정(修正)도 자네 의견을따르네"[118]라고 말한 언급을 참고하면 시조
를 창작하는 과정에서 김영랑에 대한 박용철의 신뢰는 상당했음을
알 수 있다. 박용철이 시조를 창작하고 다듬어가는 과정에는 김영랑

---

115 『朴龍喆 全集Ⅱ』, 316~317쪽.
116 『朴龍喆 全集Ⅱ』, 319쪽.
117 『朴龍喆 全集Ⅱ』, 311쪽.
118 『朴龍喆 全集Ⅱ』, 326쪽.

의 역할이 상당한 영향을 주었음을 알 수 있는 대목이다.

박용철은 「애사(哀詞)·1」 연시조를 창작하여 자신의 친우였던 윤심덕(尹心悳, 1897~1926)의 죽음을 애도하였다. 그는 연시조 형식을 취함으로써 고인에 대해 애도를 하는 한편 그와 함께했던 구체적인 체험을 반영하였다.

윤심덕은 조선 최초의 여성 성악인이라는 점, 극작가 김우진(金祐鎭, 1897~1926)과의 자유 연애 등으로 인해 사회적인 관심과 지탄을 지속적으로 받아왔다. 각종 매체에서 윤심덕을 기사로 다룰 때는 보통 행동거지를 중점적으로 비추었으나, 나혜석(羅蕙錫, 1896~1948)은 그녀의 본업인 성악 능력에 대해 정면으로 비판하기도 했다.[119] 이렇듯 윤심덕은 다방면에서 쏟아지는 온갖 시선을 감내해야 했다. 이에 비해 정작 자신의 마음을 터놓을 수 있는 인적 관계는 손에 꼽을 정도였다. 함께 생을 마감한 김우진, 동생 윤성덕(尹聖德, 1903~1968),[120] 박용철 정도이다.

윤심덕과 박용철이 구체적으로 언제부터 우정을 쌓았는지는 확인하기가 쉽지 않다. 그러나 박용철의 연희전문 시절을 기억하는 김영랑의 회고—"윤심덕 양과 피아노 건반 위에서 얼크러진 상사(相思)도 그 때"[121]를 고려하면 최소 1923년 즈음부터는 교유가 있었던 것으로 볼 수 있다. 윤심덕과 박용철의 교유는 문학을 통해서도

---

119 晶月, 「一年만에본京城의雜感」, 『開闢』 1924년 7월호, 86~87쪽.

120 윤성덕의 생애와 활동에 대한 내용은 장정윤의 논의가 참고가 된다(장정윤, 「사료(史料)로 살펴본 윤성덕(尹聖德)의 삶과 음악 활동」, 『음악학』 40, 한국음악학회, 2021).

121 김학동 편저(2012), 앞의 책, 175쪽.

이어졌다. 박용철이 임정희에게 보낸 편지 중에는 "「라만쵸(ラマン
チョオ)」[122]는 받았는지 그 소설책은 역사가있소, 내 책을 윤심덕이가
얻어갔는게 어디로간줄을 몰랐더니 윤성덕에게 놀러갔다가 우연히
발견해가지고 주인모르게 훔쳐가지고 왔소"[123]라는 내용이 있다. 여
기에서 알 수 있듯이 박용철과 윤심덕은 책—문학을 매개로 공감대
를 형성하고 있었으며, 서로의 집을 편하게 드나들 만큼 가까운 사
이였다.

그리고 윤심덕이 죽은 이후에도 그녀의 가족과 인연을 이어가는
모습을 보여주기도 하였다.[124] 일례로 윤성덕은 철원에서 있었던 박
용철과 임정희의 결혼식에 웨딩 마치를 담당했다.[125] 이렇듯 박용철
은 윤심덕과 남다른 관계를 맺고 있었는데, 그녀의 자살이라는 안타
까운 소식을 접한 후 「애사·1」을 창작하였다. 박용철의 부인도 밝
히고 있듯이 "「애사·1」은 그의 이십당대(二十當代) 윤심덕씨에 대한
추억에서 쓴것이요"[126]라고 말한 것처럼 생전에 함께 했던 추억에
방점이 있는 작품이다.

박용철의 윤심덕 애도 시조는 『박용철 전집 I』과 『박용철 전집
II』에 수록되어 있다. 전자에 수록된 작품은 제목이 「애사·1」이며,
후자에 수록된 작품은 박용철이 김영랑에게 보낸 편지에 삽입되어
있는데 제목은 「심덕추상(心德追想)일세」이다.

---

122 Pierre Lotti 著, 和田 傳譯, 『ラマンチョオ』, 新潮社, 1924.
123 『朴龍喆 全集 II』, 279쪽.
124 『朴龍喆 全集 II』, 11쪽.
125 崔夏林, 「文壇裏面史 逸話로 엮어본 文人들의作品과生涯〈30〉 시인 朴龍喆」, 『京鄕
　　新聞』, 1983. 8. 27, 7면.
126 『朴龍喆 全集 I』, 756쪽.

『박용철 전집Ⅱ』와 『박용철 전집Ⅰ』에 수록된 윤심덕 애도 시조

心德追想일세[127]	哀詞·1[128]
그대와 한자리에 나달을 보내올제 하날도 푸르러 우음에장겼으나 님이라 부드롭기는 생각밖기옵더니 배힌듯 나뉘옵고 말삼없이떠나시니 하날이 물에닿아 다시 뵐길바이없어 님이라 거침없이불러 야속하야합내다 　　　　　　－序－	그대와 한자리에 나달을 보내올제 하날도 푸르러 우슴에 질겼으나 님이라 부르옵기는 생각밖이 옵더니. 베힌듯 나뉘옵고 말슴없이 떠나시니 하날이 물에닿아 다시뵐길 바이없어 님이라 거침없이불러 야숙하야 합니다.
五百年 풍유으스림 하다는 모래텁을 나란히 거닐믄 모래알만 밟음이런가 님이여 흐르는 노래를 걷어잡아 무삼하료 　　　　　　（漢江岸）	보름달 구름속에 으스름한 모래텁을 손잡고 거닐믄 모래알만 밟음이런가 님이여 흐르는노래를 걷어잡아 무삼하리. 　　……（강가으로 거닐든일）……
사람소리 버레우름 섞여남도 한햇여름 높은목청으로 강물을 놀랬거든 님이여 하날을바라고 우음이나마소서 　　　　　　（漢江神社）	말소리 버레소리 석겨남도 한해시녀름 높은 목청으로 강물을 놀랬거든 님이여 하날을바라고 우슴이나 마소서.
이마당 가운대서니 달도또한가이없다 묶인발 푸는듯이 가벼운 뛰염거리 우리는 하날의그림자 춤추는가싶엤네 　　　　　　（장춘단의딴스）	이마당 가운대서니 달도또한 가이없다 묶인발 푸는듯이 가벼운 뛰염거리 우리는 하날의그림자 춤추는가 싶었네.
	터지듯한 우슴에도 눈물이 있으렸다 삼키여 넘기려면 쓰래까지 배일것을 그날에 말없이늣기든일 겨우알아 집내다
	그전날 젊은히망 가득안고 가든길이 그길이 되돌아져 죽엄길이 되단말가 파란물 한결같으니 더욱설어 하노라

　　두 작품의 차이점은 ① 제목, ② 제6수와 제7수의 추가, ③ 제3수 초장에서 "오백년 풍유으스림 하다는 모래텁을", "보름달 구름속에

127 『朴龍喆 全集Ⅱ』, 317~318쪽.
128 『朴龍喆 全集Ⅰ』, 132~133쪽.

으스름한 모래텁을", ④ 제3수 중장에서 "나란히 거닐믄", "손잡고
거닐믄", ⑤ 제4수의 초장에서 "사람소리 버레우름 섞여남도 한햇
여름", "말소리 버레소리 석겨남도 한해ㅅ녀름", ⑥ 부기의 차이—
"서(序), 한강안(漢江岸), 한강신사(漢江神社), 장춘단의딴스"와 "강가
으로 거닐든일" 정도로 꼽을 수 있다.

하지만 작품의 전반적인 흐름이나 해석이 완전히 뒤바뀔 만한
차이점은 아니다. 시적 제재와 대상은 변함이 없으며 오히려 서로
다른 지점을 보완할 수 있는 자료로 활용할 수 있기에 박용철이
노래하고자 했던 바에 더 가까이 다가설 수 있다.

박용철은 「심덕추상일세」 5수를 창작한 뒤에 김영랑에게 "서시
외의 십여 수는 되여야할터인데 이걸 하로저녁해놓고는 그만일세
마음이 계속되지를않어"[129]라고 말했다. 본래 서시를 포함해서 최소
11~12수 가량 창작할 계획을 갖고 있었지만 마음이 따라주지 않았
기에 동력을 상실했음을 토로한 것이다. 이를 바꾸어 생각하면 박용
철의 시조 창작 동인(動因)은 마음이라는 것을 포착할 수 있다. 그리
고 시조를 통해 마음에 쌓여 있는 무언가를 풀어내기 위해서는 단수
가 아닌 복수(複數)—연시조를 통해서야만 온전히 해소할 수 있었던
것이다.

박용철은 연시조를 구조화함에 있어서 자신의 감정과 체험을 단
순하게 나열하지 않았으며 일정한 흐름에 따라 작은 서사를 통해
구현하였다. 서(序)라는 부기를 통해 도입부를 명확하게 구분하였으
며 이후 한강안, 한강신사, 장춘단이라는 구체적인 장소를 중심으로

---

129 『朴龍喆 全集 II』, 319쪽.

고인과의 체험을 떠올린다. 그리고 과거에 대한 회한과 자책으로 시상을 마무리한다. 이를 도식화하면 도입부 → 본론부 → 결론부의 구조를 갖추었다고 볼 수 있는데 각각 2수, 3수, 2수가 할당됨으로써 어느 한쪽으로 치우치지 않으며 균질감 있게 구성하였음을 확인할 수 있다.

박용철이 도입부부터 결론부까지 체험을 회상하고 그에 따른 감정을 풀어냄에 있어서 중심을 잡아주는 시재는 물이다. 그가 물을 주요 시재로 선택한 까닭은 윤심덕이 스스로 생을 마감한 장소가 현해탄이었으며 서로가 추억을 쌓았던 곳도 강과 연못 주변이었기 때문이다. 박용철은 서시 2수에서 물에 대한 상반된 인식을 보여준다. 제1수에서는 그녀와 함께 시간을 보낼 적에는 웃음만이 가득한 푸른 하늘만을 바라보았다. 이때까지만 해도 물의 존재는 등장하지 않는다. 하지만 제2수에서는 하늘이 물에 비쳐있음을 통해 비로소 물의 존재를 알게 된다. 그녀는 스스로 물에 빠짐으로써 "말슴없이" 생을 마감하고 하늘로 떠나갔다. 하늘로 떠나간 그녀지만 "하날이 물에닿아 다시뵐길 바이없어"처럼 하늘은 물에 보이지만 그녀의 모습은 물이 비치지 않는다. 이에 "님이라 거침없이불러"보지만 공허한 메아리로 맴돌뿐이다.

제3수부터 제5수까지 등장하는 한강안과 한강신사는 한강을 배경으로 하기에 당연히 물과 연관된다. 장춘단 주변은 여기에는 미치지 못하지만 1920~30년대 당시 빨래를 하거나 물놀이를 할 수 있을 정도의 연못은 존재했다.[130] 박용철은 이 장소에서 "손잡고 거닐믄",

---

130 「물불은 장춘단못, 아이들이 조화라고」, 『東亞日報』, 1928. 7. 27, 2면; 「어름이 풀

"우리는 하날의그림자 춤추는가 싶었네"라는 구절을 통해 윤심덕과 매우 가까운 거리에서 교감했던 과거를 떠올린다. 또한 각각의 장소에서 윤심덕이 보여주었던 "흐르는노래", "높은 목청", "가벼운 뛰염거리"는 단순한 흥취 수준의 것이 아니었다. 성악가와 토월회 활동으로 집적된 그녀의 재능을 박용철은 단독 관객으로 마주했던 것이다.

하지만 "그날" 윤심덕이 박용철에게 보여주었던 노래와 춤 그리고 웃음의 이면에는 눈물이 서려 있었다. 이를 "삼키여 넘기려면 쓰래까지 배일"정도의 깊은 슬픔이었음에도 이제서야 겨우 더듬어 볼 수 있을 따름에 그것을 함께 나누지 못했음을 자책한다. 윤심덕의 재능은 생계를 위한 수단이기도 했지만 궁극적으로는 "젊은희망"이었다. 그리고 이를 실현하고자 일본행을 택하였는데 "그길"이 "죽엄길"이 되고 말았다. 윤심덕이 꿈을 안고 오가던 길, 윤심덕이 있는 하늘은 비쳐있지만 그녀의 모습은 찾아볼 수 없는 "파란물 한결같으니" 박용철의 서러움은 가중될 수밖에 없었던 것이다.

정희보오 中[131]

그러고 정희도 좋은글을써보시오 詩와文의差異가 그리明確한것이 아니니 어떻든 感情이 物象의形態를 빌어서 表白되면 좋은것이니, 아쉬우나마 내가 試官노릇은하지「나도」하고 시조를 몇首짓는데 한五十分걸렸소.

리니 반가운 푸른물(작일장춘단에서)」,『東亞日報』, 1931. 3. 3, 2면.
131 『朴龍喆 全集Ⅱ』, 271~276쪽.

○

공기는 높고맑아 새암물 약이되고
친구같은 아버지와 동기같은 어머니라
집웅이야 조그마하던 다시없어뵈더라(Your home)

시냇물 소리따라 짖거리는 말소리와
새악시 우슴에 굴러가는 거름이매
어느덧 접어드는길을 잊고지나가더라(安養寺道中)

어제야 알었던가 십년을 사괬던가
뷔인말 하지아녀 마음서로 바최던가
많을듯 적은말삼을 그대하소하여라

마른닢 깔아놓은 뒤언덕을 뛰어채니
장하다 철원벌 눈아래 깔리는고
말달릴 젊은마음이 도로살아오도다

발맞호든 여섯거름 돌아서니 헡되여라
마음에 등을지니 그림자ㄴ들 위로되랴
뒤ㅅ자최 애처로워라 더진듯걸어가더라

궁예의 꿈을실은 철원벌의 달만녀겨
흐린눈 떼여보니 다만한방 전기불을
웃방에 누이의 숨소리만 들려들려오더라

…(중략)… 月下의一群에 フランシス・ジャムの哀歌第一(サマンに送
る哀歌)을 읽어보오 이것은 죽은벗을생각한것이지마는 읽으면좋을
것이오.

  내, 정희의 손을 쥐오

十一月十七日(昭和四年) 龍兒씀

이 시조는 『박용철 전집 Ⅱ』에서는 「정희보오」라는 편지 속에 삽
입되어 있으며 『박용철 전집 Ⅰ』에서는 「정희(貞姫)에게」라는 제목
으로 편성되어 있는 작품으로 전체 6수로 이루어진 연시조이다.[132]
앞서 살펴본 윤심덕을 애도한 시조와는 달리 수록처에 따른 유의미
한 차이는 없다. 박용철은 이 편지에서 임정희에게 시를 써볼 것을
권유하였으며, 독서에 대한 이야기를 주로 하였다.

  편지 말미에는 호리구치 다이가쿠(堀口大學, 1892~1981)의 번역시
집 『달빛 아래의 무리들(月下の一群)』에 실려있는 프랑시스 잠(Francis
Jammes, 1868~1938)의 작품도 추천해 주었다.[133] 사실 박용철이 임정
희에게 이러한 이야기를 한 것은 작시(作詩)와 문학을 매개로 그녀
에게 가까이 다가서고 싶었기 때문이다. 그녀 역시 글쓰기에 소질이
있었으며 문학에 대한 관심을 갖고 있었기에 박용철의 접근법은
적절했다고 볼 수 있다.[134] 박용철의 이러한 마음을 녹여낸 시조가

---

132 『朴龍喆 全集 Ⅰ』, 148~149쪽.

133 堀口大學 譯, 『月下の一群』, 第一書房, 1925.

134 「록음에잠긴 학창을차저 부내녀교원소개[三]」, 『東亞日報』, 1925. 5. 23, 6면. 임정
   희는 박용철과 결혼한 이후에도 신문에 글을 꾸준하게 가고하면서 문필 활동을
   하였다(林貞姬, 「어머니들의 育兒日記」, 『朝鮮中央日報』, 1936. 1. 10~24).

제시되어 있는 작품이다.

그러나 작품 속에는 박용철의 여동생, 임정희의 고향인 철원의 풍경 등이 등장한다. 보통의 애정 시조에서는 일대일 관계를 바탕으로 개인의 감정을 드러내는 데 치중한다는 사실을 고려할 때 사뭇 낯선 부분이다. 이러한 난점을 해결해 줄 수 있는 단서로, 최하림(崔夏林, 1939~2010) 시인이 1983년 8월 27일 『경향신문(京鄕新聞)』에 발표한 취재 기사를 참고할 수 있다.[135]

이 기사에 따르면 박용철과 임정희가 결정적으로 가까워지게 된 시기는 그녀가 이화여전을 다니다가 건강을 이유로 고향인 철원으로 내려가 야학 활동을 하던 때이다. 박용철은 글쓰기와 문학에 관심과 소질이 있는 임정희에게 호감을 가지고 있었지만, 무엇보다도 배움에 대한 실천을 몸소 보여주는 행보에 더 큰 매력을 느꼈던 것이다. 박용철이 전 부인 김회숙과 합의 이혼을 하게 된 주된 사유는 교육 때문이었다.[136] 이에 비해 임정희는 이화여전에서 고등교육을 받았을 뿐만 아니라, 자신이 배운 것을 철원 지역 무산(無産) 아동들을 위해 강습하는 열의를 보였던 것이다.[137]

임정희는 배화여고보 동기인 김주(金珠), 노함안(魯咸安), 편순남(片順男) 그리고 박용철의 여동생인 박봉자와 함께 철원에 있는 동신학원(東新學院)에서 야학 활동을 하였다. 동신학원에서는 일본히로시마 고등사범과(日本廣島高等師範科)를 졸업한 김복희(金福姬)를 비

---

135 崔夏林, 「文壇裏面史 逸話로 엮어본 文人들의作品과生涯〈30〉 시인 朴龍喆」, 『京鄕新聞』, 1983. 8. 27, 7면.

136 김학동, 『박용철 評傳』, 새문사, 2017, 42쪽.

137 「月下里의 短期婦人夜學」, 『中外日報』, 1929. 2. 19, 3면.

롯하여 자격을 갖춘 유능한 선생을 초빙하였으며,[138] 고등과까지 증
설되는 등 제법 규모와 체계를 갖춘 학원이었다.[139] 다만, 김주[140]와
배구선수 출신인 노함안[141]의 야학 활동은 지속적이지 못했던 것으
로 여겨지는데, 경제적 문제 등으로 인해 배화여고보 졸업 시점에
이미 가정주부 또는 취직으로 진로를 정했기 때문이다. 배화여고보
우등 졸업생 5인에 들어갔던 편순남[142]은 동신학원에서의 실력을
인정받아 경상북도 김천에 있는 금릉학원(金陵學院)에서도 교편을
잡았으며,[143] 후일에는 조선 동포들을 위해 남만주[144]와 중국 산동성
일대,[145] 함경북도에 있는 청진학원(淸津學院)에서도 활동하였다.[146]

이렇게 내가 먼저붓을들어 길을 열기로합시다 貞姬라는일홈을 귀
로안지는 꽤오래되었고 또 내게글을쓰고싶다는글을구경한지도 얼마
되여서 便利함으로만보아서라도 내가 먼저 쓰는것이 마땅하였으나
그리 긴급히할말이 있는것같지도아니하고 (그것은 오늘도 다름없는바
이나)또 갑작이 나오지도않아서 오늘까지밀렸소 이새 가을하늘이 연

138 「東新學院 高等科增設 무산학동위해」, 『朝鮮日報』, 1930. 4. 18, 3면.
139 「東新學院父兄會」, 『朝鮮日報』, 1930. 4. 27, 6면.
140 「京城各女學校 今春卒業生 行房調査, 금춘우등졸업생」, 『別乾坤』 제14호, 1928. 7,
     107쪽.
141 「校門을나서며 運動選手(五) 仁旺山彩雲間에 숨어핀培花選手」, 『中外日報』, 1930.
     2. 16, 3면.
142 「今春卒業才媛들 培花女高普」, 『東亞日報』, 1929. 3. 23, 3면.
143 「經營難에빠젓든 金陵學院曙光 片順男氏畢死活動」, 『東亞日報』, 1930. 4. 12, 3면.
144 「無産兒에獻身 편선생송별연」, 『東亞日報』, 1930. 9. 17, 3면.
145 「金泉金陵學院 新任講師歡迎」, 『朝鮮日報』, 1930. 9. 10, 6면.
146 「淸津學校를 金渦鎬氏引繼」, 『東亞日報』, 1940. 3. 22, 2면.

해맑고 마음이 그 높음을따르려는제 모시고 지내는양이 한갈같으신
지 세사람동무의 쉽지않은友情이 철원넓은벌을 앞에놓고 그宏灛한심
사를 이여페여나가기를 멀리서바라오 한장글이 짧아지려는것이 너무
초솔한듯하나 아모래도 나타나지않는마음을 구타여 붓으로늘여보는
것도 용한일이 아니니 貞姬氏의글이 내앞을 다시 열어주기를 기다리
기로합시다.

　체면삼아 봉애의일을 페끼치노라 잘보아달라 부탁하는것은 친형
제지지않는사이에 도로혀서어한일같으나 집안과 집안사이는 그렇지
도않은 것이니 우에두분에게나 봉애집에서 인사말슴있더라고 해주셨
으면좋겠소, 이렇게쓰고보고 걸핏하면 생겨나는 어려워짐을막기위하
야 지은허물없음이 지나치는듯도하나 사랑하는누이의 사랑하는벗에
대한 허물없음으로 말하지않아 짐작하기를바래오 아모래도 거북스러
워지는붓을 오늘은 이만끊겠소.-九月十五日(昭和四年)龍兒[147]

　우리의 말할수없이漠然한不滿 분명히目標가서지않는憧憬 우리의
괴로움은 어쩐지宿命的인가보오. 우리는다만「무언지하겠다는 마음
만가득안고」저 참나무같이 커지기를바라는것인가보오이웃사람의生
이야 너무도倭小하고나 우리는 좀더 좀더 偉大하게살고싶고나 큰 물
ㅅ결을이르키는물ㅅ장이 치고싶고나 여늬사람의 열곱절힘세인 장사
를봅시다 그사람의生活이 반듯이 安樂하고 幸福할것이냐 아니다 반
듯이 그렇지는못하다 그의生命의波動의幅이 클뿐이다 우리의 求하는
것도 다만 힘있는生 우리는 知識나부랭이에서 힘을 얻어서 열사람의

힘있는생활을해보려는것인가보오, 우리는 歷史에制約될 여러가지環
境의刺戟에서 이러한欲求를갓게되었소마는 그를實現시킬힘을 가지
지못한것 우리가반듯이 일의成功만을 바랄것이요 일 그것가운대에서
全神經이緊張하고 온몸에 땀을흘릴 멍에라도 메이기를바라는것이지
마는 그멍에를 매일만한 기회를 붙잡을힘조차 不足한것에 우리의 탁
가움이있소, 이당나귀는 제게 실을 짐을 찾지못하였구려 이렇게 혼자
중얼거려 글을지었소, 그래 댁내가 한가지평안하시고 서이지내는모
양이 한갈같은지 같은것이 좋을것이야있소 나어졌다는소식이 듣고싶
소, 봉애의건강이 별로 나어지는게없는모양이니 실로딱하오, 동모들
에게까지 걱정끼칠것같소, 나 지내는모양은 그야말로한갈같소. 날더
러 兄主라고부르니 기쁜마음은 제쳐놓고 兄主라는 일홈을 감당할런
지는 모르겠소마는 貞姬를 사랑하는 누이로 여기는데는 주저하지않
겠소, 누이에게도 건강이앞서기를바라오. 十, 十七 龍兒[148]

앞서 임정희를 향한 애정 시조가 삽입된 편지의 작성 날짜는 소
화 4년—1929년 11월 17일, 그리고 여기에 제시된 두 편지는 이보
다 앞선 9월 15일과 10월 17일에 작성된 것이다. 박용철이 직접
철원에 가기 전 한 달 간격으로 편지를 썼음을 알 수 있다. 두 편지
에서 박용철은 구애만을 표출하거나 자신의 여동생 건강 상태만을
물어보는 것에 그치지 않는다. "세사람동무의 쉽지않은우정이 철원
넓은벌을 앞에놓고 그굉활한심사를 이여페여나가기를 멀리서바라
오"처럼 배화여고보 동기인 김주, 노함안, 편순남 3인과 함께 철원

---

148 『朴龍喆 全集Ⅱ』, 269∼270쪽.

에서의 야학 활동을 응원했다. 이는 "다만 힘있는생(生) 우리는 지식나부랭이에서 힘을 얻어서 열사람의 힘있는생활을해보려는것인가보오"라는 구절을 통해서도 다시금 확인할 수 있다. 박용철도 직접 야학 활동에 동참했는지는 알 수 없으나 이를 긍정적인 시선으로 바라보고 있었음은 확실하다.

이상의 내용을 통해서 볼 때 철원이라는 장소는 가진 것 없는 아이들에게 무상으로 교육이 이루어지는 배움의 터전이기도 했다. 이 배움의 터전에서 임정희와 그녀의 친구들—김주, 노함안, 편순남 그리고 박용철의 여동생 박봉자는 일선에서 활약했다. 이제 갓 학교를 졸업한 젊은 선생과 이들에게 가르침을 받는 아이들로 인해, 철원은 그저 농사를 지으며 하루하루 무난하게 살아가는 정체된 곳이 아니게 된다. "시냇물 소리따라 짖거리는 말소리", "새악시 우슴에 굴러가는 거름", "장하다 철원벌", "말달릴 젊은마음이 도로살아오도다"처럼 사람의 말소리가 끊이지 않고 젊은 새댁도 행복을 느끼며 생동감 있고 역동적인 삶을 살아가는 곳이 철원이었다.

한편 철원은 임정희의 고향이자 두 사람이 서로의 사랑하는 마음을 확인하는 장소이기도 했다. 서로에게 호감은 있지만 아직은 심리적 거리가 있기에 실없는 말은 조심하며 마음만을 비춘다. 여동생 박봉자를 통해 일면이 있었고 장문의 편지를 보내면서 임정희에게 자신의 솔직한 생각과 감정을 내보였던 박용철이었지만 정작 그녀와 마주하자 "많을듯 적은말삼을 그대하소하여라"처럼 한마디도 내기 어려워한다.

이와 같은 쑥스러움은 "발맞호든 여섯거름 돌아서니 헐되여라"에서도 드러난다. 임정희를 보기 위해 경성에서 또는 광주 송정에서 철원까지 먼 길을 마다하지 않고 달려왔지만, 그녀와 단 둘이 걸음을 옮긴 것은 여섯 걸음에 불과했다. 그리고 "뒤ㅅ자최 애처로워라 더진듯걸어가더라"처럼 마음속으로만 아쉬움을 삼킨다. 윤심덕과 거리낌없이 손을 잡고 춤을 추던 것과도 대조되는 부분으로 박용철의 조심스러움과 부끄러움이 단적으로 표현된 예라 할 수 있다.

失題[149]

눈물없다는 자랑하시든 그대언만
남달리 *沈着*하단 말을듯든 그대언만
말잃고 눈아니마른다 누가 나물하리오

웃읍다 할까하니 웃읍다 말이되냐
설어워 하자하면 그는 좀 이르잖냐
갑작이 큰不安앞에닥처 눈물우슴 어쩌리

내이리 침착하다 설마하니 어떨소냐
누이야 그념덜고 안해야 눈물걷워라
멀으신 두어이께는 맘노이실 글을쓰자

여보게 죽는단말 어이참아 입에내랴
그일을 속속드리 요량함도 아닐세만
죽었다 한번해봐라 모도 앗질하고나

---

149 『朴龍喆 全集 Ⅰ』, 144~146쪽.

어이 나를길러 이러한양 보렸든가
네내게 몸을맡겨 이리될줄 알었더냐
못보는 아기얼골은 미리그려 보노라

기다리는 아비는 너를 못보고간다
아기야 네 일없이자라 큰사람될가
두눈이 모도흐리여 앞이 아니보인다

웃읍고 잔게교를 수없이 꾸몃더니
너를 못맞나니 펴볼날이 없겠고나
어리다 혼이남기를 맘그윽히 바라니

어제밤 님의눈물 새벽에 궂은비라
쓸쓸한 소리속에 네한몸 싸였느니
감은눈 두줄눈물이 흘러고요 하고나

바람에 가지가지 우줄대는 포풀라는
허리를 늠실하며 춤추는 아양일세
내무어 너의自由를 부러함은 아닐다

以上九首는 昭和壬申年 故人이 腸窒扶斯로 자리에 누었을적에 冊귀
퉁이에 연필로끼적이어둔것을 찾어낸 것이다. -編者-

박용철은 1938년 35세의 나이로 작고한다. 그는 태어날 때부터

체질이 약했으며 이로 인해 크고 작은 질병을 앓았다. 이러한 점이 이른 나이에 생을 마감한 직접적인 원인으로 작용한 것이다. 박용철은 임정희에게 편지를 보내면서 "내가무서워하는것이 하나있소, 내 인생의 결산기가왔다하고 그때에 붓대를놓고누으며 부르짖기를 「내가 세상에 패하거나(我世に敗れたり)」나는 이것만을 피하고싶소. 부족한재능과 공상적대망(空想的大望) 이는일생을진공속에 몰아넣으려하오 이유없는 불안과초조, 쓸데없는걱정과헐된희망 이모든우울의구름을 벗겨버리고 청천백일같은심사로 아모불안없이 일을계획하고 부디쳐서해내는지경 나는진실로 위대한건강이 욕심나오"[150] 라는 언급을 통해서 평소에도 죽음에 대한 두려움을 표출하였다. 그가 죽음을 두려워한 이유는 사후 세계에 대한 막연함과 같은 이유는 아니었다. 자신이 펼쳐보고자 했던 다양한 활동들을 하고 싶었던 마음이 있었기 때문이다. 하지만 박용철은 건강하지 못했기에 죽음의 그림자는 항시 엄습하고 있었다.

　인용된 작품은 그가 장질부사(腸窒扶斯)로 건강이 매우 악화되었을 당시에 창작한 시조이다. "장질부사로 자리에 누었을적에 책귀퉁이에 연필로끼적이어둔것을 찾어낸것이다"라는 편지의 기록을 되짚어 볼 때, 자신을 간호해 주는 가족들의 모습을 보면서 힘겹지만 있는 힘을 다해서 한 글자 한 글자 써내려갔으며 나중에라도 가족들이 이 작품을 봐주기를 바랐음을 짐작할 수 있다. 그리고 펜을 들기조차 힘들 뿐만 아니라 절박함이 서려 있는 상황에서 박용철이 택한 것은 시조였다. 그에게 시조는 절체절명의 순간에서 그에게

---

150 『朴龍喆 全集Ⅱ』, 282쪽.

가장 유의미한 소통 창구였던 셈이다.

앞서 언급했듯이 박용철이 죽음을 "큰 불안"으로 인식한 까닭은 현재의 삶을 마감하고 미지의 사후 세계로 가는 두려움에서 기인하지 않는다. 또한 현세에서 즐거움을 충분히 누리지 못했다는 것과도 관련성은 없다. 셸리 케이건은 죽음에 대해 "왜 죽음이 나쁜가? 죽으면 존재할 수 없기 때문이다. 그렇다면 비존재는 왜 나쁜 것일까? 삶이 선사하는 모든 좋은 것들을 누리지 못하게 만들기 때문이다. 살아있으면 누릴 수 있었던 모든 좋은 것들을 죽고 나면 하나도 누릴 수 없다. 삶의 모든 좋은 것들을 송두리째 앗아가기 때문에 죽음은 내게 나쁜 것이다"[151]라고 언급하였다. 이를 참고할 때 박용철에게 있어서 삶에서 가장 좋은 것은 바로 가족이었다.

박용철은 병상에 누워 있는 상황에서도 누이동생, 아내, 부모님 등 가족 구성원들을 일일이 호명하고 있다. 그리고 "누이야 그넘덜고", "안해야 눈물걷워라", "멀으신 두어이께는 맘노이실 글을쓰자"라고 하면서 애써 가족들을 위로하고 있다. 이것은 오빠로서의 역할, 남편으로서의 역할, 아들로서의 역할을 미력하게나마 하고 싶은 그의 절박한 마음이었다. 또한 "못보는 아기얼골은 미리그려 보노라"[152]처럼 미래에 태어날 자신의 혈육을 보지 못할 수 있다는 우려를 노출하고 있다. 박용철은 태어난 지 이틀이 지난 자신의 아기를 바라보며 시조를 창작한 바 있다. 자유시를 포함하여 그의 창작 작품에서 혈육을 직접적으로 지칭한 경우는 거의 없기에 매우 드문

---

151 셸리 케이건 지음, 박세연 옮김, 『죽음이란 무엇인가』, 엘도라도, 2012, 304쪽.
152 『朴龍喆 全集 I』, 147쪽.

사례라 할 수 있다.

　또한 이 작품의 마무리는 "바람에 가지가지 우줄대는 포풀라는/ 허리를 늠실하며 춤추는 아양일세/내무어 너의자유를 부러함은 아 닐다"로 되어 있다는 사실을 곱씹을 필요가 있다. 박용철은 바람의 흐름에 따라 자유롭게 넘실대는 포플라 나무를 바라본다. 포플라 나무의 움직임은 병상에 누워 있는 자신의 상황과 대비된다. 하지만 "너의 자유를 부러함은 아닐다"라는 구절을 통해서 알 수 있듯이 자신의 상황을 절망적 또는 부정적으로 받아들이지 않는다. 비록 오빠, 남편, 아들, 아버지로서의 역할을 다하지 못하고 도리어 이들 로부터 보살핌을 받는 자기 자신에 대한 연민을 보여준다.

　이상에서 논의했듯이, 박용철은 일상생활의 감정과 언어를 시적 인 감정과 언어로 치환할 수 있는 시적 질서의 필요성을 중요하게 생각하였다. 시적 질서가 있어야만 비로소 시어를 효과적으로 배치 하고 감정을 절제하여 표현할 수 있었기 때문이다. 그가 견지하고 있었던 가장 기본적인 시관은 감정의 유로는 자연스럽게 하되 이를 시로 형상화시키기 위해서는 절제된 표현을 사용하는 것이었다.

　이 과정에서 그가 상정했던 시적 질서 중 하나는 정형시인 시조 였으며 여기에 담아낸 것은 사적 발화였다. 특히 친밀한 관계를 형 성하고 있던 인물을 구체적으로 언급하면서 사랑이나 죽음 등 감정 의 고조가 극한에 달할 수 있는 체험을 시재로 삼은 경우가 많았다. 이와 같은 특징은 그의 자유시에서는 찾아보기 힘든 지점이기도 하다. 즉, 박용철은 자신의 시관을 실천할 수 있는 시적 질서를 모색 하는 과정에서 시조의 정형성에 주목하였으며 개인 서정시 차원에 서 시조를 수용하고 있었음을 알 수 있다.

이 장에서는 이광수, 심훈, 정지용, 박용철의 사례를 통해 1920~ 30년대 사적 글쓰기와 시조의 양상을 살펴보았다. 이 시기는 시조 전문 작가와 연구자에 의해 시조 부흥의 당위성과 구체적인 실천 전략을 수립해 나간 때이기도 하다. 다시 말해서 근대 문인의 사적 글쓰기로서 시조는 시조를 조선시로 상정하려는 시도와 동시기에 병존하고 있었던 것이다.

이광수 시조의 경우 어머니를 향한 사모, 부성애의 발현, 병상에 서의 두려움, 벗과의 송별, 삶의 내력 회고와 자성에 대한 내용을 시조에 담아내었다. 그는 사적 글쓰기로서 시조를 창작하는 과정에 서 수사나 기교보다는 자신의 내밀한 정서를 고백에 방점을 두었다. 이 고백은 단순히 사적 체험만을 제시하는 데 그치지 않았으며, 자 신의 목소리를 드러냄으로써 반성과 회한을 곁들인 것이었다. 즉, 그의 시조에는 인간 이광수의 육성이 직접적으로 투영되어 있음을 알 수 있었다.

심훈 시조의 특징으로 중국의 한시, 인물, 명승지 등을 활용하되 자신의 관점으로 재해석했다는 점을 꼽을 수 있다. 그는 시조를 창 작할 때 단순히 이러한 제재를 나열하거나 감상평만을 제시하지 않았다는 것이다. 사적 체험과 상황이 어우러지면서 자신의 모습을 반추하는 방향으로 나아간다. 구체적으로는 독립운동의 어려운 현 실과 유학생활 등에 대한 불만족스러움 등을 작품에 녹여내었다.

이광수와 심훈의 시조에서는 전통의 잔영이 발견되는 경우를 찾 아볼 수 있었다. 이를테면 종장 말구 생략, 고시조의 관습적인 표현 사용, 한시 활용 등을 대표적인 예시로 떠올려 볼 수 있다. 하지만 정지용과 박용철은 사적 글쓰기로서 시조를 창작했다는 점에서는 이들과 공통분모를 갖고 있으나, 근대시 창작의 연장선에 가까운 노선을 보여주었다.

　정지용은 시조의 형식은 유지하되, 이 형식 안에서 시어를 적절하게 배치하거나 종장의 자수율의 특수성에 착안하여 리듬감을 시각적으로 표현하였다. 정지용은 시조 시형의 동시대적 유효성에 주목했던 것이다. 박용철은 감정의 유로는 자유롭게 하되 시로 표현할 때는 시적 질서가 필요하다는 시관을 견지하고 있었다. 그리고 그는 시적 질서를 모색하는 과정에서 시조의 정형성과 감정의 구조화에 주목하였다.

　근대 문인 이광수, 심훈, 정지용, 박용철은 사적 글쓰기로서 시조를 창작했다는 공통점을 지니고 있지만 구체적인 시조 창작은 다양한 방식으로 실천되었음을 살펴볼 수 있었다. 이는 1920~30년대 시조의 존재 양상을 다채롭게 살펴볼 수 있는 하나의 지표이기도 하다.

제4장

근대 문인의 시조 선택 의의

지금까지의 논의를 통해 1920~30년대 시조가 존재하는 양상은 시조 전문 작가와 연구자에 의해 정전화로 집약되는 시조 부흥과 혁신만 있었던 것은 아니었음을 알 수 있었다. 한편에서는 근대 문인의 사적 글쓰기로서 시조도 존재하고 있었던 것이다. 이들은 소설, 시나리오, 시, 시론 같은 신문학을 창작하면서도 시조를 통해 개인의 내밀한 정서 고백을 담아내었다.

근대 문인의 시조 창작 양상은 조선시대 신흠을 떠올리게 한다. 신흠은 한문과 한시에 매우 능했을 뿐만 아니라, 특히 진한고문(秦漢古文)을 지향하는 태도를 지니고 있었다.[1] 그의 한문학적 소양을 고려한다면 자신의 심사를 산문이나 한시로 풀어낼 수 있는 역량은 충분했음을 짐작할 수 있다. 그렇지만 시와 가의 위계 질서가 공고

---

1   강명관, 「16세기 말 17세기 초 擬古文派의 수용과 秦漢古文派의 성립」, 『韓國漢文學研究』 18, 韓國漢文學會, 1995, 298~300쪽.

화되어 있던 이중언어 시대에 한시로는 충분하지 않을 때 조선어로
노랫말을 만들어 시조를 통해 해소할 수 있었다.[2]

근대 문인과 신흠은 각각 신문학과 한문학을 통해 자신의 생각을
충분히 표현할 수 있는 역량을 갖추고 있었음에도 사적 발화가 필요
할 때는 시조를 활용하였다는 점, 그리고 자신의 시조를 기록으로
남겨놓았다는 점에서 공통점을 갖는다. 하지만 신흠이 시조를 노래
로 접근하였다면, 근대 문인은 지음[作]의 관점에서 바라보았다. 이
지점에서 시여의 전통이 근대에도 지속되었지만 어떻게 변용되었
는가를 짚어볼 수 있다.

1. 시여와의 접점: 여기(餘技)와 기록(記錄)

시여의 의미는 시의 나머지라는 말로, 통상적으로 가를 지칭한
다. 하지만 그렇다고 해서 시와 가가 전혀 별개는 아니다. 「모서(毛
序)」에서 "시는 뜻이 가는 것을 나타낸 것이니, 마음속에 있는 것을
뜻[志]이라 하고 말로 나타내면 시라 한다. 정(情)이 심중(心中)에 동
하면 말에 나타난다"[3]는 내용을 참고할 수 있듯이, 시와 가는 본래
하나이며 마음속에 있는 정을 발현한다는 측면에서 동일한 기능을
한다. 다만 감정의 고양 상태에 따라 시로는 모두 풀어낼 수 없을
때 가를 통해서 감발(感發)의 욕구를 충족할 수 있었다. 즉, 시여의

---

2 박애경, 『한국 고전시가의 근대적 변전과정 연구』, 소명출판, 2008, 14~17쪽.
3 "詩者 志之所之也. 在心爲志 發言爲詩. 情動於中而形於言"(「毛序」, 成百曉 譯註, 『詩
經集傳(上)』, 傳統文化硏究會, 2012, 29~30쪽).

의미는 단순히 시의 나머지가 아니라 "정서적 독백이라는 서정의
본질, 시가 가진 표현의 본질을 실현한 것"[4]이라는 측면을 고려해야
한다. 이와 관련해서 대표적인 사례로 조선시대 신흠의 경우를 참고
할 수 있다.

> 내 이미 전원(田園)으로 돌아오매 세상이 진실로 나를 버렸고 나
> 또한 세상사에 진력났기 때문이다. 되돌아보면 지난날의 영화(英華)
> 와 현달(顯達)은 한갓 겨와 쭉정이나 두엄풀 같이 쓸 데가 없는 것이
> 어서, 오직 사물에 접해 노래하면 풍부(馮婦)가 수레를 내려 호랑이
> 를 잡는 만용을 못 버리는 병과 같았다. 마음에 맞는 것이 있으면
> 문득 시 구절로 표현하고 그러고도 미진하면 잇달아 우리말 노래를
> 지어 부르고 언문으로 기록해 두었다. 이것은 겨우 시골구석의 노래
> 나 이별의 노래에 지나지 않아 능히 시단(詩壇)의 일반에 들 수는
> 없지만, 유희에서 나왔음에도 혹 볼 만한 점이 없지는 않으리라.
>
> 만력 계축년(1613) 동지에 검포(김포)전사에서 방옹이 쓰다.[5]

인용문은 신흠의 「방옹시여서」로, 그가 시조를 창작한 배경을
알 수 있는 텍스트다. 여기에서 눈여겨보아야 하는 대목은 "마음에

---

4 박애경, 「詩와 歌의 위계화와 歌의 위상을 둘러싼 제 논의」, 『열상고전연구』 33,
   열상고전연구회, 2011, 209쪽.
5 中國之歌, 備風雅而登載籍, 我國所謂歌者, 只足以爲賓筵之娛, 用之風雅載籍則否焉,
   盖語音殊也. 中華之音, 以言爲文, 我國之音, 待譯乃文. 故我東, 非才彦之乏, 而如樂府
   新聲無傳焉, 可慨而亦加謂野矣. 余旣歸田, 世固棄我, 而我且倦於世故矣. 顧平昔榮顯,
   已糠粃土苴, 惟遇物諷詠, 則有馮[夫]下車之病, 有所會心, 輒形詩章, 而有餘, 繼以方言
   而腔之, 而記之以諺. 此僅下里折楊, 無得騷壇一斑, 而其出於遊戲, 或不無可觀. 萬曆癸
   丑長至, 放翁書于黔浦田舍"(『청구영언』(주해편), 96~97쪽).

맞는 것이 있으면 문득 시 구절로 표현하고 그러고도 미진하면 잇달아 우리말 노래를 지어 부르고 언문으로 기록"했다는 부분이다. 앞서 언급한 「모서」의 맥락과 상당히 유사하다. 하지만 신흠의 글에서는 언어 선택의 문제가 등장하고 있다는 사실을 주목할 필요가 있다. 신흠의 이 글에서 시는 한시를 의미한다. 그렇다면 그가 시로 표현했다는 것은 중국의 언어인 한문을 사용했음을 전제로 한다. 하지만 중국의 문학 양식과 언어로는 자신의 정서를 효과적으로 표출하는 데 한계가 있었기에 우리말로 노래를 부름으로써 이를 해소하였다.

> 노래 삼긴 사름 시름도 하도 할샤
> 닐러 다 못 닐러 불러나 푸돗던가
> 眞實로 풀릴 거시면은 나도 불러 보리라[6]

제시된 작품에서 살펴볼 수 있듯이 실제로 신흠은 우리말 노래의 효과를 시조에 언급하기도 했다. 더군다나 신흠이 창작한 시조는 다수의 인원이 함께 즐기는 유락(遊樂)의 현장에서 창작된 것이 아니다. 그는 귀양을 온 상태에서 30수의 시조를 창작하였는데, 아무도 찾아오지 않는 고립된 장소와 시간 속에서 자신의 지난날을 되돌아보며 홀로 노래를 부름으로써 시름을 풀었던 것이다. 그리고 자신이 창작한 시조의 위상을 스스로 "시골구석의 노래", "이별의 노래", "유희" 정도로 치부하였다. 하지만 신흠은 가―시조를 통해서만이

---

6 『청구영언』(주해편), 95쪽.

드러낼 수 있는 어떠한 가식이나 꾸밈없이 가장 원초적인 내면의 정을 표출하였다. 『시경』의 시가관과 신흠의 사례를 통해 살펴볼 수 있었듯이, 시조는 시여로 취급받기는 했지만 진솔한 정을 표출함에 있어서는 매우 중요한 수단이었다.

여기에 덧붙여서 신흠의 「방옹시여서」에서 "우리말 노래를 지어 부르고 언문으로 기록해 두었다"는 구절을 되짚어 볼 필요가 있다. 자신의 솔직한 심사를 시조로 털어놓되 일회성으로 읊고 지나치는 것이 아니라 보존을 위해 기록으로 남겼다는 것이다. 그리고 이는 신흠 스스로도 "능히 시단의 일반에 들 수는 없다"는 사실을 알고 있는 상황에서 기록으로 남긴 것이기에 남다른 의미를 지닌다. 그가 창작한 시조의 성격이나 환경을 고려했을 때 우리말로 시조를 기록하여 남긴 취지는 세상에 널리 전파하거나 교화의 쓰임새와는 거리가 멀다. 시조를 창작할 당시와 유사한 상황이 재현되었을 때 기록한 노랫말을 활용하여 마음의 위안을 얻으려는 의도로 여겨진다.

신흠의 사례에서 도출할 수 있는 시여 전통의 핵심은 여기(餘技)와 기록(記錄)으로 집약된다. 이와 같은 시여 전통은 조선시대에만 국한되는 것이 아니라 1920~30년대 근대 문인이 시조를 수용하는 방식에서도 발견된다. 이 책의 2장과 3장에서 상세하게 논의했듯이 이광수, 심훈, 정지용, 박용철은 소설, 영화, 자유시를 창작함과 동시에 한편으로는 시조를 선보이기도 했다.

이들은 주로 개인의 내밀한 정서 표출과 자전적인 요소를 투영하여 시조를 창작하였다.[7] 정지용과 박용철은 잡지와 종잇조각 등에

---

7 물론 이광수의 경우 자서전류의 산문을 여러 편 집필한 바 있다. 하지만 이러한

시조를 기록하기는 했지만, 시조를 기록으로 남기게 된 동기까지
살펴보기에는 자료의 한계가 있다. 그러나 이광수와 심훈의 경우
개인 시가집을 손수 편찬했는데, 서문 등을 통해 신흠이 「방옹시여
(放翁詩餘)」를 창작한 생각과 유사한 면모를 보여주었다.

　　春園李光洙先生의 詩歌集이 이번에 先生의 손으로 刊行케 되었다.
先生의 文壇生活도 今年으로 滿三十年, 文筆로 또 人生으로 圓熟한
先生은 이제 過去에 發表하였던 詩歌 全部를 整理 淸算 하는 意味로
스스로 添削과 編輯을 하여 그의 總決算的인 詩集을 꾸민것이다. 內容
은 『임께 드리는 노래(新作時調百五十章)』와 『雜詠(新舊作時調六十餘
章)』과 『詩와노래(新舊作八十餘篇)』의 三篇으로 그의 生涯를通한 思想
과 理想의 全軌跡이다. 體裁는 新菊判(풀스判) 三百頁에 洋裝으로 豪華
本이 될것이다. 頒價는 大略 二圓程度로, 出刊期는 七月初로 豫想된다.
(發賣, 博文書館)[8]

　　內容도 體裁도 意匠도 참으로 豪華本 이라고 頒冊되자 到處에 好評
을 博합니다. 新出版 文化가 發生된 爾來 우리가 처음 갖는 豪華限定本.
이것은 春園이 朝鮮 新文學의 開拓者임과 함께 그의 三十年 쌓은 功績
만이 차지할 當然한 特權 이겠습니다. 所載된 作品 三百首 모다 詩人아
닌 詩人의 眞實한 自己告白이요 懺悔며 咏歎으로 길이 남겨놀 現代

산문을 집필했음에도 비슷한 소재와 내용을 가지고 굳이 시조를 창작했는가에 대
한 의문이 이어진다. 이는 산문으로는 해소되지 않는 바가 분명하게 존재한다는
것을 의미한다. 이 논문에서는 이에 대한 부분을 논의하였다.
8　「出版토픽 春園詩歌集上梓」, 『博文』 제8집, 1939. 6, 29쪽.

文學의 精髓가 될것 입니다. 殘部僅少. 文學을 사랑하고 春園을 사랑하는 이 또 現代를 사랑하는 이 그대의 案頭를 이 所重스런 著書로채우시라.[9]

두 편의 제시문은 1939년 6월 『박문(博文)』 제8집, 1940년 『문장(文章)』 제2권 제4호에 수록되어 있는 글로 모두 『춘원시가집』(1940)의 광고문이다. 『박문』의 광고문에 따르면 이광수는 자신이 과거에 창작했던 시가 작품을 총결산한다는 의미에서 시가집을 손수 정리하였다. 그리고 이 시가집의 구성은 임께 드리는 노래, 잡영(雜詠), 시와 노래로 구성되어 있으며 전체 290수의 작품이 수록되어 있다.

여기에서 시조는 210수가 해당된다. 이를 비중으로 환산하면 시조가 70% 이상을 차지한다는 사실을 알 수 있다. 이 사실을 참고할 때 시조와 자유시가 함께 수록되어 있기는 하나 사실상 시조를 정리하는 데 무게중심이 있음을 알 수 있다. 그리고 여기에 수록된 작품의 성격은 "그의 생애를 통한 사상과 이상의 전궤적"이라는 말로 표현하면서 인간 이광수가 살아왔던 삶의 여정과 경험이 시적 소재가 되었음을 강조하고 있다.

이와 비슷한 내용은 『문장』의 광고문에서 더 구체적으로 살펴볼 수 있다. 이 광고문에는 "진실한 자기고백이요 참회"라는 표현이 등장한다. 이광수는 시조를 통해서 자신의 생애를 시조로 담아내되 그것이 궁극적으로 지향하고 있는 바는 지난날에 대한 반추와 자기성

9   「文壇三十年紀念出版」, 『文章』 제2권 제4호, 1940. 4, 138쪽.

찰에 있다는 것이다. 주지하듯이 『춘원시가집』이 출판되기 2~3년
전, 이광수는 『조선일보』에 1936년 12월 22일부터 1937년 5월 1일
까지 122회에 걸쳐서 「그의 자서전」이라는 글을 연재한 바 있다.

이광수는 신문에 이 글을 연재할 때 장편소설이라는 부기를 덧붙
임으로써 꾸며낸 이야기라는 점을 내세웠다. 게다가 1회차에서는
"내 자서전을 읽는 여러분은 제목에는 『그』라고 하고 본문에는 내
라고 하는 이 사람이 당신네 동네 당신 이웃에 사는 사람으로 생각
하시면 고만일것이다"[10]라는 말로 자신에 대한 이야기가 아님을 에
둘러 강조하였다. 하지만 정작 그 내용을 들여다보면 이광수가 걸어
왔던 삶과 크게 다르지 않다. 그의 이러한 태도는 『춘원시가집』의
광고문과 확연하게 대비된다고 할 수 있다.

한편 『춘원시가집』 광고문의 경우 광고를 주도하는 잡지사나 출
판사 편집진의 의견이 저자의 생각보다 더 강하게 반영될 수도 있
다. 하지만 『춘원시가집』의 서문인 「내 시가」에서 이광수 본인의
목소리를 통해 광고문의 내용이 크게 틀리지 않음을 재차 확인할
수 있다.

　　때때로 무슨 하소연을 하고가 싶어서 생각하고 적어 놓은 것이 내
　　詩歌입니다. 다만 그뿐입니다. 나는 좋은 詩를 지어보리라고 생각하여
　　서 지은 것은 없습니다. 그러므로 내가 詩를 짓는지 于今十年에 내
　　詩는 讀者에게서 높이 評價 받은 일이 없고 批評家들고 내 詩따위는
　　一顧도 아니 하시는 모양이었습니다. 그렇건마는 나는 때때로 詩를

10　長白山人, 「長篇小說 그의自敍傳[1]」, 『朝鮮日報』, 1936. 12. 22, 7면.

지었습니다. 이런것들을 골라서 모은것이 이 詩集입니다. 이 小冊中에 收容된 노래의 大部分—그中에도 時調의 大部分은 마치 무척 淸淨한 者의 마음을 읊은 것 같을른지 모릅니다[11]

이 글에 따르면 이광수가 시조를 창작하는 이유는 선작에 대한 욕심이나 세간의 평가를 의식했기 때문이 아니라 오롯이 때때로 하소연을 하고 싶을 때가 있었고, 이를 해소하기 위해서였던 것이다. 또한 이광수의 시조는 민족의식의 고취나 계몽 담론의 실천의 굴레에 예속되지 않고 "청정한 자의 마음을 읊은 것"이었음을 알 수 있다.

이는 비슷한 시기에 나온 이은상의 『노산시조집』과 대비된다. 이은상의 『노산시조집』은 1932년, 1933년, 1937년, 1939년에 네 차례에 걸쳐서 출판되었다.[12] 이 시조집이 제4판까지 출판된 사실 자체도 중요하지만, 이 시조집을 바라보는 당시 문단의 시각도 눈여겨보아야 한다.

최근 우리문단의 한 수확인 리은상씨의저『로산시조집』(李殷相氏 著『鷺山時調集』)의 출판을 긔념하기 위하야 문단수씨의 발긔로 다음 과가티 회합을열기로 되엇다는데 일반 문예동호자들도다수참석하기를바란다한다

---

11 『春園詩歌集』, 1쪽.
12 李殷相, 『鷺山時調集』, 漢城圖書株式會社, 1932; 李殷相, 『鷺山時調集』(再版), 漢城圖書株式會社, 1933; 李殷相, 『鷺山時調集』(三版), 漢城圖書株式會社, 1937; 李殷相, 『鷺山時調集』(四版), 漢城圖書株式會社, 1939.

一, 時日 五月二十七日(金) 下午五時(雨大順延)

一, 會費 一圓(當日持參)

一, 發起人 李光洙, 金億, 玄鎭健, 朱耀燮, 徐恒錫[13]

鷺山 李殷相氏의 十年間 努力의 結晶으로 이 時調集이 나온 것은 朝鮮語, 朝鮮文學史上에 큰 貢獻이 잇을줄 確信한다.[14]

近頃 時調創作界에 熱心한學徒가 많음에도 不拘하고 그方面에 指針이 될만한 良著一卷이없음을 痛恨히여겨 弊社는 이에 斯界의第一人者 李殷相氏의 十年努力의結晶을刊行하여 江湖讀書者諸位에게 삼가 一讀을 勸합니다.(漢圖)

本書를推薦하신各界의大方諸先生

東亞日報 李光洙氏 普成專門 吳天錫氏 覺皇寺 金泰洽氏 延禧專門 李允宰氏 養正高普 張志暎氏 崇實專門 梁柱東氏 詩 人 金 億氏 學 者 卞光昊氏 語學者 李克魯氏 培材高普 李庚烈氏 徽文高普 李秉岐氏 音樂家 玄濟明氏 延禧專門 白樂濬氏 佛敎專門 權相老氏 朝鮮日報 朱耀翰氏 歷史家 文一平氏 小說家 尹白南氏 美術家 李象範氏[15]

鷺山時調集 再版發行!!

泊來크로스·布衣·純洋裝

金箔·銀箔·美麗豪華裝幀

---

13 「鷺山時調集 出版記念會合 二十七日淸凉寺」, 『東亞日報』, 1932. 5. 26, 2면.

14 「新刊紹介」, 『한글』 제1권 제2호, 1932. 6, 74쪽.

15 「朝鮮新文學史上 一大光明塔의建成」, 『東光叢書』 제1권 제2호, 1933. 7, 광고문.

四六判 二二0頁

奉仕特價 七0錢

送料書留 一六錢

朝鮮新文學史上! 一大光明塔의 建成!

朝鮮文人 詩歌作品中에 霸王인 鷺山時調集

初版 = 賣盡! 再版 = 出現!

重要內容

가는곧마다·흐르는봄빛·달알에서서·쓸쓸한그날 꿈은지나가고
·松都노래·金剛行·兩章時調試作篇 等凡人部에 나누어 總百十二題 三
百首에珠玉.

　이는 著者가四千日間心血을傾注한 時調七百餘首中에서 추려낸 努
力에結晶品이다.[16]

　제시된 인용문은 차례대로 1932년 5월 26일 『동아일보』 기사,
1932년 6월 『한글』 제1권 제2호 신간소개, 1933년 7월 『동광총서
(東光叢書)』 제1권 제2호 광고문, 박용철이 발행과 편집을 전담했던
『문학』 창간호에 있는 광고문이다. 『동아일보』 기사에는 "최근 우
리문단의 한 수확인 리은상씨"의 『노산시조집』 출판을 기념하기
위한 행사 일정이 나와 있다. 이 행사의 발기인은 이광수, 김억, 주
요한, 현진건(玄鎭健, 1900~1943), 서항석(徐恒錫, 1900~1985)이다. 이
들은 문단 내의 행사로 한정하고 않고 일반 문예동호인의 참여도
독려하였다. 출판기념회를 최대한 성대하고 대중적으로 개최하기

―――

16 『文學』 창간호, 1933. 12, 39쪽.

위해 각별히 신경을 썼던 것이다.

『한글』에서는 "조선어, 조선문학사상에 큰 공헌이 잇을줄 확신한다"고 평가하였다. 조선어가 시어로 다채롭게 활용되는 양상과 근대시조의 새로운 지평을 열었다는 점을 주목한 것이다. 『노산시조집』에 대한 관심은 제2판이 나온 1933년에 더욱 증폭된다. 『동광총서』의 광고문에는 "근경(近頃) 시조창작계(時調創作界)에 열심한 학도가 많음에도 불구하고 그 방면에 지침(指針)이 될만한 양저일권(良著一卷)이 없음을 통한히 여겨"라는 말로 근대시조의 제1인자이자 지침은 이은상과 『노산시조집』이 유일한 존재임을 부각시키고 있다. 그리고 "강호독서자제위(江湖讀書者諸位)에게 삼가 일독을 권합니다"라면서 가능하면 많은 사람들이 이 시조집을 볼 수 있게끔 유도하고 있다.

독자들에게 이 시조집이 필독서라는 정당성을 확보하기 위해서 학자, 종교인, 작가, 언론인, 교육가, 예술가, 역사가 등 다양한 분야를 대표할 수 있는 인사 18명이 추천하고 있음을 전면에 내세우고 있다. 이렇듯 이은상의 『노산시조집』은 근대시조를 대표할 수 있는 권위를 부여받은 시조의 교과서로 자리매김하고 있었다.

『문학』 창간호의 광고문에서는 『노산시조집』의 화려함과 권위를 엿볼 수 있다. 『노산시조집』은 서양에서 직접 들여온 자재를 통해 양장본으로 만들되 금박과 은박을 곁들이면서 최대한 미려(美麗)하고 호화롭게 만들어졌다. 겉모습만 화려한 것이 아니라 "시가작품중에 패왕"이라는 칭호를 부여하면서 근대시조의 모범은 곧 이은상의 시조라는 강렬한 메시지를 주고 있다. 이는 초판이 1년만에 매진되었다는 사실을 강조함으로써 독자 또는 구매 예정자들로 하여금 구매욕을 끌어올리고 있다.

한편 4편의 광고문에서는 공통적으로 『노산시조집』은 조선문학 사상 획기적인 업적이면서 이은상의 10년간 노력을 통해 산출된 결과물이며, 그 결과물 중에서도 선작만을 선별한 결정체라고 언급한다. 개인의 창작 시조집을 문학사의 차원과 연계함으로써 그것의 권위를 공고히 하는 움직임은, 이 시조집이 나온 1930년을 전후한 시기에는 찾아보기 어려운 사례이다. 이는 『노산시조집』에 수록된 시조가 이은상 개인의 생각과 감정을 풀어내는 것보다는 상대적으로 독자들이 본받아야 할 창작 지침에 가까웠음을 알 수 있다.

이에 반면에 이광수는 자신이 걸어온 여정을 회상하면서 진솔한 마음의 결정체인 시조를 한 번 읊는 것으로 지나치지 않았으며, 한 권의 책으로 기록함으로써 이를 온전히 보존하려는 목적으로 시조집을 편찬했다. 이와 관련해서 앞서 살펴본 시가집의 광고문에 있던 "양장(洋裝)으로 호화본(豪華本)", "내용도 체재도 의장(意匠)도 참으로 호화본", "신출판 문화가 발생된 미래 우리가 처음 갖는 호화한 정본"이라는 표현을 상기할 필요가 있다. 『춘원시가집』 또한 이은상의 시조집과 마찬가지로 호화본이기는 하다. 하지만 이은상의 시조집은 초판이 매진되어 2판 출판이 진행되었지만 이광수의 경우는 소량의 한정판만이 만들어졌다.

실제로 이 시가집이 출된된 이후 판권지를 보면 "호화판 오백부 한정"이라는 내용이 있다.[17] 1917년에 『매일신보』를 통해 선보인 「무정」이 책으로 출판된 이후 1925년까지 조선출판계 역사상 1만

---

17 『春園詩歌集』, 판권지.

부 이상 팔렸던 유일한 사례로 꼽히고 있다는 사실[18]을 떠올려본다면, 『춘원시가집』이 500부 한정판으로 출판된 사실은 대량 판매나 배포를 위한 책이 아니었음을 알 수 있다.

게다가 이 시가집을 만들기 위해서 일본 도쿄에서 용지를 수급해왔을 뿐만 아니라 의장과 인쇄에도 각별한 공을 들이기도 했다.[19] 이처럼 이광수의 『춘원시가집』 편찬 과정을 보면 시가집 출간은 이광수 개인의 삶의 궤적을 읊어낸 시조를 특별한 기록으로 남기려는 의미를 지닌 행위였음을 알 수 있다.

심훈은 1920년대 초반부터 일기와 수첩에 시조를 적어두었다. 「천하의 절승 소항주유기」의 경우 1931년 6월에 『삼천리』에 수록된 작품이기는 하나 항주 유학 시절 수첩에 적어놓은 것을 정리하여 내놓은 것이었다. 이를 통해서 심훈 시조의 매체만이 아니라, 심훈의 시조 창작은 1926년 시조부흥운동이 전개되기 이전부터 이루어졌음을 알 수 있다.

이는 심훈의 시조 창작은 시류(時流)에 편승하여 이루어진 것이 아니라 나름의 관점과 방식이 있었음을 의미한다. 그러나 1920년대 초반에는 심훈의 시조관이나 시조에 대한 구체적인 생각을 살펴볼 수 있는 글을 찾아보기에는 어려운 점이 있다. 시조에 대한 심훈의 관점을 엿볼 수 있는 텍스트는 1930년대 들어서 발견할 수 있는데,

---

18 "萬部以上팔니기는 朝鮮出版界에오직이「無情」뿐이겟습니다"(「春園 作 長編小說 無情」, 『朝鮮文壇』 제4호, 1925. 1, 291쪽).

19 이것을 冊으로 出版하기 爲하여서 用紙를 멀리 東京에까지 求하시고 意匠과 印刷를 爲하여서 當身것처럼 애써주신 博文書館의 젊은 主人 盧聖錫氏와 崔泳柱氏 두분의 好意와 精誠은 이로다 感謝할 길이 없습니다"(『春園詩歌集』, 4쪽).

대표적으로 『심훈시가집』(1932)의 「머릿말씀」과 1932년 1월 15일 『동아일보』에 수록된 「푸로문학에직언(상)」이 있다.

머릿말씀[20]

나는 쓰기를 위해서 시를 써본 적이 없습니다. 더구나 시인이 되려는 생각도 해보지 아니하였습니다. 다만 닫다가 미칠 듯이 파도치는 정열에 마음이 부대기면, 죄수가 손톱 끝으로 감방의 벽을 긁어 낙서하듯 한 것이, 그럭저럭 근 백수(百首)나 되기에, 한 곳에 묶어보다가 이 보잘 것 없는 시가집(詩歌集)이 이루어진 것입니다.

■　☆

시가에 관한 이론이나 예투(例套)의 겸사(謙辭)는 늘어놓지 않습니다마는, 막상 책상머리에 어중이떠중이 모인 것들을 쓰다듬어 보자니 이목(耳目)이 반듯한 놈은 거의 한 수(首)도 없었습니다. 그러나 병신자식이기 때문에 차마 버리기 어렵고, 솔직한 내 마음의 결정(結晶)인지라, 지구(知舊)에게 하소연이나 해보고 싶은 서글픈 충동으로 누더기를 기워서 조각보를 만들어 본 것입니다.

■　☆

삼십이면 선[立]다는데 나는 아직 배밀이도 하지 못합니다. 부질없는 번뇌로, 마음의 방황으로, 머리 둘 곳을 모르다가 고개를 쳐드니, 어느덧 내 몸이 삼십의 마루터기 위에 섰습니다. 걸어온 길바닥에 발자국 하나도 남기지 못한 채 나이만 들었으니, 하염없게 생명이 좀 쏠린 생각을 할 때마다, 몸서리를 치는 자아를 발견합니다. 그러

---

20 『심훈 전집1』(심훈 시가집 외), 15쪽.

나 앞으로 제법 걸음발을 타게 되는 날까지의, 내 정감(情感)의 파동
(波動)은, 이따위 변변치 못한 기록으로 나타나지는 않으리라고, 스
스로 믿고 기다립니다.

　　　　　　　　　　　　　1932년 9월 가배절(嘉俳節) 이튿날
　　　　　　　　　　　　　당진(唐津) 향제(鄕第)에서　심훈

　심훈은 이 글에서 쓰기를 위해서 시를 써본 적이 없다고 말한다.
앞서 심훈의 소설에 삽입된 시조와 유년기부터 경험한 시조의 원체
험을 근거로 하여, 심훈에게 있어서 시조는 읊조릴 수 있는 시였음
을 밝힌 바 있다. 심훈은 이어서 "미칠 듯이 파도치는 정열에 마음이
부대끼면", "죄수가 손톱 끝으로 감방의 벽을 긁어 낙서하듯"이라는
말로 창작 동기를 말하고 있다. 전자의 경우, 감정이 흥기가 극한에
이르면 소설이나 자유시 또는 기존에 알고 있던 한시로는 해소할
수 없을 때 시조로 풀어냈음을 의미한다. 그렇다면 후자는 무엇을
의미하는 것일까. 이에 대해서는 그의 장편 소설 「동방의 애인」
(1930)의 한 장면을 참고할 수 있다.

　　몇 만 리 해외에 나그네의 신세를 지은 사람으로서 가장 큰 위안을
　받는 것은 고국의 소식이다. 더구나 사랑하는 사람의 친필을 대함이
　랴?! 나이가 젊은 분수로는 성질이 너무 가라앉은 동렬이건만 세정에
　게 처음 편지를 부친 뒤로는 마음을 졸였다. 현주소를 숨기고 밥 먹는
　집으로 통신을 하는 터이라 아침저녁은 물론 우편 배달시간만 되면
　궁금증이 나서 앉아 배길 수가 없었다. 중국말에 전력을 기울이는
　한편으로 날마다 늘어가는 공상을 머릿속에서 정리하느라고 자정이

넘어서야 잠이 들었다. 진이의 코고는 소리를 들으면서 '오늘도 하루를 잡아먹었구나!'하며 벽에다가 금 하나를 손톱 끝으로 드윽- 그어놓고 이불자락을 뒤집어썼다. 벽에 금을 긋는 것은 날짜를 잊어버리기 쉬운 감옥에서 하던 버릇이었다.[21]

김동렬과 박진은 3·1운동 이후 지속적으로 독립운동에 참여하고 이를 추진하기 위해 중국 상해로 가게 된다. 강세정도 이들이 상해로 떠난 것을 알고 뒤이어 합류한다. 이들이 상해에서 중국어를 공부하고 독립운동을 기획하는 과정에서 동렬이는 세정이에게 동지 이상의 감정을 느끼게 된다. 이후 조선의 정세와 독립운동의 현황에 대한 정보를 주고받는 편지에도 동렬이는 민감하게 반응하며, 동렬이는 세정이로부터 답장이 빨리 오지 않자 답장이 오기만을 기다리는 날짜를 센다. 그리고 날짜를 세는 행동은 "벽에다가 금 하나를 손톱으로 드윽- 그어놓고 이불자락을 뒤집어썼다. 벽에 금을 긋는 것은 날짜를 잊어버리기 쉬운 감옥에서 하던 버릇이었다"라는 표현으로 그 의미를 직접 언술하고 있다. 감옥에서 손톱으로 벽에다 금을 긋는 것은 무언가를 표식한다는 단편적인 의미에 한정되지 않는다.

이와 관련해서 최현배(崔鉉培, 1894~1970)의 사례도 참고할 수 있다. 그는 조선어학회 사건으로 인해 1943년 8월 13일부터 1945년 8월 17일까지 함흥형무소에 복역하게 되었다. 자신의 평생 과업으로 삼았던 한글 연구를 옥중에서도 그만두지 않았는데 그 상황을

---

21 『심훈 전집2』(동방의 애인·불사조), 47쪽.

"나는 옥중에서 30년 전부터 착수하여 끌고 오던 한글의 가로글씨의 연구를 재시작하였다. 종이 붓이 있음이 아니요, 또 글 읽고 쓰는 자유조차 없는 철창에서, 나는 낮에 앉아서는 손바닥에 그리고 밤에 누워서는 배 위에 그리어서, 드디어 가로글씨를 완성하였다"[22]라는 말로 회고하였다. 볼펜이나 연필 같은 필기도구는 물론이거니와 종이조차도 구할 수 없는, 자신의 신체 이외에는 모든 것이 제한되는 상황 속에서, 기록을 할 수 있는 유일한 도구인 손톱으로 감옥의 벽을 긁는 행위는 자신에게 매우 소중한 것을 잊지 않기 위한 최후의 수단이라는 의미를 갖는다.

이렇듯 죄수가 자신의 손톱으로 감옥의 벽을 긁어내듯 시조를 창작했다는 것은 심훈의 표현대로 "솔직한 내 마음의 결정(結晶)", "지구(知舊)에게 하소연이나 해보고 싶은 서글픈 충동"처럼 내면에 깊이 자리 잡은 진솔한 자신의 목소리이자 절박한 행위다. 심훈은 이러한 목소리를 시조라는 형식에 담아내었던 것이다.

한편 심훈 스스로 이를 "이목(耳目)이 반듯한 놈은 거의 한 수도 없었습니다", "이따위 변변치 못한 기록"이라고 말하면서 형식적인 부분에 미흡함이 있음을 자인하고 있다. 그러나 심훈에게 있어서 시조 창작 의미는 정형성을 정치(整治)하게 또는 엄격하게 분석하고, 그 틀에 부합하는 작품을 산출하는 데 있지 않았다. 내밀한 정서 고백을 풀어낼 수 있는 형식이 바로 시조였던 것이다.

자신의 시조가 미흡함을 밝히고 있는 것은 옥중 체험을 한 최현

---

22 최현배, 「나의 인생과 나의 학문」, 외솔회 엮고 옮김, 『외솔 최현배의 문학·논술·논문 전집1』(문학 편), 채륜, 2019, 135쪽. 이하 최현배의 전집 인용 시 출처는 '『외솔 최현배의 문학·논술·논문 전집1』(문학 편), 쪽수.'로 약칭함.

배도 마찬가지였다. 그는 함흥형무소에서 시조를 창작한 이유를
"그 동안에 나는 외로운 정을 위로하고자 간혹 시조를 지어 속으로
읊었다. 흥원 경찰서에서 읊은 것도 다 잊어 버렸고, 함흥 형무소에
서 읊은 것만은 더러 남아 있으니, 그 된 품은 보잘 것 없으나, 나에
게는 버릴 수 없는 기념물이라, 이에 적어서 나를 사랑하는 친지들
에게 보내기로 하였다"[23]라고 떠올렸다.

또한 최현배의 시조는 필기를 할 수 없는 환경 속에서 일제강점
기 옥중 체험을 생생하게 보여줄 수 있다는 측면이 강하다.[24] 시조
창작을 실천하여 외로운 정을 위로한다는 점, 시조를 읊었다는 점,
품은 보잘 것 없으나 자신에게는 버릴 수 없는 기념물이라는 점은
심훈의 생각과 다를 바 없다.

이상에서 논의했듯이, 사적 글쓰기로서 시조는 작자의 솔직한 내
면을 고백하고 있다는 점, 그리고 이것을 기록으로 남기려 했다는
측면에서 시여의 전통과 맞닿아 있음을 확인할 수 있었다. 그렇다면
사적 글쓰기로서 시조는 단순히 조선시대에서 근대라는 시간적인
공간만을 달리하여 시여의 전통을 실천한 것에 불과한 것일까. 그렇
지만은 않다. 신흠이 시조를 노래의 차원에서만 인식하고 있었다면,

---

23 『외솔 최현배의 문학·논술·논문 전집1』(문학 편), 67쪽.
24 최현배는 1945년 8월 17일 함흥형무소를 나오자마자 친구들에 요청에 의해 노래를
지었는데 바로 시조였다. 약 2년간의 복역을 마칠 수 있었던 결정적 이유는 일본의
패망으로 인해 조선이 독립했기 때문이었다. 따라서 형무소를 나왔을 때 그가 지녔
을 감정은 무수했을 것이다. 그렇지만 그는 단 한 수의 시조로 당시의 심경을 풀어
냈다. 이는 노래의 속성을 지니고 있는 시조, 그 속성으로 인한 감정의 흥기, 감정의
집약적 표현을 실천한 단적인 사례라고 할 수 있다(『외솔 최현배의 문학·논술·
논문 전집1』(문학 편), 76쪽 참고).

근대 문인에게 있어서 시조는 노래[歌]보다는 시(詩)에 가까운 것이었다. 하지만 근대 문인은 노래와 시의 경계를 '부르는 시조'와 '읽는 시조'처럼 이분법적으로 나누지 않았다. 이 중간 단계인 '읊조릴 수 있는 시'로 받아들이면서 시여의 전통을 근대적인 방식으로 재해석하였다.

2. 시여의 변용: 가(歌)와 시(詩) 사이

근대 문인 이광수, 심훈, 정지용, 박용철의 시조 창작은 시여의 전통과 맞닿아 있음을 살펴보았다. 그러나 신흠이 자신이 창작한 시조를 노래로 불렀다면, 근대 문인의 시조 창작 행위는 시를 창작하는 행위에 가까운 것이었다. 시작(詩作)이라는 말을 되짚어 보면 시조는 시이며 따라서 문학의 범주에 속한다는 의미가 내포되어 있다. 문학의 범주에 속하기 위해서는 일정한 형식을 필요로 하는데 시조의 정형성은 이 조건을 충족했던 셈이다.

그러므로 근대 문인에게 있어서 시조 창작은 노래를 부른다기보다는 시를 짓는 행위에 가까웠다. 하지만 이들은 시조를 창작하는 과정에서 가의 속성을 완전히 떨쳐낼 수는 없었다. 이광수, 심훈, 정지용, 박용철이 가와의 결별을 과감하게 할 수 없었던 까닭은, 내면의 진정한 발로(發露)는 노래로 발현된다는 시여의 전통에 입각해 있었기 때문이다. 즉, 이들에게 시조는 정형성을 갖춘 시이면서 시인의 내면을 적실하게 풀어낼 수 있는 "시의 노래화의 가능성을 보여주는 장르"[25]였던 셈이다.

1) 이광수: 읊을 수 있는 시와 내재율

이광수는 1916년 11월 16일 「문학이란 하오」에서 문학의 정의를 "문학이란 특정흔 형식하에 인(人)의 사상과 감정을 발표흔 자(者)를 위흠이니라"[26]로 내린 바 있다. 그의 이와 같은 생각은 8년이 지난 1924년 11월 「문학강화」에서 "문학이란 엇던 종류의 예술적 형식에 의한 인류의 생활 사상 감정 활동의 상상적 현표인 문헌으로서 오인의 감정을 동하는 것"[27]이라고 규정한 것과 크게 달라진 부분이 없다. 이를 통해 이광수가 문학을 정의할 때 필수적으로 고려했던 요소는 특정한 형식과 사람의 감정이라는 것을 확인할 수 있다. 그리고 이광수는 시에 대한 정의와 관련해서 읊는 것, 음률 좋은 언어로 독자로 하여금 자차영탄(咨嗟永嘆)하는 것으로 내린 바 있다.[28] 이광수의 시관은 기본적으로 묵독이나 읽는 것에 국한되는 것이 아니라, 읊음과 음률이라는 구술적 요소와 결부되어 있다.

이광수는 시조에 대한 정의를 조선의 문학에서 최고(最古)의 시형으로 내린 바 있다.[29] 또한 "문학인 시조"[30]라는 표현으로 시조는 문학이라는 사실을 분명하게 밝히기도 했다. 시조는 정형성이라는 형식을 갖추고 있었기에 그가 상정했던 문학의 요건에 충족되었다. 그리고 시조는 문학의 범주 안에서도 시에 속한다. 따라서 구술적

---

25 박슬기, 『한국 근대시의 형성과 율의 이념』, 소명출판, 2014, 23쪽.
26 春園生, 「文學이란何오(一)」, 『每日新報』, 1916. 11. 10, 1면.
27 李光洙, 「文學講話(二)」, 『朝鮮文壇』 제2호, 1924. 11, 53쪽.
28 春園生, 「文學이란何오(五)」, 『每日新報』, 1916. 11. 17, 1면.
29 春園, 「病窓語(25) 時調」, 『東亞日報』, 1928. 11. 1, 3면.
30 春園, 「病窓語(26) 詩調의自然律(一)」, 『東亞日報』, 1928. 11. 2, 3면.

요소를 배제하지 않았던 그의 시관은 시조에도 적용되어 있음을
살펴볼 수 있다.

三, 文學은 무엇인가

東窓이 밝앗나냐 노고지리 우지진다
소치는 아희놈은 상긔 아니 닐엇나냐
재넘어 사래긴 밧을 언제 갈려하느니

-南九萬號藥泉

　우리는 이 글을 닑을째에 一種의 快味를 째닷는다. 웨그런지 모르
지마는 「조타!」, 「잘 지엇다!」 하는 생각이 난다. 다른말로하면 이글
은「재미」가잇다. 재미가 잇슴으로 이것을 한번만 닑고 내버리지아
니하고 쏘 한번 닑고 쏘 한번 닑는다. 그러고는 얼마를 지나서는
다시 그것을 닑어볼 생각이 나는데 마츰 그것이 다 생각이 아니날째
에는 우리는 애탄다. 애가타서 제손소 그맛이 나도록 지어보려하나
아모리하여도 그대로 되지아니함으로 마츰내 斷念해버리고 어듸 그
것이 잇는 冊을 求하러간다. 求한뒤에는 더욱 그것을 외오고 쏘외와
마츰내 諳誦을 해버리고 말고 諳誦한뒤에는 째째로 혼자 그것을 외
와볼쏜아니라, 機會만 잇는대로 남에게까지 외와들린다. 그래서 내
가 외와들리는 그것을 듣고 그사람도 나와가티 조와할째에 나는 새
로운 快味를째닷고 만일 그사람이 조와하지아니하면 그사람에게 이
노래를 조흔 맛을 째닷게할양으로 或은 이 노래의 쯧을 說明하고
이노래에서 어든 自己의 愉快하던 經驗을 說明한다.[31]

이몸이 죽고죽어 일백번 고치어죽어

白骨이 塵土되여 넉시라도 잇고업고

님向한 一片丹心이야 變할줄이 잇스랴

-鄭夢周圃隱

雪月이 滿庭한데 바람아 부지마라

曳履聲 아닌줄은 判然히 알건마는

그립고 아쉬운 맘에 행혀 그인가하노라

-失名

집방석 내지마라 落葉인들 못안즈랴

솔ㅅ불 혀지마라 어제 진달 도라온다

아희야 薄酒山菜일망정 업다말고 내어라

-韓濩號石峯

이 노래들도 비측 題目도 다르고 우리에게 주는 快味의 種類도 다르지마는 그것이 우리에게 一種의 快味를 주는것과, 한번만 보는 것으로 滿足하지못하고 諳誦하야 諷咏하게까지 되는것과, 그題目과 그意味까지는 記憶하되 그本來의 語句를 니저버리고는 到底히 그맛을 어들수업슴과 또 이 快味를 自己혼자만 맛봄으로써는 滿足하지못하고 남에게까지 傳하고십허지는 點으로 마찬가지니 이곳이 文學에 「本色」이 잇는것이다.[32]

<hr>

31 李光洙,「文學講話(三)」,『朝鮮文壇』제3호, 1924. 12, 46쪽.

이광수는 문학이란 무엇인가를 설명하기 위한 예시로 시조를 제시하였다. 그가 이 제시문에서 주안점을 두고 있는 부분은 문학 작품을 향유하는 독자, 문학 작품을 매개로 한 독자와 독자 사이의 공감대 형성과 소통 방식이다. 이를 설명하기 위한 예시로 시조를 선정한 것이다.

개별 독자는 문학 작품을 향유함으로써 쾌미를 느끼는데, 이를 다른 독자와 공유함으로써 문학의 재미를 다수가 맛보는 단계까지 나아가게 된다. 특히 시조를 통해 쾌미를 얻는 방식은 단순히 읽는 것에만 한정되지 않는다. 스스로 여러 번 읽고 외우고 암송(諳誦)하고, 듣는 과정을 거칠 때 비로소 시조의 쾌미를 느낀다. 이 같은 시조 향유 방식은 이광수의 시조관을 엿볼 수 있게 해주는 단서가 된다.

이광수가 문학이란 무엇인가를 설명하기 위한 예시로 시조를 제시했다는 것은, 앞서 언급했던 문학의 요건을 시조가 갖추고 있음을 전제로 한다. 실제로 이광수가 시조론에서 중요하게 여겼던 점은 시조의 정형성, 시조 율격의 원리, 시조 3장의 유기성이다. 이는 시조의 형식 안에서 인간의 감정을 어떻게 구성하여 표현할 수 있을 것인가에 대한 고민이자 시조의 특징을 나름대로 규명한 것이다. 그러나 이광수는 시조를 문학으로 보았지만 음악적 요소의 가치를 완전히 떨쳐낼 수 없었다. 따라서 이를 해결하기 위한 방안으로 시조의 장(章), 구(句), 어(語), 음(音)에 내재된 고저(高低)와 장단(長短)에 주목한다.

이광수는 시조에 내재되어 있는 고저와 장단의 실마리를 시조의

---

32 李光洙, 「文學講話(三)」, 『朝鮮文壇』 제3호, 1924. 12, 47쪽.

조법(調法)에서 찾는다. 시조는 4·4조를 기본으로 하지만 4조는 2조와 2조, 5조는 2조와 3조 등으로 소분(小分)된다. 그리고 각 조에 따라 격(激)하고, 급(急)하고, 애원(哀婉)하고, 애절(哀切)하고, 유장(悠長)한 감정들을 담아낼 수 있게 된다.[33] 한편 그의 논리대로 생각해본다면 가장 작은 단위는 1조라고 할 수도 있다. 이광수도 이를 의식했는지 1조의 경우 간투어(間投語), 접두어(接頭語), 어미(語尾)로 사용되는 경우가 대부분이며 이는 작품 속에서 유의미한 역할을 하지 않는다는 견해를 피력한다. 따라서 유의미하면서 가장 작은 단위는 결과적으로 2조나 3조가 될 수밖에 없음을 말한다.[34]

한편 이광수가 논의한 조법도 그 기저에는 결국 음수(音數)가 자리하고 있다. 그는 음수율을 극복하기 위한 방안을 제시한다. 그가 제시한 방안은 앞서 언급했던 변조(變調)를 강조하는 한편 시조의 조를 향(響)과 격(格)으로 구분할 수 있다는 점이다. 구체적으로 보면 향에는 음질(音質)과 단어(單語), 격에는 사의(詞意)가 해당된다고 하면서, 향과 격의 조합에 따라 감정의 흥기와 장(章)의 내용이 유기적으로 형성되는 사실에 주목했다.[35]

그리고 그는 조법과 그 활용 양상을 음적구성(音的構成)이라고 요약하면서, 좋은 시조가 되기 위해서는 의적구성(意的構成)도 중요하게 여겨야 함을 말한다. 그의 의견에 따르면 시조의 의적구성은 독립차완성(獨立且完成)과 발전적상관(發展的相關)이라는 두 가지 법칙으로 구성된다.

---

33 春園, 「病窓語(27) 時調의 自然律(二)」, 『東亞日報』, 1928. 11. 3, 3면.
34 春園, 「病窓語(28) 時調의 自然律(三)」, 『東亞日報』, 1928. 11. 4, 3면.
35 春園, 「病窓語(30) 時調의 自然律(五)」, 『東亞日報』, 1928. 11. 8, 3면.

독립차완성은 시조의 각 장은 그 자체로 완결성 있는 사실을 갖추어야 하며 이것만으로도 그 장의 내용이 이해가 되어야 한다는 것이다. 한편으로는 각 장이 완결성 있는 사실을 갖추되 서로 동떨어진 내용을 말하는 것을 의미하지 않는다. 중장은 초장의 내용을 받아주고, 종장은 초장과 중장의 내용을 아우름으로써 하나의 통일된 이야기가 완성될 때 발전적상관이라고 할 수 있는 것이다.[36]

이상에서 논의했듯이, 이광수가 상정했던 문학의 요건과 시의 특질에 시조가 부합할 수 있음을 살펴보았다. 그가 문학의 요건에서 중요시했던 부분은 고유한 형식과 감정의 표현이었다. 사실 이광수가 주목했던 시조의 정형성은 시조 부흥과 혁신을 주도했던 이들도 중요하게 여겼던 부분이기도 하다. 하지만 이광수는 시조의 정형성을 문학이 되기 위한 요건으로만 여기지 않았으며, 사람의 감정을 효과적으로 감발할 수 있게 해주는 점에 착안하였다.

이광수에게 시조는 문학이었으며 특히 시에 속하였다. 그는 시의 중요한 특질로 읊음을 꼽았는데, 이 지점에서 이광수의 문학 개념이 "서구의 literature의 역어로 완전히 새로운 것이라면, 문학의 종개념인 시 또한 poetry의 역어로서 완전히 새로운 것이어야 하지만 실질적으로는 동양의 『시경』과 접맥하고 있다"는 정기인의 지적은 참고가 된다.[37]

이광수는 시조의 정형성을 분석하되 음수율이나 음보율 같은 도식에만 매몰되지 않았다. 시조의 구술적 특징을 근대적으로 변용할

---

36 春園, 「病窓語(31) 時調의意的構成」, 『東亞日報』, 1928. 11. 9, 3면.
37 정기인, 「"시란 하오"–이광수의 시 인식과 한국의 '근대'」, 『한국학논집』 82, 계명대학교 한국학연구원, 2021, 121~122쪽 참고.

수 있는 방안인 음적구성과 문학으로서의 시조를 구현할 수 있는 의적구성으로 대분함으로써 시와 가 사이에 위치할 수 있는 '읊조릴 수 있는 시조'를 상정하였다.

2) 심훈: 사적 체험과 시조라는 읊조림

심훈은 시조를 온전히 지음[作]이라는 문학의 차원보다는 읊조림이 결부되어 있는 시로 인식하고 있었다.

심훈의 시조에 대한 관심과 체험은 비교적 꾸준했음을 다음 사례를 통해 알 수 있다. 그는 1935년 5월호『중앙(中央)』과의 인터뷰에서 자신이 존경하는 조선의 작가로 소설가 이기영(李箕永, 1895~1984)과 이태준(李泰俊, 1904~?), 시조 작가 이은상을 꼽았다.[38] 또한 1920년 1월 10일 일기에서 최남선의『가곡선(歌曲選)』을 독서했다는 기록,[39] 1932년 8월『동광』제36호에 수록된 조운(曺雲, 1898~?)의 시조[40]를「상록수(常綠樹)」에 삽입하면서 동혁이가 시조를 읊었으리라고 서술한 대목[41] 등은 심훈이 동시대의 시조를 탐독했음을 알 수 있게 해준다.

그는 상황에 부합하는 시조를 읊조림으로써 일정한 리듬에 따라 마음속 생각을 풀어내었다. 심훈이 시조를 읊조릴 수 있는 시로 인식하게 된 배경에는 시조 향유의 원체험이 존재하였다. 심훈의 연보

---

38 『심훈 전집8』(영화평론 외), 522쪽.
39 『심훈 전집8』(영화평론 외), 419쪽.
40 曺雲,「비맞고 찾아온 벗에게」,『東光』36, 1932. 8, 102쪽.
41 『심훈 전집6』(상록수), 72~73쪽.

에 따르면 "어머니 윤씨는 기억력이 탁월했으며 글재주가 있었고
친척모임에는 그의 시조 읊기가 반드시 들어갔을 정도였다고 한
다"[42]는 내용이 있다. 그리고 중국 항주에서 적벽을 마주하면서 경
관에 대해 감탄하기보다는 아버지와의 일화를 떠올리며 그리움을
읊조리면서 자신의 마음을 달래었다.[43]

　　그形式이 옛것이라고 해서 구태어 버릴 必要는 업슬줄암니다 作者
에 쌀아 取便해서 時調의 形式으로쓰는것이 行習이된사람은 時調를
쓰고 新詩體로쓰고십흔사람은 自由로히 新體詩를 지을것이지요. 다
만 그形式에다가 새로운 魂을 注入하고 못하는데 달릴것이외다. 그內
容이 如前히 吟風詠月式이요 四君子뒤풀이요 그러치 안흐면
　　『배불리 먹고누어 아래우ㅅ배 문지르니
　　선하품 계계터림 제절로 나노매라
　　두어라 온돌아래목에 뒹굴른들 어써리』
　　이따위와 倣似한 內容이라면 勿論排擊하고 아니할與否가 업습니
다. 時調는 斷片的으로우리의 實生活을 노래하고 記錄해두기에는그
『폼』이 散漫한 新體詩보다는 조촐하고 어엽보다고생각합니다. 高麗
磁器엔들 퐁퐁솟아올르는 山澗水가 담어지지안흘理야업겟지요.[44]

　한편 심훈은 시조의 형식이 옛것이라는 점을 인정한다. 그렇지만
그 형식을 굳이 폐기할 필요는 없다고 하면서 시조의 가치를 정형성

42 『심훈 전집8』(영화평론 외), 553쪽.
43 『심훈 전집1』(심훈 시가집 외), 158쪽.
44 沈熏, 「푸로文學에直言(上)」, 『東亞日報』, 1932. 1. 15, 5면.

에서 찾고 있다. 그는 신체시를 쓰고 싶은 사람은 신체시를 창작하고, 시조를 창작하고 싶은 사람은 시조를 창작하면 된다는 말을 하면서 그 둘의 관계를 대립적인 것으로 보려고 하지 않는다.

하지만 시조의 경우 그 내용까지 옛것을 따르면 안 된다는 것을 분명히 강조하고 있다. 그는 음풍영월이나 사군자의 뒷풀이 같은 시조는 배격하지 않을 수 없다고 지적한다. 그리고 실생활을 노래하고 기록하기에는 형태가 산만한 신체시보다는 시조라는 정해진 틀에 담아내는 것이 적합하다고 보았다.

여기에서 "실생활을 노래하고 기록해 두기에는"는 구절을 곱씹어 볼 필요가 있다. 앞서 살펴보았듯이 시조에 대한 심훈의 원체험은 듣고 읊조리는 데서 비롯되었다. 유년기부터 형성된 시조에 대한 관념이 성인이 된 이후에도 지속되고 있음을 알 수 있는 것이다. 이뿐만 아니라, 심훈의 관점에서는 "폼이 산만한 신체시"와 비교했을 때 시조가 비교우위를 의미하기도 한다. 다시 말해서 시조는 기록을 통해 노랫말을 남길 수도 있지만, 정형성을 바탕으로 파생되는 율격으로 인해 읊조리거나 더 나아가서는 노래로도 불릴 수 있는 특징을 지니고 있음을 포착한 것이다. 심훈에게 있어서 시조는 시이자 가였던 셈이다.

杜鵑 대신에 밤에도 산비닭이가 꾹꾹꾸루룩하고 청승스럽게 울고 원숭이는 없으나 닭이장을 노리는 여우와 살가지가 橫行한다. 街頭의 축음기점에서 흘러나오는 비속한 유행가와 라듸오 스피커를 울려 나오는 전파의 잡음으로 安眠이 방해될 염려는 조금도 없는 일테면 別有天地다. 참새도 깃들일 추여 끝이 잇는데 可依無一枝의 생활에도 인제

는 고만 넌덜머리가 낫다. 그래서 一生一代의 결심을 하고「織女星」의 원고료로(빗도 많이 젓지만) 엉터리를 잡어 가지고 風雨을 피할 보금자리를 얽어논 것이 우에 적은 自稱「筆耕舍」다. 칠원짜리 세방 속에서 어린 것과 지지고 복고 그나마 몇 달식 방세를 못 내서 툭하면 逐出명령을 받어 가며 마음에 없는 직업에 露命을 이어갈 때보다는 麥飯葱湯일 망정 남의 눈치보지 않고 끌여 먹고 저의 생명인 시간을 제 임의로 쓰고 띄끝 하나 없는 공기를 마음껏 마시는 자유나마 누리게 되기를 별르고 바란지 무릇 몇 해 엿든가.

내 무슨 志士어니 國事를 위하야 發憤하엿는가. 時不利兮하야 幽師志的 慷慨에 피눈물을 뿌리면 一身의 節操나마 직히고저 白骨이 평안히 묻힐 곳을 찾어 이곳에 와 누은 것이면 그야말로 閑雲野鶴으로 벗을 삼을 마음의 여유나 잇슬 것이 안인가.

東窓이 밝앗나냐 노고지리 우지진다

소 치는 兒孩놈은 상긔 아니 니럿나냐

재 넘어 사래 긴 밭을 언제 갈려 하느니.

내 무슨 태평성대의 逸民이어니 삼십에 겨오 귀가 달린 청춘의 몸으로 어느 새 南九萬翁의 심경을 본떠 보려 함인가. 이 疲弊한 농촌을 吟風咏月의 대상을 삼고저 일부러 唐津 구석으로 귀양살이를 온 것일가. 내 무슨 隱逸君子어니 인생의 虛함과 世事의 無常함을 豁然大悟하엿든가. 梅花로 안해를 삼고 鶴으로 아들을 삼어 일생을 孤山에 隱樓하든 宋나라 處士 林逋를 숭내 내고저 하로 저녁 舒懷할 벗은 커녕 말동무조차 없는 이 寒微한 조선의 西蜀 땅에 蟄居하는 것인가.[45]

---

45 沈熏,「筆耕舍雜記, 最近의 心境을 적어 K友에게」,『開闢』제3호, 1935. 1, 7~8쪽.

이 제시문에서는 심훈이 작품에 담아내고자 했던 실생활이 무엇인지를 가늠할 수 있게 해주는 단서가 등장한다. 심훈은 "한미한 조선의 서촉 땅에 칩거"하였기에 속세를 떠났다는 사실 자체에서는 조선의 남구만과 윤선도, 송나라의 임포와 동질성을 갖는다. 하지만 이들이 구름과 학과 매화를 벗으로 삼아 자연의 풍월을 읊는 것과는 달리, 심훈은 "태평성대 일민(逸民)"이나 "은일군자"가 아님을 분명히 하고 있다. 그는 "이 피폐한 농촌을 음풍영월의 대상으로 삼고저 일부러 당진 구석으로 귀양살이를 온 것인가"라고 반문하면서 농촌을 미화해서는 안 된다는 점을 말하고 있다.

또한 서울의 삶을 떠올려보는 대목에서는 "가두(街頭)의 축음기점에서 흘러나오는 비속한 유행가"라고 말하였다. 이는 향락 위주의 속성을 비판적으로 바라본 것일 수도 있다. 한편 이것보다 더 중요한 것은, 심훈이 서울에서 살면서 "칠원짜리 세방 속에서 어린 것과 지지고 복고 그나마 몇 달식 방세를 못 내서 툭하면 축출 명령"을 받은 것처럼 도시에서 살아가는 조선인의 현실은 녹록하지 않았지만 유행가는 이를 외면했던 것이다.

> 한 낭천 집 널따란 사랑마당 큰 느티나무 밑에는 차일을 치고 마당 양 귀퉁이에는 작수를 받치고 팔뚝 같은 굵은 참밧줄을 핑핑히 켕겨 놓았는데 갓을 삐딱하게 쓴 늙은 풍악잡이들이 북, 장구, 피리, 젓대, 깡깡이 같은 제구를 갖추어 풍악을 잡히기 시작한다. 주인 영감이 큰상을 받은 것이다. 덧문을 추녀 끝에 추켜 단 큰사랑 대청에는 군수의 대리로 온 서무 주임 이하 면장, 주재소 주임, 금융조합 이사, 보통학교 교장 같은 양복장이 귀빈들은 물론 인아친척이 각처

서 구름같이 모여들어서 툇마루 끝까지 그득히 앉았다. 교자상이 묫묫이 나와서, 주전자를 든 아이들은 손님 사이를 간신히 부비고 다닌다. 읍내서 자동차로 사랑놀음에 불려온 기생들은(기생이래야 요릿집으로 팔려 온 작부지만) 인조견 남치마에 무릎을 세고 앉아서 풍악에 맞추어 "만수산 만수봉에 만년장수 있사온데, 그 물로 빚은 술을 만년 배에 가득 부어, 2, 3배 잡수시오면 만수무강하오리다."하고 권주가를 부른다. …(중략)… 머슴들은 바깥마당에다가 멍석을 주-ㄱ 폈다. 막걸리가 동이로 나오는데 안에서는 고기 굽는 냄새가 코를 찌르건만, 그네들의 안주는 콩나물에 북어와 두부를 썰어 넣고 멀겋게 끓인 지짐이와, 시루떡 부스러기뿐이다. 그러나 그것도 매방앗간에가, 지난밤부터 진을 치고 있던, 장타령꾼들이 수십 명이나 와르르 달려들어 아귀다툼을 해가며 음식을 집어 들고 달아났다. 삼현육각이 자진가락으로 영산회상(靈山會上)을 아뢰고 광대가 마악 줄을 타고 올라설 때였다. …(중략)… "여러분, 이런 공편치 못한 일이 세상에 있습니까? 어느 누구는 자기 환갑이라구 이렇게 질탕히 노는데 배우는 데까지 굶주리는 이 어린이들은 비바람을 가릴 집 한 간이 없어서 그나마 길바닥으로 쫓겨났습니다. 원숭이 새끼처럼 나뭇가지에 가 매달려서 글 배는 입내는 내고요 조 가느다란 손고락의 손톱이 닳도록 땅바닥에다 글씨를 씁니다."하고 얼굴이 새빨개지며 목구멍에 피를 끓이는 듯한 어조로 "여러분 이 아이들이 도대체 누구의 자손입니까? 눈에 눈물이 있고 가죽 속에 붉은 피가 도는 사람이면 그 술이 차마 목구녁에 넘어갑니까? 기생이나 광대를 불러서 세월 가는 줄 모르구 놀아두 이 가슴이 양심이 아프지 않습니까?"하고 부르짖으며 저의 앙가슴을 주먹으로 친다.[46]

제시된 인용문은 「상록수」의 한 장면이다. 이 장면에서는 심훈이 어떤 시가 작품을 부정적으로 바라보았는지에 대한 인식이 드러나 있다. 작품은 흑석리라는 동리에서 재산이 가장 많기로 이름이 난 주인 영감의 환갑잔치가 열리는 모습을 보여준다. 잔치에서는 풍악대가 온갖 연주를 하며 풍악을 울리고 기생들은 「권주가」를 부르며, 완벽한 풍류를 위해서 삼현육각이 동반된 「영산회상」까지 연주된다. 이러는 와중에 영신이는 학교의 교육 환경 개선을 위해서 가장 부자인 주인 영감의 집에 방문한다.

영신이 목격한 것은 권주가를 부르고 「영산회상」을 연주하며 질탕하게 노는 모습, 내빈이 개별로 교자상을 받는 풍족한 먹을거리, 수십 명의 내빈과 기생·광대·일가 친척이 모두 있어도 공간이 부족하지 않은 집이었다. 영신은 주인 영감에게 조선의 농촌 아이들이 처한 현실을 분명하게 알려준다. 먹을 것이 없어 굶주리는 아이, 거처할 집이 없는 아이, 아이들을 수용할 교실이 없는 학교, 책상과 걸상이 부족할 뿐만 아니라 공책과 필기도구조차 없어 손으로 흙바닥에 공부하는 것이 식민지 조선 농촌 학교의 현실이었던 것이다. 심훈은 이러한 현실을 외면한 채 개인의 호의호식만 추구하는 시가 향유에 대한 비판적인 생각을 여과 없이 보여주고 있다. 시조에 실생활을 반영해야 한다는 그의 관점을 구체적이면서 재차 확인할 수 있는 대목이다.

이상에서 논의했듯이, 심훈은 시조를 읊조릴 수 있는 시로 인식하고 있었다. 그의 이러한 시조관은 유년기의 체험에서 비롯된 것이

---

46 『심훈 전집6』(상록수), 165~176쪽.

었다. 그는 이 체험을 통해 시조를 귀로 듣고 입으로 표출하면서 시조의 향유 방식과 기능을 자연스럽게 체득하였다. 심훈의 이와 같은 면모는 전통시대 시조를 최대한 온전하게 받아들이려는 것으로 비칠 여지도 있다. 하지만 심훈은 전통시대 시조의 내용은 비판적으로 바라봄으로써 시조를 수용하되 취사선택의 경계선을 분명하게 하였다. 이는 시조의 내용과 관련된 것으로, 조선 현실의 직시와 조선인의 고단한 실생활을 반영해야 하는 것으로 이어진다. 앞서 논의한 「천하의 절승 소항주유기」도 심훈의 이와 같은 시조관이 반영된 결과라 할 수 있다.

3) 정지용: 일상의 재발견과 시조

정지용은 1927년 3월 『신민(新民)』에서 기획한 시조 부흥 특집에 참여하여 「시조촌감(時調寸感)」이라는 글을 발표한다. 정지용은 시조의 부흥을 찬성하되 시조를 국보화(國寶化)할 수 없다고 분명히 밝힌다. 그는 시조 부흥이 나아가야 할 이상적인 모델로 일본의 단카 혁신을 꼽았다. 그가 단카 혁신에서 주목한 것은 집체화된 감정과 사상을 담아내는 것이 아니라, 개인의 소소한 실생활을 소재로 하여 자연스럽게 단카를 창작하게끔 하는 것이었다.

정지용은 1923년 5월 일본 도시샤대학(同志社大學)에 입학한 이후 문학 동인지 활동을 통해 시작(詩作)을 꾸준하게 해나간다. 그리고 1926년 12월 기타하라 하쿠슈(北原白秋, 1885~1942)가 주재하는 『근대풍경(近代風景)』 제1권 제2호에 「카페프란스(かっふえふらんす)」를 발표함으로써 공인받은 신인 작가로 발돋움한다.

本誌는, 널리, 실력있는 新作家들을 위해 문을 개방한다. 참으로 자신이 있는 단편을 보내 주었으면 한다. 優秀한 것은 기회 있을 때마다 이를 소개·발표하겠다. 상당한 佳作이 아니었으면 싣지 않을 대신, 한 번 소개하면, 그 作家를 위해서는, 그 후에도 충분한 책임을 지겠다. 본지를 하나의 登龍門으로서 信賴하셔도 된다. 그러나, 本誌는 어디까지나 높은 見識과 節操와 藝術的 潔癖性을 가지고 終始한다는 것을 잊지 마시기 바란다. 新作家여, 나와라.[47]

「近代風景」이 발견한 素質 좋은 詩人들, 平野威馬雄, 岡崎清一郎, 中村渠, 鄭芝溶, 文告光郎, 小原義正, 野村順一 諸君처럼, 주로 自由詩形에 의한 사람들을 예로 삼아서 구체론을 시도해 볼 작정이었으나, 마감일을 지난 후의 집필인데다, 예정된 紙數도 넘었으니, 그것은 다음호에 넘기기로 한다.[48]

仲村渠, 鄭芝溶의 二君에 대해서는, 우리의 詩誌「生誕」이 4월 20일 輯記念倍大號로 간행됨에 즈음하여 좀 써놓았으니 지겹게 되풀이해서 말하지는 않겠으나, 이 두 젊은 시인은 「近代風景」이 새로 발견한 시인들 중, 가장 빛나고 있다고 하겠다. -나는 위 두사람의 將來를 기대한다.[49]

---

47 원문과 번역문은 구마키 쓰토무(熊木勉)의 논문에 있는 자료를 참고 및 인용한 것이다(熊木勉, 「鄭芝溶과 「近代風景」」, 『崇實語文』 第9輯, 崇實語文學會, 1992, 216, 227쪽).

48 원문과 번역문은 구마키 쓰토무의 논문에 있는 자료를 참고 및 인용한 것이다(熊木勉(1992), 위의 글, 221~222, 228쪽).

49 원문과 번역문은 구마키 쓰토무의 논문에 있는 자료를 참고 및 인용한 것이다(熊木勉, 위의 글, 222, 228쪽).

제시된 인용문은 차례대로 『근대풍경』 창간호, 제2권 제3호(오오키 아쓰오(大木篤夫, 1895~1977)), 제2권 제5호(야부타 요시오(藪田義雄, 1902~1984))의 편집후기이다. 『근대풍경』의 창간 취지는 신인 작가를 발굴하는 데 있음을 밝히며 등단하게 된다면 전폭적인 지원을 공언하고 있다. 다만 신인 작가가 이러한 지원을 받기 위해서는 "상당한 가작"을 투고해야 하는 요건을 충족해야 했다. 그리고 정지용은 이 요건을 충족시켰다. 그 결과로 좋은 소질을 지닌 시인 그리고 좋은 소질을 지닌 시인 중에서도 가장 빛나는 시인이라는 평가를 받으면서, 정지용은 당시 장래가 촉망되는 일본 신인 작가들과 어깨를 나란히 하게 되었다.

한편 정지용은 "『근대풍경』과 같은 시기 『학조』, 『신민』, 『조선지광』 등에 작품을 활발하게 발표함으로써 한국에서도 신인 시인으로 주목을 받게 되었"[50]기에 『근대풍경』을 단순히 작가가 되기 위한 등용문의 차원에서 접근한 것은 아니었다. 『근대풍경』에 투고한 본질적인 목적은 자신이 좋아하는 시인[51]이자 스승으로 삼아 사숙(私淑)하고 있던 기타하라 하쿠슈에게 평가와 가르침을 받으려는 데 있었다.

편지 하나[52]

編集部 O씨에게. 모험冒險으로 내 보았습니다만, 그것이, 하쿠슈(白秋)씨의 눈에 띄었던 것 같군요. 제가 쓴 것이 깨끗하게 묶인 활자

---

50 사나다 히로코(眞田博子), 『最初의 모더니스트 鄭芝溶』, 역락출판사, 2002, 43~44쪽.
51 C記者, 「詩人 鄭芝鎔氏와의漫談集」, 『新人文學』 3권 3호, 1936. 8, 88쪽.
52 『정지용 전집2』(산문), 318~319쪽.

活字의 냄새는 사랑과 피부皮膚 같은 것이었습니다. 실로 기쁨을 느꼈습니다. 하쿠슈씨에게 편지를 올리지 않으면 안 되지만, 이러한, 종류種類의 편지는 등롱燈籠으로 생각하기에 칠월七月의 나방 떼처럼 엄청나게 날아드는 것이지요. 그리고 쓸쓸하게 입을 다물어버리는 일도 있겠지요. 편지는 삼가 하겠으므로, 이러한, 마음도 살펴주시기 바랍니다. 다만, 과묵과 먼 그리움이라는 동양풍東洋風으로 저 흠모하겠습니다.

쓸쓸한 자개가 반짝이는 수평선水平線을 꿈꾼다. 시詩와 스승은 나의 먼 수평선水平線이었습니다. 제가 일종의 시詩의 시평時評 같은 것을 쓰려는 것 같다는 말을 들었습니다만 저는 아직 논론하는 것은 불가능합니다. 갑자기 시인詩人이 되어, 갑자기 논론하려는 것은, 갑자기 얼굴이 팽창膨脹하는 것이겠죠 지금은 모두 지나갔다 정도의 멋진 말을 하고 싶습니다만, 그것이, 피가 상승하는 이십년대二十年代의 격정激情 때문에 푸른 기염氣焰으로 밖에 되지 않습니다. 푸른 기염氣焰은 견디고 있습니다. 일본日本의 피리라도 빌려 배우고자 합니다. 저는 아무래도 피리 부는 사람이 될 것 같습니다. 사랑도 철학哲學도 민중民衆도 국제문제國際問題도 피리로 불면되겠지라고 생각합니다. 당파黨派와 군집群集, 선언宣言과 결사結社의 시단詩壇은 무섭습니다. 피리. 피리. 피리불기는, 어디서라도, 언제라도, 있는 것이죠. 안녕.

「편지 하나」에서 정지용은 『근대풍경』의 편집부를 수신인으로 하고 있지만, 내용을 들여다보면 결국 기타하라 하쿠슈에게 전하고

싶은 메시지가 주를 이루고 있다.[53] 그는 『근대풍경』에 자신의 작품
이 수록된 사실에 대해 "실로 기쁨"을 느끼고 있음을 밝히고 있다.
사실 정지용은 1918년 휘문고보에 입학한 이후 홍사용(洪思容, 190
0~1947), 박종화(朴鍾和, 1901~1981), 이태준 등과 문우의 관계를 맺
으면서 문학 활동을 시작했으며, 유학생 신분으로 일본에 와서는
『학조』와 『가(街)』에 여러 편의 작품을 발표하는 등의 이력을 갖추
고 있었다. 그러나 그가 멀리서나마 흠모할 수밖에 없는 기타하라
하쿠슈의 『근대풍경』에 작품을 내는 것은 그의 표현대로 "모험"이
었으며, 이 모험을 통과한 것은 스승에게 인정을 받은 것과 다름없
었기에 기쁨을 감출 수 없었던 것이다.

　이와 관련해서 김소운(金素雲, 1907~1981)의 회고에 따르면 정지
용은 "『레오나르도·다·빈치가 되라면 어떻게 라도 해서 흉내는 내
질 것 같애-, 허지만 기다하라 하꾸슈우(北原白秋) 노릇은 어림도 없
어』"[54]라는 말로 흉내조차 낼 수 없을 만큼의 경외심을 갖고 있었다.
한편 기타하라 하쿠슈도 "자기의 수제자의 작품보다도 훨씬 우대해
서 기성 대가와 같은 대접으로 실"음으로써 정지용에 대한 남다른
애착을 갖고 있었다. "지용도 하꾸슈우 선생과 직접 면식은 없"[55]었
지만 『근대풍경』을 통해서 스승과 제자의 관계를 맺고 있었던 셈이

53　사나다 히로코는 '編集部 O씨는 오키 아쓰오(大木篤夫 = 惇夫)를 가리킨다는 점, 정
　　지용이 이 편지를 작성한 궁극적인 목적은 하쿠슈를 멀리서나마 사숙하겠다는 의
　　지를 내보였다는 점' 등을 밝혔다(사나다 히로코(眞田博子)(2002), 앞의 책, 40~41
　　쪽 참고). 본고도 사나다 히로코의 분석에 동의하며 이를 참고하여 텍스트에 접근하
　　였다.
54　김소운, 『하늘 끝에 살아도』, 同和出版公社, 1968, 174쪽.
55　김소운(1968), 위의 책, 175쪽.

다. 이렇듯 「편지 하나」를 통해서 정지용과 기타하라 하쿠슈가 『근
대풍경』을 매개로 하여 사제의 관계를 맺고 있었음을 확인할 수
있다.

　아울러 「편지 하나」에서 다음의 대목도 주목을 요한다. 정지용이
"일본의 피리라도 빌려 배우고자 합니다", "저는 아무래도 피리 부
는 사람이 될 것 같습니다", "사랑도 철학도 민중도 국제문제도 피
리로 불면되겠지라고 생각합니다", "피리. 피리. 피리불기는, 어디
서라도, 언제라도, 있는 것이죠"라고 말한 부분에서 공통적·반복적
으로 등장하는 단어는 피리이다. 피리는 정지용의 시조론인 「시조
촌감」에도 중요한 단어로 등장한다.

　　새것이 승하여지는 한편으로 古典을 사랑하는 마음도 심하여지겠
　지요. 어느 곳 어느 쌔 할것 업시. 우리나라도 마찬가지 傾向을 밟어
　가는 것이 참이겟지요. 日本으로 치면 明治短歌史에 한 에포크를 남
　긴 學者로는 佐佐木信綱, 作家로는 與謝野晶子, 한칭 더 革命的인 石
　川啄木이 난드시 우리나라 特殊한 詩形을 가춘 時調에도 큰 學者와
　天才的 作家가 반드시 날 줄 밋습니다. 作家로서는 封建時代에 질겨
　하던 情緖와 思想을 그대로 붓들고 늘어질 맛은 업고 아모조록 內容
　을 새롭게 하야 하겟지요. 흔독에 물은 날로 갈고 예전 피리로 새곡
　조를 불어내십시요. 엇던 民族主義者들처럼 時調를 國寶化할 맛은
　업습니다. 時調를 反動化한 허수아비로 만들지는 마르십시요.[56]

<hr />

56   지용, 「時調寸感」, 『新民』 제23호, 1927년 3월, 88쪽.

정지용의 「시조촌감」은 1927년 3월 『신민』 제23호에 수록되었으며 앞서 살펴본 「편지 하나」도 같은 시기에 수록되었다. 두 편의 글은 수록 시점을 기준으로 보았을 때 시간적인 차이가 없다. 정지용은 이 시조론에서 현재 새로운 문학이 발흥하는 동시에 고전에 대한 관심도 증폭되는 것은 "어느 곳 어느 째 할것 업시"처럼 보편적인 현상이라는 사실을 분명하게 인지하고 있다. 그리고 조선의 문학도 이러한 흐름에 편승할 수밖에 없으며 이에 대한 가늠자로 일본의 사례를 활용하고 있다. 그가 「편지 하나」에서 "일본의 피리라도 빌려 배우고자 합니다"라고 말한 것처럼 일본의 사례를 통해 조선의 시조부흥운동 방향에 대한 실마리를 찾아보려 했던 것이다.

그가 「시조촌감」에서 언급한 사사키 노부쓰나(佐佐木信綱, 1872~1963), 요사노 아키코(與謝野晶子, 1878~1942), 이시카와 다쿠보쿠는 메이지시대 단카 혁신을 단행함에 있어서 뚜렷한 족적을 남긴 이들이다. 이와 관련된 내용은 다음에 제시되어 있는 오타 미즈노(太田水穗, 1876~1955)의 『와카사화(和歌史話)』(1947)의 내용 중 일부를 통해 살펴볼 수 있다.

오치아이 나오부미(落合直文, 1861~1903)의 신단카(新短歌) 제창은 본래 서양문학의 로만티즘에 영향을 받은 것으로 보아야 한다. …(중략)… 로만티즘은 메이지시대에 점진적으로 우리 문단에 이식되어, 고전주의라고도 할 수 있는 우리 고전문학의 개혁이 실행될 수 있었다. 모리 오가이(森鷗外, 1862~1922), 우에다 빈(上田敏, 1874~1916)은 그 대표적인 사람이었다. 단카에 있어서는 오치아이 나오부미도 신단카를 주장한 사람이었지만, 실제 창작에 있어서는 이렇다

할 결과를 보여주지 못하였다. 따라서 오치아이 나오부미를 중심으로 창립된 아사카샤(淺香社)의 신단카 주장은 요사노 뎃칸(與謝野鐵幹, 1873~1935)에 이르러 비로소 단카 혁신의 결실을 맺었다고 이를 만하다. 뎃칸의 이 운동은 메이지 33년 신시샤(新詩社)를 창립하고 잡지『명성(明星)』을 발행한 때에 시작된다. 그 이전의 노래는 단카 사에 있어서 별다른 가치가 없다. 신시샤의 이 운동은 뎃칸의 부인 아키코의 등장에 이르러 점점 진면목을 발휘하였으며, 여기에서 명확하게 구파(舊派)와의 차별을 보여주었고, 훌륭하게 신단카를 수립하게 되었다. 그 가풍(歌風)은 단념한 감정의 비약과 연애지상주의라고도 할 수 있는 극단적인 연애찬미와 유미적인 것을 보는 방법과 같았다. 그 가사도 어법도 완전히 종래의 방법을 벗어나서, 신조어와 신어법으로 새로운 양식을 시도했다. 이것을 명성파(明星派)라고 부른다. 또한 한창 사랑의 상징으로서 별이나 제비꽃 같은 것을 읊었기 때문에, 당시의 비평가들은 이들을 성근파(星菫派)라고도 불렀다. 이 가풍은 한때 가단을 풍미했기에 당시 신파(新派)라고 하면 바로 명성파를 가리키는 것과 같다고 볼 수 있다. …(중략)… 이 영향을 받은 가인에는 기타하라 하쿠슈, 요시이 이사무(吉井勇, 1886~1960), 지노 마사코(茅野雅子, 1880~1946) 등이 있다. 이시카와 다쿠보쿠, 구보다 우쓰보(窪田空穗, 1877~1967) 등은 나중에 가풍은 변한 이들이지만 가장 처음에는 이 명성파에서 출발했던 인물이다.[57]

---

57 원문은 일본 국립국회도서관 디지털 컬렉션(https://dl.ndl.go.jp)의 자료를 참고했으며, 번역은 필자가 하였다(太田水穗,「二, 與謝野鐵幹の明星歌風」,『和歌史話』, 京都印書館, 1947, 214~219쪽).

메이지시대 단카 혁신은 오치아이 나오부미에 의해 그 필요성이
제기되었다. 그러나 본격적인 논의와 실질적인 결과물은 요사노 뎃
칸과 그를 중심으로 결집한 명성파(明星派)에 의해 이루어졌다. 특히
요사노 아키코는 이전의 단카에서 탈피하여 신조어와 신어법으로
작품을 창작함으로써 명성파에서도 중심적인 역할을 하였다. 이 명
성파의 영향을 받은 시인 중에는 정지용이 사숙했던 기타하라 하쿠
슈도 있었으며, 이시카와 다쿠보쿠는 자신의 첫 시집인『동경(あこ
がれ)』(1905)의 발문을 요사노 뎃칸으로부터 받기도 했다.[58] 메이지
시대에 단행되었던 단카 혁신 당시에는 '신파(新派) = 명성파'라는
공식이 성립되었을 만큼 요사노 뎃칸과 아키코의 영향력이 상당했
음을 알 수 있다. 그리고 정지용이 이들을 언급했다는 사실을 통해
서 그가 조선의 시조를 부흥시키기 위해 어떠한 관점에서 접근하고
있었는가를 짚어볼 수 있다.

전통의 가치는 그것이 전통이기 때문에 가치가 아니라 현재 생활
에 가장 뛰어난 도움이 되기 위한 가치가 되어야 한다. 바꾸어 말하
면 일본 고래의 특산이기 때문에 귀한 것이 아니라 현재의 세계의
문화에 새로운 가치를 줄 수 있기 때문에 귀한 것이다. 단순히 고대
의 일본산이라고 말하면 가계 존중의 도덕과 함께 골동품으로서의
가치에 지나지 않는다. 그리고 단순히 일본의 특산이라고 한다면 국
수 보존과 할복의 찬미와 나라 자랑 따위란 취미에 지나지 않는다.[59]

---

58 石川啄木,「あこがれ以後」, 佐藤義亮,『現代詩人全集』(第六卷), 新潮社, 1929, 129쪽.
59 與謝野晶子,「伝統主義に満足しない理由」,『若き友へ』, 白水社, 1918, 98~102쪽. 번
  역은 김화영의 번역서에 있는 것을 인용하였다(요사노 아키코 지음, 김화영 옮김,

요사노 아키코는 「전통주의로 만족하지 않는 이유(伝統主義に満足しない理由)」(1918)를 통해 일본 문단에서 전통주의를 추구하는 것에 대한 견해를 피력하기도 했다. 그녀는 전통주의를 중요하게 여기는 것 자체에 대해서는 별다른 거부감을 보이지 않는다. 그러나 전통의 가치는 단순히 그것을 정전화하는 데 있지 않음을 분명히 밝히고 있다. 혁신이 동반되지 않는 전통의 정전화는 자국의 특수성만 중시하는, 특히 할복마저 찬미하게 되는 미개한 전근대의 유산을 보존하는 데 그치게 될 뿐만 아니라 배타성만 강화되기 때문이다. 따라서 전통은 근대라는 현재에도 도움이 될 수 있는 방향으로 혁신되어야 유효한 가치를 지닐 수 있게 된다는 생각을 보여주었다.

와카(和歌)라고 말하는 것 중에는 단카 이외에 조카(長歌)도, 세도카(旋頭歌)도, 또 이마요카(今樣歌)도 있지만, 지금 세상에서 가장 널리 행해지고 있는 것은 단카일 것이다. 세계 어느 국가의 국민이라도, 시가를 가지지 않는 경우는 없다. 하지만 일본의 국민처럼 국민 일반에게 널리 퍼진 문학적인 시가를 가지고 있는 것은 다른 국가에는 없다. 그 이유는 무엇 때문이냐 하면, 우리 나라에는 단카라는 편리하고 좋은 시형이 있기 때문이다. …(중략)… 진실로 노래의 뜻을 풀고, 진실로 노래를 사랑하고, 진실로 노래를 즐기는 사람이, 과연 많이 있을까. 이 옛날 형식에 새로운 감정과 사상을 담아서, 메이지시대의 생명 있는 와카를 읊으려고 하는 사람들의 노력도, 한편으로는 인정받고 있지만, 그와 동시에, 한편으로는 지금도 구태(舊

『일본 근현대 여성문학 선집2』(요사노 아키코1), 어문학사, 2019, 185~187쪽).

態)를 지키며, 고루한 생각에 사로잡혀 있는 사람도 있다. 구태를 지키려는 세력은 아직도 꽤 크다. 여기에 대해서, 소위 새로운 파의 사람 중에서도 노래를 대함에 정곡을 잃고 있기 때문에 자신도 모르는 사이에 구태와 새로움 사이의 갈림길에 빠져 있는 경우도 있다. …(중략)… 물론 국민 전체가 시인이 되고 가인이 될 필요는 없으며, 또한 그것은 할 수 없는 일이다. 그러나, 국민 전체가 시를 이해하고 노래를 이해하는 것은 진실로 바람직한 일이다. …(중략)… 그것으로 인해 국민의 기품(氣品)은 틀림없이 높아질 것이며, 국민의 감정은 틀림없이 맑아질 것이다. …(중략)… 그 취미 교육의 수단으로서 가장 좋은 것은 바로 와카의 보급이다. …(중략)… 내가 이 책에서 말하고자 하는 입문은, 이러한 생각에서 일반 사람 사이에 와카를 보급하기 위한 목적으로 적은 것이다. …(중략)… 노래를 읊조리려면, 먼저 노래를 읊는 마음을 길러야 한다. 여러 사물에 감촉되고, 그것을 깊게 세밀하게 자연스럽게 노래로서 읊어낼 수 있는 것처럼 느끼지 않으면 안 된다. 단순히 그것뿐만이 아니라, 사물에 접하고 그것을 노래라고 할 수 있는 감정을 만들지 않으면 안 된다. 이것이 영가(詠歌)의 근본이다.[60]

사사키 노부쓰나는 『와카입문(和歌入門)』(1912)에서 와카의 종류에는 단카, 조카(長歌), 세도카(旋頭歌), 이마요카(今樣歌) 등이 있지만 현재는 단카가 가장 성행하고 있다고 말한다. 이는 단카가 일반 국민에

---

[60] 원문은 일본 국립국회도서관 디지털 컬렉션(https://dl.ndl.go.jp)의 자료를 참고했으며, 번역은 필자가 하였다(佐佐木信綱, 『和歌入門』, 博文館, 1912, 1~18쪽 참고).

게 가장 널리 보급되었다는 의미인데, 단카의 보급이 용이했던 이유는
편리하고 좋은 시형을 갖추고 있었기 때문이다. 그의 견해에 따르면
메이지시대에는 사실상 '와카 = 단카'로 보아도 무방한 셈인 것이다.

한편 단카의 시형은 전통적으로 내려오는 전근대적인 양식인 것
은 분명하지만 일본시가를 대표할 수 있는 특징이기도 하였다. 따라
서 이를 계승하고 동시에 생명력을 불어넣기 위해서는 메이지시대
에 부합하는 새로운 감정과 사상으로 내용을 꾸리는 것이 필요하였
다. 이 새로운 감정과 사상은 일부 계층의 전유물에 의해 채워지는
것이 아니라, 일반 국민이 일상생활에서 느낀 바를 노래로 읊었을
때 발현되는 것을 의미한다.

실제로 사사키 노부쓰나는 자식이 없어 외로움을 느꼈던 부인이
단카를 통해 위로를 받은 사실, 매일 반복되는 직장생활에 피곤함을
느낀 직장인이 우연히 접한 자연을 통해 느낀 바를 단카로 표현한
사실, 러일전쟁의 현장에서 전사한 전우의 시체를 바라보는 도중에
풀벌레 소리로 인해 일어나는 감정을 단카를 통해 풀어낸 사실 등
필부필부(匹夫匹婦)들의 일상과 일상 속 감정이 투영된 단카를 예시
로 보여주었다.[61]

정지용이 「시조촌감」에서 말한 "새것이 승하여지는 한편으로 고
전을 사랑하는 마음도 심하여지겟지요. 어느 곳 어느 째 할것 업시"
라는 구절은, 「편지 하나」의 "피리. 피리. 피리불기는, 어디서라도,
언제라도, 있는 것이죠"라는 구절을 연상시킨다. 내용의 흐름을 고
려할 때 "고전을 사랑하는 마음"은 "피리 불기"와 대응됨을 알 수

---

61   佐佐木信綱(1912), 앞의 책, 11~14쪽 참고.

있다. 따라서 여기에서 말하는 고전은 일본의 경우 단카이며 조선의 경우 시조를 의미한다고 할 수 있다.

이상에서 논의했듯이, 일본의 정형시가는 단카로 수렴된 것처럼 정지용은 시조를 "우리나라 특수한 시형"이라고 하였다. 그리고 "흔 독에 물은 날로 갈고", "예전 피리로 새곡조를 불어내십시오", "내용 을 새롭게 하야 하겠지요"처럼 시조의 특수한 형식은 유지하되 내 용을 혁신하는 방안을 채택하였다. 이 방안은 앞서 살펴본 사사키 노부쓰나, 요사노 뎃칸, 요사노 아키코 등의 사례에서 영감을 얻은 것이었다.

그들은 메이지시대 이전의 단카를 그대로 답습하는 것이 아니라 형식은 계승하면서 내용을 탈바꿈하는 방식을 선택했던 이들이다. 내용의 탈바꿈은 집단의 사상과 감정을 고취하는 특정한 이데올로 기 또는 한정된 계층이 화조풍월(花鳥風月)을 음유하는 것이 아니다. 이제는 일반 개인이 자신만의 소소한 생활을 단카에 담아내고 감정 을 고조시킴으로써 내면에 침잠해 있던 목소리를 표출함을 의미한 다. 이를 통해서 작자 개인은 문학적 차원에서 자신의 삶을 반추하 며 감정을 가다듬을 수 있음은 물론이고 향유층의 대중화에 따라 메이지시대 단카의 역할과 의미 그리고 존재 방식이 변모했음을 알 수 있다.

마찬가지로 조선의 시조도 정지용의 말처럼 "엇던 민족주의자들 처럼 시조를 국보화"할 것이 아니었다. 진정으로 시조를 부흥시키 기 위해서는 이데올로기를 기반으로 삼거나 전범으로 내세울 수 있는 수작(秀作)을 선별하여 일방적으로 주입시키기보다는, 개인 스 스로의 목소리를 담아내는 생활시에 근접한 방향으로 나아가는 것이 필요하다고 본 것이다. 이는 일본의 정형시가인 단카가 일반 국민에게 널리 보급되어 전통 계승이라는 명목과 국민문학으로서의 대중성 확립이라는 실질에 부합할 수 있었듯이, 조선의 유일한 정형시인 시조도 동일한 가치를 발산할 수 있는 잠재력을 지니고 있었기에 기대할 수 있었던 것이다.

4) 박용철: 구송 가치의 재발견과 개성화

박용철의 시조에 대한 관점은 두 가지로 집약된다. 하나는 시조의 형식이 소정형시(少定型詩)의 가치를 지니고 있으며, 근대에도 유효하기 위해서는 이를 바탕으로 작가의 개성이 반영된 작품을 창작해야 한다는 것이다. 박용철은 문단에서 활동을 하는 동안 서정시적 감동을 실천할 수 있는 방안을 모색하였다. 시에 시인의 체험과 감정을 투영하면서도 절제하여 표현할 때 서정시의 본질에 가까워질 수 있다고 보았다. 따라서 일상 언어를 시적 언어로 치환해 주고 체험과 감정을 효과적으로 구조화할 수 있게 해주는 시적 질서의 중요성을 주목하였다. 특히 시조의 경우 정형성 내에서 시적 질서를 구축할 수 있는 특징을 지니고 있었다.

다른 하나는 시조에 내재되어 있는 구송(口誦)의 가치를 발견함으로써 누구든지 시조를 창작하고 향유할 수 있는 가치의 발견이다. 한편 박용철은 시조를 온전히 시로 인식하지는 않았다. 시조의 정형성이 시적 질서 구축에 유용한 것은 사실이지만, 시와 가의 속성을 동시에 지니고 있었기 때문이다.

박용철의 시조관을 구체적으로 살펴볼 수 있는 텍스트는 다음과 같다. 우선 박용철이 주도적으로 창간과 운영을 도맡았던 『시문학』
과 『문예월간』의 성격을 되짚어 볼 필요가 있다. 그는 이 잡지에
신시와 시조를 모두 수록하였으며 시가전문지로 일컬었다. 여기에
더하여 『시조독본(詩調讀本)』 광고문과 여성 시조 작가였던 김오남(金
午男, 1906~1993)과 장정심(張貞心, 1898~1947) 시조에 대한 비평 그리
고 1932년 1월 1일부터 1월 22일까지 20회에 걸쳐서 동아일보사에
서 마련한 「삼십이년문단전망(三二年文壇展望) 어써케전개될싸? 어
써케전개시킬싸?」에 참여했을 때 보여준 의견을 참고할 수 있다.

> 처음부터 큰소리를웨칠것이아닌줄은 잘알지마는 압흐로 우리의計
> 劃이 쇄여러개잇다는것은 이약이하지 안흘수업습니다. 機會보아서
> 着着 實行해나가보려고합니다. 첫재 우리는우리의目標로하는바를 實
> 現키위하야 치우치지안는程度에서 될수잇는대로 자조特輯號를 發刊
> 하겟습니다. 例를들면 女流文人號라든가 時調硏究號라든가 大衆文藝
> 號라든가 愛蘭文學號라든가 劇藝術硏究號갓흔것을 하나식해보겟습
> 니다. 或은한個人에싸지미처이미 세운豫算입니다만 明年三月에는
> 『괴-테』號를내어 그百年祭를 紀念하는意味에서그와의距離를 한번갓
> 갑게하려합니다. 쏘文藝講演會갓흔것도 機會잇는대로開催하야 筆者
> 와讀者와의 顔面을 익힐心算도잇습니다.[62]

제시된 인용문은 『문예월간』 창간호의 「사고(社告)」 중 일부이
다. 『문예월간』의 창간사와 각 호의 편집후기는 이하윤이 작성한

---

62 「社告」, 『文藝月刊』 제1권 제1호, 1931. 11, 20쪽.

경우가 많지만, 이 잡지의 편집과 발행은 박용철이 도맡았으므로 그의 의견도 상당 부분 반영되어 있다. 이 글에 따르면 기회가 될 때마다 특집호를 마련한다는 목표가 나와 있는데 그중 하나로 시조 연구호가 포함되어 있다. 이하윤이 「편집후기」에서 "우리는 표방하기를 내외문예동향의 신속한 보도와 비판 일상생활과 문예와의 접근 고상한 취미의 함양이라고하엿습니다 그리하야우리는 무엇보다도 이 잡지에 싯는 글에 큰관심을 두고자 합니다 그것은 재래와 가치 소위 기성작가의 일홈만을 나열하는 하폄나는 짓을 하고자 하지 안흐며 싸라서 될수잇는대로 아직 발표하지 안흔 이 써보지 안흔 이의 글로써 우리의 용기를 붓도다가려고합니다"[63]라고 말한 내용을 참고한다면, 여기에서 의도한 시조 연구라는 것은 고시조를 소개하거나 전통성을 규명하기보다는 근대시조가 나아가야 할 방향에 초점을 맞추는 데 방점이 있었다는 사실을 짐작할 수 있다.

『문예월간』은 제1권 제1호(1931. 11), 제1권 제2호(1931. 12), 제2권 제1호(1932. 1), 제2권 제2호(1932. 3) 모두 네 번 발간되었다. 여기에서 네 번째 호인 제2권 제2호를 괴테 특집으로 기획한 것을 제외한다면 특집호로 발간된 경우는 없었다. 하지만 창간호부터 제2권 제 1호까지, 목차에서 시 영역은 시·역시·시조로 구성되었으며 각 호의 말미에 있는 투고 규정[64]에 따르면 시·산문시·시조를 모집하였다. 실제로 제1권 제1호에는 박용철의 「시조육수(時調六首)」, 제1권 제2호에는 이은상의 「계룡산 싸치」 10수, 제2권 제1호에는 박

63 異河潤, 「編輯後記」, 『文藝月刊』 제1권 제1호, 1931. 11, 94쪽.
64 「投稿規定」, 『文藝月刊』 제1권 제1호, 1931. 11, 95쪽.

용철의 「시조오수(時調五首)」가 수록되어 있다.[65]

물론 작가층의 다양성과 작품의 분량 등에서는 충분하지 못한 부분이 있다. 그러나 자신의 목표를 소박하게나마 지키려는 맥락에서 일차적인 의미를 생각해 볼 수 있다. 뿐만 아니라『문예월간』의 창간 취지가 "남붓그럽지안흔 우리의 우리다운 문학을 가지기에 노력하자. 그리하야 세계문학의 조류 속에 들어스자. 우리는 이 사업의 일조가 되기 위하야 이 잡지의 전부를 바처나가고저 한다"[66]라는 사실을 떠올려본다면, 세계문학의 수준을 가늠하고 그에 걸맞는 조선문학을 생성하려 했던 문예지 안에 시조를 포함시킨 것은 조선의 유일한 정형시인 시조를 이와 같은 흐름에 편승시키기 위한 나름의 노력이었다고 할 수 있다.

詩文學會組織과會員募集[67]

本社에서는 詩歌專門誌「詩文學」을新詩와時調에造詣기픈諸氏를編輯同人으로하고 年四回式刊行하여왓슴니다. 同人들의創作詩時調와飜譯其他의寄稿로 藝術의香趣노픈 作品만이 誌面을裝飾하고잇슴니다 朝鮮에서 純粹抒情詩의正道를發見하시랴면 本誌에와서차저보시는것이 그捷徑인줄밋슴니다.

이번에現代詩에對한새로운刺戟이되기위하야「詩文學會」를組織

---

65 龍喆, 「時調六首」, 『文藝月刊』제1권 제1호, 1931. 11, 57~58쪽; 李殷相, 「鷄龍山까치」, 『文藝月刊』제1권 제2호, 1931. 12, 60~62쪽; 朴龍喆, 「時調五首」, 『文藝月刊』제2권 제1호, 1932. 1, 69쪽.

66 異河潤, 「創刊辭」, 『文藝月刊』제1권 제1호, 1931. 11, 1쪽.

67 「詩文學會組織과會員募集」, 『文藝月刊』제2권 제1호, 1932. 1, 107쪽.

하고 이것을中心으로朝鮮詩歌發展을爲하야努力하려합니다.

　詩歌란本是喧騷를실혀하고 從容을질겨하는것임으로 우리는壹千
人을限度로會員을募集합니다.

　詩를읽그시는 詩를지으시는一詩를愛好하시는諸位는 이「千人會」
에加入하십시오

　一年間會費八十錢을拂込하시면 會員名錄에登載하는同時芳名을誌
上에發表하겟습니다.

　우리는 會員의作品中에서選擇하야「詩文學」을編輯하야年四回刊行
으로 이것을會員諸位에게配布하여드리겟습니다.

文藝月刊社白

　제시된 자료는 『문예월간』 제2권 제1호에 수록된 시문학회 회원
모집을 알리는 글이다. 이 글에서는 『문예월간』의 전신이자 박용철
이 문단에 입문하는 디딤돌이 되었던 『시문학』의 특징을 "시가전문
지", "신시와 시조에 조예 기픈 제씨를 편집동인", "연사회식간행"
으로 요약하고 있다. "순수서정시의 정도"를 기치로 내걸었던 『시
문학』에 신시만이 있는 것이 아니라 시조까지 포함된 사실은, 작가
개인의 체험으로부터 비롯되는 감정을 시적 언어를 통해 시조라는
양식에도 적용하려 했음을 의미한다. 또한 시전문지가 아니라 시가
전문지라고 밝힌 것은 신시와 시조를 아울렀기에 이러한 특징을
집약적으로 나타낸 징표라 할 수 있다. 박용철은 시조의 특수성 가
운데 정형성만이 아니라 가에도 주목했던 것이다.

　그리고 이 글은 『시문학』이 아니라 『문예월간』에 수록되어 있는
것이기에 시간의 경과에 따라 박용철의 인식이 변화된 결과라고

볼 수도 있다. 하지만 박용철은 이미 『시문학』 창간호 「후기」에서 "제일호는 편집에 급한 탓으로 연구소개가 업시되엿다압흐로는 시론, 시조, 외국시인의 소개 등에도 잇는힘을 다하려한다. 더욱이 수주의 시를 못시름은 유감이나 차호를 기약한다"[68]는 내용을 통해 신시 일변도의 잡지가 아님을 스스로 밝힌 바 있다. 실제로 『시문학』 제2호에는 변영로의 「고흔산길」[69]과 박용철의 「우리의젓어머니(소년의말)」,[70] 『시문학』 제3호에는 박용철의 「애사 중에서」[71] 등 시조가 발표되었다.

다음으로 『시조독본』 광고문과 이를 출판하기 위해 계획하고 있었던 박용철의 생각을 살펴볼 수 있다.

> 新詩讀本, 時調讀本, 譯詩讀本等의 選集의 編纂을 完了刊行하는것이 新年初頭의事業計畫어오 다음엔 詩의 創作과飜譯을하는한편『文藝月刊』創刊號에 效果主義的批評論綱의 理論을 發展시켜서 文學의社會的 評價의原理論을完成시켜볼가합니다[72]

이에 따르면 박용철이 1932년에 세웠던 계획은 세 가지다. 첫째, 『신시독본』, 『시조독본』, 『역시독본』의 간행이다. 둘째, 시의 창작과 번역이다. 셋째, 『문예월간』 창간호에 효과주의적 비평논강 발

---

68 朴龍喆, 「後記」, 『詩文學』 제1호, 1930. 3, 39쪽.

69 樹州, 「고흔산길」, 『詩文學』 제2호, 1930. 5, 12쪽.

70 朴龍喆, 「우리의젓어머니(소년의말)」, 『詩文學』 제2호, 1930. 5, 21~22쪽.

71 朴龍喆, 「哀詞中에서」, 『詩文學』 제3호, 1930. 10, 6~7쪽.

72 朴龍喆, 「쎈티멘탈리즘도可」, 『東亞日報』, 1932. 1. 12, 4면.

표이다. 사실 두 번째 목표는 박용철이 문학 활동을 하면서 꾸준하게 진행해오던 작업이므로 특기할 만한 점이 없다고 볼 수 있다. 다만, 이 해에 꼭 하고 싶은 창작과 번역이 있었던 듯 싶은데 구체적인 의견이 나와 있지는 않다.

　박용철은 독본 시리즈에 대한 성격을 선집(選集)으로 규정하였다. 선집의 기본적인 의미는 편찬자의 기준에 따라 작가와 작품을 선별하여 독자에게 제공하는 것이다. 박용철이 독본 시리즈의 독자로 상정했던 대상은 중학생이었다. 이는 이헌구(李軒求, 1905~1982)의 『문예월간』 창간 과정과 지향점을 다룬 회고를 통해서 확인할 수 있는데, 이 회고에는 "십이월호까지 발행하면서부터 한편으로는 중학생을 표준으로하는 신시독본과 시조독본을 간행할 계획을 세워왔다"[73]는 내용이 있다. 하지만 이를 되새겨 볼 때 계획은 했지만 실제 간행까지는 이어지지 않은 것으로 보인다.

　　時調는우리의가진文學的遺産가운대가장重要한것이오또現代에잇서여러時調人으로因하야復活되고잇는朝鮮定形詩의唯一한形式이다 그러나古時調가운대는玉과돌이한데석겨잇다 우리는이것을現代的眼光으로選擇하야現代의讀書者에게提供하려한다 古時調中에서二百首와將來時調의進路를살필만한新作家(爲堂, 殷相, 春園, 樹州, 요한, 曹雲, 가람其他諸氏)의것百數를收錄

　제시된 인용문은 『시조독본』의 광고문이다. 이 광고문은 『문예

73 『朴龍喆 全集Ⅱ』, 13~14쪽.

월간』 제1권 제2호, 제2권 제1호, 제2권 제2호에 수록되어 있다.[74] 1931년 12월 『문예월간』 제1권 제2호에는 출판예고로 되어 있지만 1932년 1월과 3월 『문예월간』 제2권 제1호와 제2권 제2호에는 각 각 이월 중 발행, 삼월 중 발행으로 되어 있다. 당초에는 출판예고만 했다가 날짜가 점점 구체화되었는데, 발행 시기가 늦춰지는 방향으로 조정되었음을 알 수 있다.

박용철이 광고문에서 보여주고 있는 시조에 대한 입장과 태도는 다음과 같다. 첫째, 시조는 조선의 문학 유산 가운데 가장 중요한 것이다. 둘째, 시조인(時調人)에 의해 부활되고 있다. 셋째, 시조는 조선정형시의 유일한 형식이다. 넷째, 고시조 중에는 졸작과 선작이 섞여 있다. 다섯째, 졸작과 선작을 현대적 안광(眼光)으로 선별하여 독자에게 제공해야 한다. 여섯째, 현대시조의 길잡이가 될 만한 사 례로는 정인보, 이은상, 이광수, 변영로, 주요한, 조운이 있다는 점 이다.

박용철이 이 광고문에서 보여주고 있는 관점은 시조부흥운동 및 혁신론에 동조했던 인물이라면 기본적으로 공유하는 내용이기도 하다. 다만 "여러 시조인으로 인하야 부활되고 잇는 조선정형시"의 뉘앙스를 되짚어 볼 필요가 있다. 시조가 부흥되고 있기는 하나 일 반 국민의 자발적인 참여보다는 시조 전문가에 의해 진행됨을 말하 고 있다. 실제로 박용철은 「정축년시단회고」에서 시조가 이은상, 이병기, 조운, 김오남 등 몇몇 시조인에 의해 겨우 잔명만 유지되고

---

74 『文藝月刊』 제1권 제2호, 1931. 12, 102쪽; 『文藝月刊』 제2권 제1호, 1932. 1, 110쪽; 『文藝月刊』 제2권 제2호, 1932. 3, 108쪽.

있음을 밝힌 바 있다.[75]

이 광고문에서 나온 구절 중 현대적 안광의 의미는 무엇인가에 대해서도 살펴볼 필요가 있다. 광고문 자체에서는 구체적인 내용이 드러나 있지 않기에 다소 모호한 측면이 있다. 하지만 박용철이 부정적인 평가를 내렸던 시조의 사례를 통해 역으로 어느 정도 생각해 볼 수 있다. 박용철은 여성 시조 작가였던 장정심의 시조[76]에 대해 다음과 같이 평가한 바 있다.

> 시작(詩作)이 이렇게까지 평범해져서는 아무런 감동도 줄수가 없을것이다. 종교시대에 있어서는 시상이나 그밖에 재료가 새로운 발명을 필요로 하지않고 성경같은데서 오는것이니까 저자 독특의 종교적감정까지를 바라지 아니한다 할지라도 독특히 청신한 표현과 딕슌이 절대로 필요할것이다. 더구나 기성의 시형인 시조형을 빌어서 기존(旣存)의 재료인 종교적사상을 표현할때에는 얼마나한 수사의 괴롬을 겪어야만 문학이라는 이름에 적당한것이 될것인가. 하나를 잡히는대로 들추면

---

75 『朴龍喆 全集 II』, 117쪽.

76 장정심의 시선집에는 다음과 같은 제목의 시조가 수록되어 있다(장정심, 『국화』, 글로벌콘텐츠, 2019). 「강달」, 「거듭해」, 「기차」, 「꽃 앞에」, 「꽃이 되면」, 「꿈정」, 「내 탓」, 「단정」, 「똑닥선」, 「뜻」, 「난초」, 「마음꽃」, 「맘」, 「매화」, 「명화」, 「목란」, 「물줄기」, 「몸」, 「뫼꽃」, 「반대」, 「백지편지」, 「별궁전」, 「별 하나」, 「봄」, 「불심」, 「비밀」, 「비원」, 「새벽별」, 「색지편지」, 「선유」, 「세탁」, 「시간」, 「연못」, 「오늘」, 「우의 묘」, 「인생」, 「일기」, 「자최」, 「전화」, 「정」, 「참새」, 「첫 생일」, 「초월」, 「축도」, 「칠성」, 「편지 속의 꽃」, 「평범」, 「폭포」, 「해수」, 「햇빛」, 「휘장」 이 작품들은 단시조의 형태를 갖추고 있으며 내용적으로는 일상생활에서 느끼는 소소한 서정을 담아내고 있다. 한편 박용철이 지적한 독특한 착상, 표현, 수사 등의 부재는 한계점으로 남아 있다.

아버지 귀한 음성 언제 또 듣사올지
옛날에 중한교훈 날마다 새로워서
오늘도 옛교훈만은 기억하고 있어요

　전권을통해서 독특한착상, 독특한 표현, 미묘한 수사를 만나보
기가 어렵다. 처사와같이 세상을 떠나서 들어앉아 있는이를 일부러
끌어내다 악평으로 욕을 보이는것같아서 미안의 정을금하기어렵다.
그러나 이러한 고언도 시작의 년조나 분량으로 보아 이 저자에게
기대하면바가 여기 그치지 아니했던 까닭이다. 그러고 필자의 생각같
아서는 문학이상인 하나님(혹은다른 주의라도)을 위해서 문학으로
봉사하려는 이는 문학을 그저 문학으로 질기는이보다 오이려 문학
에대한 더 면밀한 고려와 열열한 애정으로써 고심의 표현에까지 갈
의무가 있는 것 같다.[77]

　박용철이 장정심의 시조를 비판한 이유는 종교라는 기존의 제재
를 시조라는 기성의 시형에 담아낼 때 착상, 표현, 수사에서 개성을
드러내지 못했기 때문이다. 박용철은 기교를 중요시하되 그 본질은
서정시적 감동에 있어야 함을 지속적으로 강조했다. 박용철의 관점
에서 볼 때 종교의 메시지를 제재로 삼은 것 자체는 문제가 되지
않는다. 다만, 이것을 개인의 체험이나 서정시적 감동으로 승화시키
지 못한 점을 지적하고 있는 것이다.

---

77 『朴龍喆 全集 II』, 134~136쪽.

시조를 가끔 발표하는이에 김오남(金午男) 씨가 있다

떨리면 다시 못필 꽃이라 한때뿐의
꽃다운 그시절을 누릴듯도 싶다마는
스러질 향기라하오니 탐할무엇 없세라.

그의 작품이 잡지에 흩어져 있으므로 세평을 하기는 어려우나 그
표현의 간절하고 정밀함이 족히 우리의 마음을 끄을만하다. 다만 한가
지 느껴지는 불만은 그시가 늘 인생의 덧없음의 개념(槪念)에서 출발
하야 명확한 형상(刑象)과 구체성을 띠인 표현 즉 개성화(個性化)에까
지 이르지 못하고 그 개념의 설명에 그치고 마는수가 많다는 것이다.
대관절 시인이라는 이름에 한계가 분명한것이 없다 반드시 한권의
시집을 내야만 되는것도 아니오, 반드시 삼백편을 채워야만 시인인
것도 아니다. 더구나 사람이 쓰는것을 모도 발표하는것이 아닌지라
한두편의 시를 어느 지면에 우연히 발표하고 다시는 그이름을 나타내
지 아니하여도 언제까지 그 시편이 잊혀지지 않는 경우가 있다.

어둑침침한 등잔밑
검은 그림자 등지고 앉았거니
세상소리 어둠에 막혀
내귓가 묘지같이 고요합니다.

이것은 어느 여학교잡지에 있던 시의 일절이다. 대단히 얌전한 시
였다고 생각한다. 나는 몇사람의 숨은 이름을 들출수있고, 또 내가 모

든 여자의 일기장이나 수첩을 뒤져볼수있다면 더많은 이름을 들수 있기에 틀림없을 터이지마는 이런것은 모두 그 순진한 심정에대한 심례에 지나지 아니할것이다. 우리는 언제나 이것이 찬란한 열매를 맺어 우리의 눈이 그것을 아니볼래야 아니볼 수 없게되기를 바랄뿐이다.

X

일본의 어느 비평가가 여류작가를 욕해서 여류작가는 그 문학적 역냥(力量)으로 현대의 남자사이에 서서나가는것이 아니라 현대 저널리즘이 상품으로서 그 구색을 맞후기위해서 여류작가를 새이에 끼우는데 지나지 않는것이라고 한일이 있다. 이말에는 그 악의를 따로하면 한편의 진리가 있다. 즉 여자의 쓰는것은 남자의 쓰는것과 무엇이든지 다르니까 여자의 문학이 따로이 나타나는 것이란말로 볼수가있다. 문학은 언제나 자기의 체험(體驗) 가운데서 울려나오는것이다. 체험이라하면 자기가 직접 경험하는 사실이나 독서와 다른사상의 영향으로 마음의 세게에 이러나는 변화까지를 의미하는것이다. 제각각 체험이 다름으로 제각각 개성이다른 문학을 낳을수있다. 각기 개성이 다름으로 여러사람이 글을 쓸필요와 권리가 있는것과 마찬가지로 여자의 쓰는것에는 남자로서 따를수없는 세게가 있으므로 여류문학자가 따로이 존재할 권리와 필요가 있는것이다.[78]

박용철은 김오남 시조의 표현적인 측면, 즉 기교에 있어서는 좋은 평가를 내리고 있다. 그러나 인생이라는 보편적 개념을 설명하는 단계에 그침으로써 그것을 개성 있게 보여주지 못한 지점에 대해서

---

[78] 『朴龍喆 全集Ⅱ』, 136~138쪽.

는 불만을 표한다. 한편 인생의 덧없음에 대한 시적 형상화는 김오
남이 시조를 창작하면서 지니고 있었던 기본적인 태도이기도 하다.
김오남 시조 전집에는 그녀의 개인 시조집인『시조집』,『심영(心
影)』,『여정(旅情)』에 수록된 모든 작품이 포함되어 있다. 수록된 작
품의 대체적인 경향은 나이, 부모님, 남편에 대한 갈등, 걱정, 애정
등을 다루고 있다.[79]

筆頭頌[80]

인생(人生)을 괴상하다고 할까. 또 모를것이라고나 할까. 살아서
별로 좋은 것도 없건마는, 그래도 죽는 것을 싫어하고, 살려고만 드는
게 인생이다. 사는게 괴롭다고 한다. 왜 괴로우냐고 물으면, 그 이유
가 많다. 돈이 없다. 몸이 약하다. 마음먹은 게 제대로 안 된다. 부부
간에 마음이 아니 맞는다. 자식이 말을 안듣는다. 심지어는 이웃집에
서 싫은 일을 한다. 내가 하고 싶은 것을 남이 몰라 준다. 그래서
민족이 어떻고, 국가가 어찌되고, 야단들이다. 그래서, 인생은 괴롭다
고 한다. 슬프다고 한다. 안타깝다고 한다. 갖은 괴로움이 다 모인
것이 인생이라고들 한다. 세상사(世上事) 쓸 데 없다고 부르짖지 않는
가. 그러나 죽으라면 싫어하는 게 인생이고, 살려고 드는 게 인생이
다. 왜 사냐고 물으면 그저 사니까 산다는 게 인생이다. 인생이 무에
냐고 체계를 세워 보려고 애를 쓴 것이 철인이다. 그러나, 그네도
모른다 하고 흙 밑에 묻혀 버린 게 또 인생이다. 미래(未來)가 무에냐

---

79 김오남 저, 연천향토문학발간위원회 엮음,『김오남 시조 전집 旅情에서 歸鄕까지』,
고글, 2010.
80 김오남 저, 연천향토문학발간위원회 엮음(2010), 앞의 책, 42쪽.

고 떠들다가도 급기야 죽고 보니, 무덤 위에 잔디만이 푸르게 자라는
게 또 인생이다. 젊었다고 잘났다고 하다가도 늙어 허리가 굽고 뼈의
가죽만 얽혀서 "아이고"하다가 죽는 게 인생이다. 이 인생을 가로도,
들고 보고 세로도 들고 보나, 모르겠다 함이 인생이다. 그래서 인생을
이렇다고 제법 적어보려다가 붓대를 던지고 마는 게 인생인 것 같다.

　人生을 적으려고 붓대를 들고보니
　그릴듯 못그려서 애만이 타옵네다
　울고서 또울어본게 다음詩인가 합네다.

　제시문은 김오남의 시조집 『심영』(1956)의 「필두송(筆頭頌)」이
다. 김오남은 이 글에서 인생이란 무엇인지를 특정하기란 쉽지 않음
을 말한다. 살다보면 좋은 일도 있고 힘든 일도 있기 마련인데 그때
그때 흐름에 맞추어 사는 것이 인생이라는 것이다. 여기에서 그는
인생의 개념을 일반화하거나 개인의 이야기를 제시하지 않는다. 인
간이라면 누구나 느끼고 생각할 수 있는 말로 인생의 의미를 풀어낸
다. 다만, 개인의 체험을 바탕으로 개성 있는 작품을 추구했던 박용
철의 관점에서는 이러한 부분에서 다소 아쉬움을 느꼈던 것이다.
　박용철은 감정의 구조화를 위한 시적 질서의 차원에서 시조가
갖고 있는 특수성에 주목하였으며, 시조의 정형성이 근대에도 유효
하다는 태도를 갖고 있음을 살펴보았다. 하지만 박용철의 입장에서
보았을 때 시조 작가가 개성화를 온전히 전개하지 못하는 창작 방
법, 시조의 보편화에 대해서는 다소의 아쉬움을 느끼기도 했다. 특
히 시조의 보편화에 대해서는 자신이 추구했던 서정시로서의 시조

보다도 우선적인 가치를 두었다. 뿐만 아니라, 시조의 보편화를 위한 효과적인 방안으로 구송(口誦)의 가치에 주목하였다. 이를 살펴볼 수 있는 텍스트는 1932년 1월 1일부터 1월 22일까지 20회에 걸쳐서 동아일보사에서 마련한 「삼십이년문단전망 어써케전개될까? 어써케전개시킬까?」이다.

이 기획에 참여한 문인은 김동인(金東仁, 1900~1951), 김진섭(金晋燮, 1908~?), 염상섭(廉想涉, 1897~1963), 함일돈(咸逸敦, 1890~1969), 김안서, 이태준, 최독견(崔獨鵑, 1901~1970), 이병기, 양주동(梁柱東, 1903~1977), 송영(宋影, 1903~1977), 이헌구, 조희순(曹喜淳, 1905~?), 황석우(黃錫禹, 1895~1960), 이하윤, 윤백남(尹白南, 1888~1954), 김기림(金起林, 1908~?), 박용철, 한설야(韓雪野, 1901~?), 홍해성(洪海星, 1893~1957), 심훈, 정인섭(鄭寅燮, 1905~1983)이다.

이 논의에 참여한 이들의 면면을 고려하면 시조 전문가에게만 국한된 자리가 아니었다. 다양한 분야에서 활동하는 작가들이 당시 시조를 어떻게 인식하고 있었는가를 일람(一覽)할 수 있는 의미를 지닌다. 여러 논자들의 시조에 대한 견해를 동시에 비교할 수 있기에, 박용철이 시조를 바라보는 시각도 살펴볼 수 있다.

이 기획에 참여한 논자들의 관점은 크게 세 가지로 분류된다.

첫째, 시조의 전통과 계승의 당위성 자체를 인정하지 않고 시조에 대한 부정적인 입장을 보여준 경우이다. 여기에 속하는 이들로는 김진섭, 송영, 김기림, 함일돈이 있다. 개별 논자에 따라서 시조를 부정적으로 바라보는 구체적인 이유에는 미세한 차이가 있지만 공통적으로 시조의 태생적인 한계를 지적한다. 그들이 지적한 시조의 태생적인 한계란 시조는 봉건시대에 사대부를 중심으로 향유된 것으로 고답적이며 퇴폐적인 유물의 속성이다. 따라서 시조의 정형성을 유지하면서 근대적인 내용을 반영하더라도, 그것은 재래의 형식이므로 자연스럽지 않게 된다.

둘째, 시조의 가치를 인정하되 제한적으로만 유효할 것으로 보는 입장이다. 여기에 속하는 이들로는 최독견, 이태준, 황석우, 양주동, 조희순, 염상섭, 이헌구, 이하윤, 홍해성, 정인섭이 있다. 이태준은 시조를 존중하되 멀리해야 한다[敬而遠之]는 주장을 함으로써 다소 부정적인 뉘앙스를 보여주었는데 최독견과 황석우도 이와 비슷한 태도를 취하고 있다. 양주동, 조희순, 염상섭, 이헌구, 이하윤은 공통적으로 시조의 형식에 주목한다. 조선의 특수한 시형이라는 위상을 갖고 있기에 근대에 들어서도 문학의 연구 대상으로서 충분한 가치가 있다는 것이다. 여기에서 시조를 문학의 연구 대상으로 여기는 것은 역설적으로 창작물로서는 유의미한 지점을 갖지 못한다는 사실을 전제로 하고 있다. 시조의 형식은 그 가치를 증명해 주는 고유한 특질이면서 동시에 한계점으로 작용하였던 것이다.

셋째, 시조의 가치를 인정하면서 근대문학의 자장 안에서 충분히 수용될 수 있다고 보는 입장이다. 여기에 속하는 이들로는 이병기, 김억, 윤백남, 심훈, 박용철이 있다. 이들은 시조의 전통적인 정형성이라는 외피를 유지하면서 내용적인 혁신을 곁들인다면, 근대문학의 자장 안에서도 충분히 그 가치를 존속할 수 있다고 보았다.

> 時調는 그것이 小定形詩形이라表現의緊密을要하는것임으로 作家로서는 자연히그表現의技巧的方面에焦心하게되는것이나 더구나文學語로서 未成한朝鮮語에技巧的方面의修鍊의意義를크게評價하는데

躊躇하지안슴니다마는 그것이잘못近代抒情詩的感動을基礎삼지아니

하고 마네리즘에흐르게된다면 그것만은 極히警戒해야 될줄암니다 그

러나時調의普遍化가 누구나모아안즈면 우리한首식짓게하고 돌려가

면서지을만큼만된다면 그抒情詩的價値를低下시킨다하드라도 나는

거기贊成 하겟슴니다[81]

박용철도 이병기, 김억, 윤백남, 심훈이 보여주고 있는 기본적인 방향과는 동일한 입장이다. 그는 시조의 형식을 소정형 시형으로 정의하였다. 시조는 정형시 중에서도 작은 정형시에 속한다고 보았는데, 시조를 창작하는 과정에서 표현의 긴밀함이 필요하다는 생각을 보여준 것이다. 따라서 작가가 표현을 긴밀하게 구성할 때 필요한 기교적인 부분에 초심(焦心)할 수밖에 없음을 인정한다.

여기에 더해서 시조에 사용되는 시어는 조선어로만 또는 조선어의 비중이 매우 높을 수밖에 없는데, 박용철은 조선어를 문학어로서 미성(未成)한 것으로 인식하고 있었다. 이는 현재의 조선어는 문학어—시어의 역할을 온전히 감당할 수 없다는 생각을 보여준 것이기도 하다. 게다가 일상언어와 시어의 차이는 시적 질서에서 비롯된다는 입장을 일관성 있게 견지해 왔기에 시조를 창작할 때도 기교적인 부분의 중요성을 말할 수밖에 없었던 것이다. 하지만 기교를 중시하되 시조의 본질은 근대 서정시적 감동에 있어야 함을 분명히 하였다.

표현의 긴밀함, 언어, 정서의 강조는 박용철이 여러 시론에서 지속적으로 피력해 온 것이기도 하다. 그는 시를 언급할 때 감정의 자연

---

81 朴龍喆, 「쎈티멘탈리즘도可」, 『東亞日報』, 1932. 1. 12, 4면.

스러운 표출, 시인은 일상생활 언어와 정서를 시적 언어와 정서로 치환하는 심혈을 기울여야 한다고 보았다. 창작의 고통을 통해 비로소 모습을 드러내는 작품이야말로 독자에게 더 높은 차원의 고귀하고 섬세한 감정을 전달해 줄 수 있기 때문이다. 시에 대한 이와 같은 태도가 시조를 바라보는 관점에도 적용되어 있음을 확인할 수 있다.

또한 그가 생각한 시조의 보편화는 누구나 시조 작가가 될 수 있고 누구나 독자(청자)가 될 수 있는 것에 중점이 있었다. 구체적인 시조 향유 모습은 다수의 인원이 모여 앉아서 시조를 한 수씩 짓고 돌아가면서 반복하는 것이라고 말한다. 이러한 향유 모습을 고려할 때 시조는 필기구로 적고 퇴고하는 문자문학보다는, 입으로 읊고 귀로 들으며 소통하는 구송의 방식에 더 가깝다 할 수 있다. 이 방식은 문자문학보다 상대적으로 즉흥적인 요소가 강하므로, 작품의 기교가 투박하거나 정제되지 않은 감정이 표출될 수 있다. 이는 박용철이 줄곧 강조했던 시관과 배치되어 보일 수 있다.

그러나 시조가 진정으로 근대에도 유효하기 위해서는 구송의 방식으로 향유될 때 의미를 가질 수 있다고 박용철은 여긴 것이다. 또한 박용철은 시조를 소정형 시로 규정한바, 가공되지 않은 개인의 감정을 시조에 담아내더라도 최소한의 시적 완결성과 리듬을 담보할 수 있는 질서가 시조에 내재되어 있었던 것이다.

이상에서 논의했듯이, 이 장에서는 이광수, 심훈, 정지용, 박용철의 시조 선택 의의에 대해 살펴보았다. 근대 문인이 창작한 시조는 대체적으로 개인의 내밀한 정서를 고백하는 사적 발화와 밀접한 관련성을 갖고 있었다. 이와 같은 창작 경향은 조선시대 신흠의 사례를 떠올려 볼 때 시여의 전통과 맞닿아 있는 지점이기도 하다. 또한 근대 문인과 신흠은 자신이 창작한 시조를 기록으로 남겼다는 측면에서도 공통점을 지니고 있다.

그러나 신흠이 노래의 차원에서 시조를 창작했다면 근대 문인에게 시조 창작은 시를 짓는 행위에 가까웠다. 그러나 근대 문인은 노래와 시라는 이분법적 구도로 시조에 접근하지 않았다. 근대 문인은 시조를 부르는 시조와 읊는 시조의 중간 단계는 읊조릴 수 있는 시로 인식함으로써 시여의 전통을 근대적인 방식으로 재해석하였다.

근대 문인이 시여의 전통을 재해석하는 방식은 다음과 같았다. 이광수는 시조의 정형성을 음적구성과 의적구성으로 나누어 파악했는데, 각각 시조의 구술적 특징과 문학적 특징을 고려한 방안이었다. 심훈은 유년시절의 체험을 바탕으로 시조를 읊조릴 수 있는 시로 인식하였으며, 조선의 현실을 직시할 수 있는 작품을 창작하였다. 정지용은 일본의 단카 혁신에 영향을 받았으며 실생활에 기반한 시조를 창작해야 진정한 의미의 국민문학으로서 시조가 될 수 있음을 주장하였다. 박용철은 감정의 구조화를 위한 시적 질서를 모색하는 과정에서 시조의 정형성에 주목하였다. 한편으로는 누구나 시조를 창작하고 향유할 수 있는 시조의 보편화도 추구하였는데, 이는 시조의 구송 가치에 착안한 관점이었다.

제5장

나가는 말

이 책에서는 근대 문인 이광수, 심훈, 정지용, 박용철의 시조관과 시조를 연구 대상으로 하여, 1920~30년대 시조가 존재했던 방식 중 사적 글쓰기로서 시조의 양상과 경향성을 규명하였으며 동시대적 의미를 논의하였다. 이와 같은 연구를 수행하게 된 가장 본질적인 문제의식은 이 시기 시조의 존재 양상을 다양한 관점에서 바라볼 수 있는 단초를 마련하고 시조가 근대 이후에도 존속할 수 있었던 배경을 논의해 보고자 하는 데서 비롯되었다.

1920~30년대 시조의 존재 양상을 논의한 선행 연구에서는 대체적으로 시조의 정전화에 초점을 맞추어 논의를 진행하였다. 시조의 정전화는 시조 전문 작가와 연구자에 의해 노래에서 시로 전환하려는 시도였다. 시조가 민족문화의 중심이자 조선의 정형시로 정립하는 과정과 의미를 살펴보기에는 유의미했지만 연구 경향을 고착화시키는 한계점도 노출하였다. 이러한 한계점은 1920~30년대 시조가 다양한 방식으로 존재하고 있는 양상을 간과하게 되었다.

시조부흥운동과 혁신운동이 진행되던 동시기에 근대 문인은 신
문학의 대표 장르인 소설, 시나리오, 시, 시론을 창작하면서도 시조
에 상당한 관심을 보였다. 이는 정전화의 관점으로는 충분히 설명될
수 없는 부분이기도 하다. 이 책에서는 이광수, 심훈, 정지용, 박용
철이 근대 문인이라는 공통점이 있으며, 이들의 시조는 개인의 핍진
한 체험에 근거하여 내밀한 정서 고백에 방점을 두는 사적 발화라는
경향성이 있음에 주목하였다. 그리고 이들의 시조관과 시조를 분석
하고 동시대적 의미를 살펴보고자 했다. 앞서 논의된 주요 내용을
정리해보면 다음과 같다.

제2장에서는 1920~30년대 시조 담론과 지형도 안에서 사적 글쓰
기로서 시조와 사적 발화의 양상을 살펴보았다. 근대 문인의 사적
글쓰기로서 시조는 주로 이 시기에 창작되었기에, 동시대적 의미를
살펴보기 위해 필요한 논의였다. 이 장에서는 시조의 위상 변화와
관련해서 주요한 지점인 시조부흥운동과 시조의 재발견, 신춘문예
와 시조의 사회화, 사적 글쓰기로서 시조와 사적 발화의 차원에서
논의하였다.

첫 번째 양상의 경우, 시조는 조선의 유일한 정형시로 상정됨에
따라 시조의 음악적 요소가 탈각되고 시조 시형이 엄격하고 정밀하
게 다듬어지는 점에 방점이 있음을 알 수 있었다. 이는 신춘문예와
시조의 사회화와도 연관되었음을 살펴보았다. 일차적으로는 시조
가 문학의 장으로 편입되었음을 확인할 수 있었다. 여기에 더하여
당시 각 신문사의 필진들은 일반 대중 독자의 창작 욕구를 자극함으
로써 실질적인 국민문학으로서 시조가 거듭나기를 기대했다. 또한
신춘문예 시조 분야에 부합하는 작품만을 창작하게 유도함으로써

시조의 시형을 자연스럽게 체득하게 유도한 측면을 논의하였다.

또한 시조 전문 작가와 연구자에 의해 진행된 이러한 기획과는 별개로, 신문학을 주로 창작하고 있던 근대 문인이 개인의 내밀한 정서 고백을 시조로 풀어내었다는 사실을 제시하였다. 그리고 이것이 동양의 전통적인 시가관을 대변해 주는 『시경』과 조선시대 시여의 전통과 밀접하게 맞닿아 있다는 측면에서, 근대 문인이 시조를 통해 사적 발화를 하는 것은 낯선 풍경이 아님을 알 수 있었다.

제3장에서는 1920~30년대 사적 글쓰기와 시조의 구체적인 사례를 이광수, 심훈, 정지용, 박용철을 중심으로 논의하였다. 이광수의 시조는 어머니를 향한 사모, 부성애의 발현, 병상에서의 두려움, 벗과의 송별, 삶의 내력 회고와 자성 등으로 유형화할 수 있었다. 특히 그는 단순히 사적 체험만을 시조에 담아내는 것에 그치지 않았으며, 반성과 회한이 반영된 자신의 목소리를 직접 드러냄으로써 인간 이광수의 육성을 그대로 드러내는 데 방점이 있음을 알 수 있었다.

심훈의 시조에는 중국의 한시, 인물, 명승지 등을 두루 활용한 특징이 있음을 알 수 있었다. 그러나 이를 단순히 소개하거나 제시하는 것이 아니라, 심훈의 사적 체험과 맞물리면서 이러한 요소들이 재해석되고 있었다는 점도 상기할 필요가 있다. 그의 사적 체험은 독립운동의 어려움과 유학생활에 대한 불만족스러움으로 집약되었는데, 그의 시조에는 조국과 자신의 현실을 있는 그대로 그려내고 있었음을 알 수 있었다.

한편 이광수와 심훈의 시조에는 전통의 잔영이 내재되어 있었다. 정지용과 박용철도 사적 글쓰기로서 시조라는 공통점을 가지고 있었지만 창작 경향을 고려하면 근대시 창작에 가까운 모습을 보여주

었다. 정지용은 시조 시형의 동시대적 가능성을 모색하였으며 박용
철은 감정의 구조화를 위한 시적 질서를 구축하는 과정에서 시조의
정형성에 주목하였다.

　제4장에서는 근대 문인의 시조 선택 의의에 대해 논의하였다.
근대 문인의 사적 글쓰기로서 시조 창작은 개인의 내밀한 정서를
고백한다는 측면에서 『시경』 및 시여의 전통과 맞닿아 있음을 살펴
보았다. 특히 근대 문인과 조선시대의 문인 신흠은 각각 신문학과
한문학을 통해 자신의 생각을 충분히 표현할 수 있는 역량이 있었지
만 사적 발화를 할 때 시조를 활용했다는 점, 자신의 시조를 기록으
로 남겼다는 점에서 공통된 모습을 엿볼 수 있었다.

　하지만 신흠이 시조를 노래로 이해하고 있었다면, 근대 문인은
문학의 관점에서 시조에 접근하고 있었다. 그렇지만 근대 문인은 시
조에 내재되어 있는 음악적 요소를 완전히 배척하거나 배제하지 않
았다. 전통시대에 시조를 향유하듯이 가창을 하는 것은 아니었지만,
시조의 정형성에서 파생될 수 있는 읊조림의 잔영과 효과를 근대적
으로 재해석함으로써 '읊조릴 수 있는 시'로 시조를 수용하였다.

　이상을 통해 근대 문인의 시조 인식과 수용 양상을 살펴보았다.
이 책에서 주요 연구 대상으로 선정한 이광수, 심훈, 정지용, 박용철
시조에 대한 선행 연구가 없었던 것은 아니다. 하지만 선행 연구에
서는 대체적으로 작가론 연구 방법에 기반하였으며, 작가의 일대기
와 작품의 특징의 상관관계를 논의하는 데 중점을 두었다. 이 연구
에서는 비슷한 시기, 신문학의 대표적인 양식—소설, 시나리오, 시,
시론을 대표하는 작가들이 시조를 창작한 사실에 주목하였다. 다시
말해서, 개별 작가의 산발적 현상이 아니라 일정한 경향성 또는 흐

름으로 근대 문인의 시조 창작을 이해하고자 했다.

　근대 문인의 시조관과 시조를 분석한 결과 사적 글쓰기로서 시조라는 공통점을 도출할 수 있었다. 그리고 이 공통점은 근대 문인에 의해 새롭게 생겨난 것이 아니었으며, 『시경』 및 조선시대 시여의 전통과 연결고리가 있음을 알 수 있었다. 1920~30년대 시조 전문 작가 및 연구자에 의해 시조를 정전화하려는 운동이 추진되는 가운데, 한편에서는 시여의 전통을 근대적으로 수용하고 있었던 것이다.

　이와 같은 사실을 논의한 이 연구는, 1920~30년대 사적 글쓰기로서 시조의 전반적인 현황과 경향성을 살펴보았다는 점, 그리고 이 시기 시조의 존재 양상을 다채롭게 살펴볼 수 있는 기반을 마련했다는 점에서 의의가 있다. 다만, 이 시기 사적 글쓰기로서 시조의 양상과 의의를 더 구체적으로 조망하기 위해서는 다른 근대 문인도 추가해서 연구할 필요가 있다. 이에 대해서는 후속 논의를 통해 다룰 예정이다.

참고문헌

1. 자료

1) 전집·선집류

李光洙, 『詩集 사랑』, 文宣社, 1955.

_____, 『春園詩歌集』, 博文書館, 1940.

_____, 『鷺山時調集』(四版), 漢城圖書株式會社, 1939.

_____, 『鷺山時調集』(三版), 漢城圖書株式會社, 1937.

_____, 『鷺山時調集』(再版), 漢城圖書株式會社, 1933.

李殷相, 『鷺山時調集』, 漢城圖書株式會社, 1932.

_____, 『百八煩惱』, 東光社, 1926.

崔南善, 『時文讀本』, 新文館, 1916.

김오남 저, 연천향토문학발간위원회 엮음, 『김오남 시조 전집 旅情에서 歸鄉까지』, 고글, 2010.

김천택 편, 권순회·이상원·신경숙 주해, 『청구영언』(주해편), 국립한글박물관, 2017.

김학동 편저, 『김영랑 전집·평전─돌담에 소색이는 햇발같이』, 새문사, 2012.

朴龍喆, 『朴龍喆 全集』(Ⅰ·Ⅱ권), 깊은샘, 2004.

심훈 지음, 김종욱·박정희 엮음, 『심훈 전집』(1-9권), 글누림출판사, 2016.

李光洙, 『李光洙 全集』(9·15·16·18권·月報), 三中堂, 1963.

장정심, 『국화』, 글로벌콘텐츠, 2019.

정지용 지음, 최동호 엮음, 『정지용 전집』(1-3권), 서정시학, 2015.

최동호 편저, 『정지용 사전』, 고려대학교 출판부, 2003.

崔南善, 『六堂 崔南善 全集1』, 도서출판 역락, 2005.

최현배, 외솔회 엮고 옮김, 『외솔 최현배의 문학·논술·논문 전집1』(문학 편), 채륜, 2019.

2) 신문·잡지류

『京鄕新聞』, 『東亞日報』, 『每日新報』, 『朝鮮日報』, 『朝鮮中央日報』
『中外日報』, 『皇城新聞』

『開闢』, 『大韓興學報』, 『東光』, 『東光叢書』, 『文藝公論』, 『文藝月刊』『文章』,
『文學』, 『博文』, 『別乾坤』, 『三千里』, 『少年』, 『詩文學』, 『新家庭』, 『新東亞』,
『新民』, 『新人文學』, 『人文評論』, 『朝鮮文壇』『朝鮮之光』, 『震檀學報』, 『한글』

2. 단행본

1) 국내서

구섭우 편저, 안병렬 역, 『한역 당시삼백수』(개정판), 계명대학교 출판부, 2015.
金九, 『白凡逸志』, 國士院, 1948.
김소운, 『하늘 끝에 살아도』, 同和出版公社, 1968.
김영민, 『한국 근대문학비평사』, 소명출판, 2010.
김영철, 『한국 개화기 시가 연구』, 새문사, 2005.
김윤식, 『李光洙와 그의 時代3』, 한길사, 1986.
김준오, 『詩論』(제4판), 三知院, 2000.
김학동, 『박용철 評傳』, 새문사, 2017.
나쓰메 소세키 지음, 김채원 옮김, 『나쓰메 소세키 서한집』, 읻다, 2020.
박슬기, 『한국 근대시의 형성과 율의 이념』, 소명출판, 2014.
박애경, 『한국 고전시가의 근대적 변전과정 연구』, 소명출판, 2008.
사나다 히로코(眞田博子), 『最初의 모더니스트 鄭芝溶』, 역락출판사, 2002.
成百曉 譯註, 『古文眞寶 前集』, 傳統文化硏究會, 2016.
_____ 譯註, 『詩經集傳(上)』, 傳統文化硏究會, 2012.
_____ 譯註, 『古文眞寶 後集』, 傳統文化硏究會, 2011.
셸리 케이건 지음, 박세연 옮김, 『죽음이란 무엇인가』, 엘도라도, 2012.
신용하, 『민족독립혁명가 도산 안창호 평전』, 지식산업사, 2021.
요사노 아키코 지음, 김화영 옮김, 『일본 근현대 여성문학 선집2』(요사노 아키코1),
    어문학사, 2019.
윤덕진, 『전통지속론으로 본 한국 근대시의 운율 형성 과정』, 소명출판, 2014.
이동하, 『이광수』, 東亞日報社, 1992.

이백 지음, 이원섭 역해, 『이백 시선』, (주)현암사, 2022.
이시카와 다쿠보쿠 지음, 엄인경 옮김, 『이시카와 다쿠보쿠 단카집』, 필요한책, 2021.
정끝별, 『시론』, 문학동네, 2021.
정우봉, 『조선 후기의 일기문학』, 소명출판, 2016.
정조문·정희두 編著, 최선일·이수혜·김희경·손은미·강미정 編譯, 『정조문과 고려미술관–재일동포의 삶과 조국애』, 도서출판 다연, 2013.
趙潤濟, 『朝鮮詩歌史綱』, 東光堂, 1937.

2) 국외서

Pierre Lotti 著, 和田 傳譯, 『ラマンチョオ』, 新潮社, 1924.
堀口大學 譯, 『月下の一群』, 第一書房, 1925.
與謝野晶子, 『若き友へ』, 白水社, 1918.
佐藤義亮, 『現代詩人全集』(第六卷), 新潮社, 1929.
佐佐木信綱, 『和歌入門』, 博文館, 1912.
太田水穗, 『和歌史話』, 京都印書館, 1947.

3. 논문

1) 학위논문

김남규, 「한국 근대시의 정형률 논의에 관한 연구–안확과 김억을 중심으로」, 고려대학교 박사학위논문, 2017.
김하라, 「俞晩柱의 『欽英』 硏究」, 서울대학교 박사학위논문, 2011.
배은희, 「근대 시조담론 형성과정 연구: 19세기 후반에서 20세기 초반 시조 인식 변모를 중심으로」, 인천대학교 박사학위논문, 2012.
윤설희, 「최남선의 고시조 수용작업과 근대전환기의 문학인식」, 성균관대학교 박사학위논문, 2014.
최경숙, 「정지용시의 전통지향성 연구」, 건국대학교 박사학위논문, 2009.

2) 학술논문

강명관, 「16세기 말 17세기 초 擬古文派의 수용과 秦漢古文派의 성립」, 『韓國漢文學硏究』 18, 韓國漢文學會, 1995.

고은지, 「20세기 놀이문화인 시조놀이의 등장과 그 시조사적 의미」, 『韓國詩歌硏究』 24, 한국시가학회, 2008.

권성훈, 「이광수 시조의 '임' 전개 과정과 의미」, 『춘원연구학보』 22, 춘원연구학회, 2021.

김석봉, 「식민지 시기 『동아일보』 문인 재생산 구조에 관한 연구」, 『민족문학사연구』 32, 민족문학사학회·민족문학사연구소, 2006.

김준, 「심훈 시조 연구」, 『열상고전연구』 59, 열상고전연구회, 2017.

____, 「시문학파와 시조의 영향 관계 연구-김영랑·박용철·정지용의 시조 인식을 중심으로-」, 『연민학지』 37, 연민학회, 2022.

____, 「용아 박용철 시조의 창작 배경과 시적 지향」, 『동남어문논집』 53, 동남어문학회, 2022.

____, 「용아 박용철의 금강산 기행 시조 연구」, 『열상고전연구』 78, 열상고전연구회, 2022.

____, 「춘원 이광수 시조의 현황과 작품 세계」, 『제243회 한국어문교육연구회 전국학술대회 발표집』, 한국어문교육연구회, 2023. 10. 21(토).

김창원, 「근현대 고시조 앤솔로지의 편찬과 고시조 정전화 과정-육당, 자산, 가람을 대상으로-」, 『우리어문연구』 51, 우리어문학회, 2015.

김춘식, 「조선시, 전통, 시조-조선시 구상과 국민문학, 국문학 개념의 탄생-」, 『국어국문학』 135, 국어국문학회, 2003.

박슬기, 「도남 조윤제의 조선 시가사 기획-형식의 역사화, 역사의 형식화」, 『개념과 소통』 19, 2017.

박애경, 「詩와 歌의 위계화와 歌의 위상을 둘러싼 제 논의」, 『열상고전연구』 33, 열상고전연구회, 2011.

_____, 「김태준의 시조관과 시조 연구-김태준 본 『청구영언』과 '조선가요개설'을 중심으로-」, 『時調學論叢』 47, 韓國時調學會, 2017.

박혜숙·최경희·박희병, 「한국여성의 자기서사(1)」, 『여성문학연구』 7, 한국여성문학학회, 2002.

배은희, 「1920년대 시조론 형성과정 고찰」, 『時調學論叢』 32, 韓國時調學會, 2010.

_____, 「1930년대 시조담론 고찰-안확과 조윤제의 시가(詩歌) 인식을 중심으로-」, 『時調學論叢』 38, 韓國時調學會, 2012.

_____, 「근대시조의 표현양태 변모과정 연구-구술성과 문자성을 중심으로-」,

『韓國詩歌研究』 36, 한국시가학회, 2014.

서종원, 「일제강점기 가투대회를 통해 본 가투놀이의 등장 배경-신문 자료를 중심
으로-」, 『語文論集』 54, 중앙어문학회, 2013.

손동호, 「식민지 시기 『조선일보』의 신춘문예 연구」, 『우리文學研究』, 우리문학
회, 2020.

_____, 「식민지 시기 신춘문예 제도와 작문 교육-『동아일보』를 중심으로」, 『韓國
文學論叢』 87, 한국문학회, 2021.

송정란, 「春園의 시조의 自然律과 意的 構成에 관한 考察」, 『韓國思想과 文化』
60, 한국사상문화학회, 2011.

신웅순, 「심훈 시조 考」, 『한국문예비평연구』 36, 한국현대문예비평학회, 2011.

엄기영, 「〈夢見諸葛亮〉의 작자 劉元杓의 동아시아 정세 인식과 그 추이」, 『고전문
학연구』 58, 한국고전문학회, 2020.

熊木勉, 「鄭芝溶과『近代風景』」, 『崇實語文』 9, 崇實語文學會, 1992.

유성호, 「『시문학』과 시조」, 『時調學論叢』 54, 韓國時調學會, 2021.

유인채, 「정지용 시에서 시조의 의미」, 『時調學論叢』 34, 韓國時調學會, 2011.

윤동재, 「박용철 시에 나타난 한시의 영향」, 『국제어문』 27, 국제어문학회, 2003.

尹善子, 「李灌鎔의 생애와 민족운동」, 『한국근현대사연구』 30, 한국근현대사학
회, 2004.

이명찬, 「근대시사에 있어서의 시조부흥운동의 성격에 관한 연구」, 『한국시학연
구』 57, 한국시학회, 2019.

이태희, 「素月과 芝溶의 時調」, 『時調學論叢』 34, 韓國時調學會, 2011.

이형대, 「1920-30년대 시조의 재인식과 정전화 과정」, 『古詩歌研究』 21, 한국시
가문화연구, 2008.

임경화, 「식민지하의 〈조선시가사〉의 형성-조윤제『조선시가사강』을 통해 본 식민
지 스티그마의 재해석-」, 『日本研究』 3, 고려대학교 글로벌일본연구원, 2004.

임수만, 「이광수 시 연구(1)-『삼인시가집』(1929)과 『춘원시가집』(1940)을 중심으
로」, 『춘원연구학보』 19, 춘원연구학회, 2020.

장정윤, 「사료(史料)로 살펴본 윤성덕(尹聖德)의 삶과 음악 활동」, 『음악학』 40,
한국음악학회, 2021.

정기인, 「"시란 하오"-이광수의 시 인식과 한국의 '근대'」, 『한국학논집』 82, 계명
대학교 한국학연구원, 2021.

鄭雲龍, 「南雲 李弘稙의 韓國古代史 認識-《韓國古代史의 研究》를 중심으로-」,

『한국사연구』 144, 한국사연구회, 2009.

정주아, 「한글의 텍스트성(textuality)과 '읽는 時調': 가람 이병기의 한글운동과 시조혁신운동」, 『語文研究』 47(4), 한국어문교육연구회, 2019.

조연정, 「1920년대의 시조부흥론 재고(再考)-"조선"문학의 표상과 근대 "문학"의 실천 사이에서-」, 『한국문예비평연구』 43, 한국현대문예비평학회, 2014.

조유영, 「가투(歌鬪)의 시조 수용 양상과 그 의미」, 『時調學論叢』 31, 한국시조학회, 2009.

차승기, 「근대문학에서의 전통 형식 재생의 문제-1920년대 시조부흥론을 중심으로」, 『상허학보』 17, 상허학회, 2006.

하상일, 「심훈의 「杭州遊記」와 시조 창작의 맥락」, 『비평문학』 61, 한국비평문학회, 2016.

허진, 「심훈의 시조관과 시조의 변모 과정 연구」, 『한국학』 42(3)(통권 156호), 한국학중앙연구원, 2019.

4. 기타

국가보훈처 공훈전자사료관 데이터베이스(https://e-gonghun.mpva.go.kr)
국립중앙도서관 대한민국 신문 아카이브(https://www.nl.go.kr/newspaper)
국사편찬위원회 온라인 한국사 데이터베이스(https://db.history.go.kr)
동아일보 디지털 아카이브(https://www.donga.com/archive/newslibrary)
일본 국립국회도서관 디지털 컬렉션(https://dl.ndl.go.jp)
전통문화연구회 동양고전종합DB(http://db.cyberseodang.or.kr)
조선일보 뉴스 라이브러리(https://newslibrary.chosun.com)
한국고전번역원 온라인 데이터베이스 (https://db.itkc.or.kr).
한국언론진흥재단 고신문 아카이브(https://www.bigkinds.or.kr)

김준

연세대학교 문학박사(고전시가 전공)
육군사관학교 국어철학과 교수사관(2015.6~2018.5)
한국고전번역원 부설 고전번역교육원 연수과정 졸업

근대 문인의 시조 인식과 수용 양상

이광수·심훈·정지용·박용철을 중심으로

2024년 5월 30일 초판 1쇄 펴냄

지은이 김준
펴낸이 김흥국
펴낸곳 보고사

책임편집 김태희
표지디자인 김규범

등록 1990년 12월 13일 제6-0429호
주소 경기도 파주시 회동길 337-15 보고사
전화 031-955-9797
팩스 02-922-6990
메일 bogosabooks@naver.com
http://www.bogosabooks.co.kr

ISBN 979-11-6587-726-2 93810
ⓒ 김준, 2024

정가 20,000원